TONY DREHER

Gletschertod

KALTES GRAB Auf dem Gauligletscher wird eine Leiche entdeckt. Gleichzeitig wird in Bern Professor Matthews, ein Bekannter des Journalisten Mike Honegger, tot aufgefunden. Honegger recherchiert in beiden Fällen und ahnt, dass die Opfer nicht eines natürlichen Todes gestorben sind. Er ist bald davon überzeugt, dass es zwischen den beiden Fällen einen Zusammenhang geben muss. Die Spuren führen zur Russischen Revolution, zu einem lange vergessenen, folgenreichen Abkommen, und auf den Gauligletscher, zur Absturzstelle einer amerikanischen Dakota im November 1946. Dabei ahnt Honegger nicht, dass er bald mit seiner eigenen, schmerzhaften Vergangenheit konfrontiert wird. Hätte Honegger die Vergangenheit besser ruhen lassen? Kann er aufdecken, was vor 70 Jahren in den Alpen geschah?

Tony Dreher wurde als Auslandschweizer in Mexiko Stadt geboren, wo er seine Kindheit verbrachte. Sein Studium in Physik und Ingenieurwesen absolvierte er in den USA. Seit seiner Rückkehr in die Schweiz vor 25 Jahren arbeitet er in der IT-Branche und lebt mit seiner Familie in der Nähe von Bern. Er interessiert sich für Sprachen, Geschichte, Weltgeschehen, Astronomie, Kino und Musik. »Gletschertod« ist sein zweiter Roman. Website des Autors: www.tonydreher.com

Bisherige Veröffentlichungen im Gmeiner-Verlag:
Aareschwimmen (2015)

TONY DREHER

Gletschertod

Der zweite Fall für Mike Honegger

GMEINER SPANNUNG

Besuchen Sie uns im Internet:
www.gmeiner-verlag.de

Im Ehnried 5, 88605 Meßkirch
Telefon 07575/2095-0
info@gmeiner-verlag.de

1. Auflage 2017

Lektorat: Claudia Senghaas, Kirchardt
Herstellung: Mirjam Hecht
Umschlaggestaltung: U.O.R.G. Lutz Eberle, Stuttgart
unter Verwendung eines Fotos von: © mindanex / photocase.de
Druck: GGP Media GmbH, Pößneck
Printed in Germany
ISBN 978-3-8392-2027-6

Personen und Handlung sind frei erfunden.
Ähnlichkeiten mit lebenden oder toten Personen
sind rein zufällig und nicht beabsichtigt.

JULI 2012

Mit seinen Augen folgte der Mann der Innenstadt von Moskau, bis sie unter dem Rumpf seines Learjets verschwand, und lehnte sich dann im breiten, weichen Ledersessel zufrieden zurück. Er trank einen ersten Schluck des kalten Champagners aus dem Glas in seiner Hand und freute sich auf einen entspannten Flug. Als der Jet kurz danach seine Flughöhe erreichte und der Pilot den Schub der beiden Pratt & Whitney Triebwerke reduzierte, schaltete er mit der Fernbedienung das Unterhaltungssystem ein und wählte eine Playlist aus der Kategorie »Easy Jazz«. Genüsslich schloss er zu den Tönen der sanften Ballade seine Augen.

Das schrille Klingeln des Satellitentelefons auf seinem Mahagonipult beendete schlagartig seine Ruhe.

»Sluschaju«, nahm er den Anruf verärgert entgegen.

»Igor Alexejewitsch, hier spricht Andrei. Es tut mir leid, Sie zu stören.«

»Ich bin soeben vom Flughafen Wnukowo gestartet. Was ist denn so dringend?«

»Es geht um ein Ereignis in der Schweiz, über das Sie sicherlich sofort informiert werden möchten.«

»Reden Sie nicht um den Brei herum. Was ist los?«

»Sie haben den Propeller gefunden!«

»Welchen Propeller? Wovon sprechen Sie denn?«, fragte Igor Alexejewitsch irritiert.

»Drei Alpinisten haben einen der Propeller der amerikanischen Dakota gefunden, die 1946 abgestürzt ist.«

Igor Alexejewitsch richtete sich ruckartig auf und schüttete dabei versehentlich den Rest seines Champagners über seine Hosen.

»Was sagen Sie?«

»Ich habe es soeben beim Frühstücken in der Zeitung gelesen. In der Berner Tagespresse wird ausführlich über den Fund berichtet.«

»Was haben die drei Alpinisten sonst noch entdeckt?«

»Nur einen der beiden Propeller.«

»Sind Sie sicher, dass das alles ist?«

»In den Zeitungen wird nichts Weiteres erwähnt.«

»Wo haben sie ihn gefunden?«

»Der genaue Fundort wird von den drei Männern geheim gehalten, um zu verhindern, dass Sammler ihn aufsuchen. Er muss etwa drei Kilometer von dort entfernt sein, wo das Wrack vor 70 Jahren in Eis und Schnee verschwand.«

Igor Alexejewitsch überlegte einen Moment und fragte dann: »Wer sind die drei Männer?«

»Drei Freunde, ziemlich jung. Einer ist Lehrling in Zweisimmen, seine Kollegen sind aus Meiringen und aus Kanada.«

»Kanada!«, sagte Igor Alexejewitsch alarmiert. »Was wollen denn die Kanadier plötzlich hier? Wer hat ihn geschickt?«

»Er soll lediglich ein Freund des Lehrlings sein, der aus Kanada zu Besuch ist und den Gletscher sehen wollte.«

»Ich traue der Sache nicht. Ich will wissen, wer hinter dem Ganzen steckt und wer die Männer finanziert!«, sagte Igor Alexejewitsch besorgt.

»Sie können sich beruhigen. Es waren nur drei junge Männer auf einer Bergtour, die auf den Gletscher wollten. Ich bezweifle, dass sie gezielt nach etwas suchten oder dass sie für jemanden einen Auftrag ausführten.«

»Ich hoffe für die drei Männer, dass Sie recht haben. Das Wrack muss ganz in der Nähe im Eis begraben liegen, und ich werde nicht zulassen, dass sie etwas finden, das sie nicht sollten. Sie verstehen, was ich meine. Verfolgen Sie die Angelegenheit genauestens und berichten Sie sofort, wenn Sie mehr herausfinden. Sollten die drei jungen Männer nicht locker lassen und weitersuchen, werde ich gezwungen sein, etwas gegen sie zu unternehmen!«

Igor Alexejewitsch blickte besorgt auf die Wolkendecke herab, die weit unter seinem Privatjet die Landschaft bis zum Horizont verdeckte. Er konnte sich während des restlichen Fluges weder mit Champagner noch mit Musik mehr entspannen.

KAPITEL 1 – HEUTE

Mit kurzen schmerzhaften Schritten hinkend, holte Christian Daniela nur langsam ein. Als er sie endlich erreichte, versuchte sie, ihn aufzumuntern: »Schau, Christian! Es ist nicht mehr so weit. Den längsten Teil des Abstiegs haben wir bereits hinter uns. Wir müssen nur noch den Rest der Moräne hinunter, dann sind wir da. Du musst durchhalten!«

Er stützte seine Stöcke auf einem schneefreien Felsen vor ihm ab und blickte auf den Weg, den er noch beschreiten musste. Bis zum Gletscher war die Moräne mit ihren großen, kreuz und quer stehenden Felsbrocken steil, eisig und immer wieder schneebedeckt. Er seufzte. Nach dem Abstieg wartete der flache Gletscher auf sie, da würde das Gehen hoffentlich etwas einfacher werden. Sein Blick streifte über den breiten verschneiten Gauligletscher zum gegenüberliegenden Bergpanorama und auf die Gipfel, die in den stahlblauen Himmel ragten. Sie schienen ihm in seiner jetzigen Lage unüberwindbar. Wegen der Schmerzen, die ihn plagten, konnte er die Schönheit und Reinheit der Natur um ihn herum nicht mehr genießen.

»Mein Knie ist ernsthafter verletzt, als ich dachte. Die Schmerzen nehmen stetig zu. Ich kann fast nicht mehr gehen«, stöhnte er.

Daniela drehte sich um. Die »Gaulihütte«, die sie vor einigen Stunden noch bei Dunkelheit verlassen hatten, war nicht mehr zu sehen. Die Hütte war im Winter zwar nicht bewirtet, der alte Teil des Gebäudes blieb jedoch immer für Bergtourengeher offen. Sie hatten dort eine erholsame und, dank des schönen alten Holzherdes, warme Nacht verbracht. Sie blickte an der Moräne entlang in die Höhe, zurück auf die Stelle über ihnen, an der Christian auf einer Eisplatte so unglücklich ausgerutscht und mit dem linken Knie mit großer Wucht gegen einen Felsen geprallt war. Zuerst schien der Unfall glimpflich verlaufen zu sein. Beide waren erleichtert gewesen, dass er sich nichts gebrochen hatte und nur mit Prellungen davonzukommen schien.

»Wir müssen weiter. Zur Hütte zurückzukehren, ist keine Option, das schaffst du nicht«, stellte sie resigniert fest.

»Ja, ich versuche, noch bis zum Gletscher abzusteigen, wo das Gelände flach wird. Dort müssen wir unsere Tour aber abbrechen und die Rega anfordern. Sie muss uns ausfliegen, denn ich schaffe es nicht mehr über den Gletscher. Geh du bitte voraus, das macht es für mich einfacher.«

Er folgte Daniela und stützte sich mit seinen Stöcken ab, um das verletzte Knie zu entlasten. Trotz seiner Vorsicht rutschte er mehrmals aus.

»Bis zum Gletscher muss ich es noch schaffen«, wiederholte er immer wieder leise zu sich selbst und machte vorsichtig einen Schritt nach dem anderen.

»Es geht wirklich fast nicht mehr. Es tut höllisch weh«, rief er verzweifelt hinunter zu Daniela. »Das Knie ist inzwischen so angeschwollen, dass es gegen die Hosen drückt. Die werde ich nicht mehr ausziehen können, man wird sie mir wegschneiden müssen. Die Schmerztablette wirkt auch schon lange nicht mehr.«

Als das Gelände allmählich flacher wurde, stapfte Daniela durch den tiefen frischen Schnee voraus und bemühte sich, eine möglichst breite Spur zu hinterlassen. Christian folgte darin, und sie hörte ihn jedes Mal stöhnen, wenn er mit seinem linken Bein einen kurzen Schritt humpelte. Bald musste er vor Schmerzen immer öfter anhalten. Die Sonne brannte vom wolkenlosen Himmel herab, und der Schnee spiegelte das grelle Licht auf sein Gesicht. Er wischte sich den Schweiß von der Stirn und atmete tief durch. Noch einen Schluck Tee und noch einen kurzen Moment Pause, dann würde er zu Daniela aufschließen.

Ihr Schrei riss ihn aus seinen Gedanken. Er hallte von den Bergflanken zurück, und das Echo wiederholte sich im Kessel immer wieder. Erschrocken blickte Christian auf und sah sie am Rand des Gletschers im Schnee knien.

»Christian!«, rief sie. Wieder hallte das Echo ihrer alarmierten Stimme von den Bergflanken zurück.

Christian hinkte zu ihr, sein Gesicht von den quälenden Schmerzen verzerrt.

»Was ist geschehen? Bist du verletzt?«, rief er ihr außer Atem zu, noch bevor er sie erreicht hatte.

Ohne zu antworten, stapfte Daniela eilig auf ihn zu.

»Komm, es ist schrecklich!«, antwortete sie aufgeregt und stützte ihn beim Gehen.

»Was hast du denn?«

»Schau, dort im Schnee, gleich vor diesem Spalt.«

Er humpelte die letzten Schritte bis an die Stelle und erschrak selbst. Vor ihm ragte der Teil eines menschlichen Oberkörpers aus dem Schnee, der linke Arm in einem 45-Grad-Winkel in die Luft gestreckt, als ob er den Weg in den Himmel zeigen wollte. Die hochgestreckte linke Hand war dick in Stoff eingebunden. Die rechte Schulter und der Rest des Rumpfs blieben im Schnee verborgen. Christian machte einen Bogen um den leblosen Körper, um ihn von vorne zu betrachten. Das Gesicht des Mannes war im Schnee nicht sichtbar, als ob die Leiche ihre Identität bis zuletzt verheimlichen wollte. Er studierte die schwarzen, von leichtem Schneepuder bedeckten Haare, ein Ohr und den Nacken der gefrorenen Leiche.

»Ist er tot?«, fragte Daniela, ohne zu überlegen.

»Natürlich ist er tot«, antwortete er gereizter, als er beabsichtigt hatte.

»Was sollen wir tun?«

»Wir müssen die Polizei benachrichtigen. Hoffentlich haben wir hier oben Handyempfang.«

Er zog sein Telefon aus der Jackentasche und blickte auf das Display.

»In der Sonne sieht man auf diesen Geräten wirklich gar nichts!«

Er drehte sich um, verdeckte mit seinem Oberkörper die Sonne und betrachtete das Telefon in seinem Schatten.

»Das wäre ja zu einfach gewesen! Wir empfangen kein Signal! Hier oben werden wir nicht telefonieren können.« Er blickte zum See unterhalb des Gletschers. »Da drüben, auf dem Felsvorsprung links vom See, dort hast du vielleicht vom Tal her Empfang.«

»Schaffst du es bis dorthin?«

Christian schüttelte seinen Kopf. »Nein. Tut mir leid. Das ist zu weit weg, das musst du machen. Ich warte hier auf dich. Nimm mein Handy. Hoffentlich klappt es.«

»Was tun wir, wenn wir auch dort kein Signal empfangen?«, fragte Daniela.

Ohne zu antworten, zuckte er mit den Achseln, warf seinen Rucksack vor sich in den Schnee, und ließ sich darauf nieder, sein linkes Bein vor sich ausgestreckt. Daniela machte sich auf den Weg.

Es dauerte nicht lange, bis sie den exponierten Felsvorsprung erreicht hatte. Christian beobachtete, wie sie mit dem Telefon hantierte, konnte aber aus der Distanz nicht beurteilen, ob der Anruf geklappt hatte. Auf halbem Weg zurück, sah er sie rufen.

»Ich verstehe dich nicht! Hast du sie erreicht?«, rief er ihr gespannt zurück.

Als sie näher gekommen war, verstand er endlich ihre Worte: »Hat geklappt!« Erleichtert atmete er tief aus.

Kurz danach kniete sie strahlend neben ihm.

»Wir haben Glück, dort vorne empfing ich tatsächlich ein ganz schwaches Signal! Nur ein Strich auf dem Display! Ich habe die Notrufnummer gewählt und den Fund sowie unseren Standort gemeldet. Die Polizei wird sich mit der Rega absprechen und mit einem Heli hochfliegen. Bis es so weit ist, wird es jedoch noch eine Weile dauern.«

Christian nickte zufrieden. »Bin ich froh, dass es geklappt hat! Bis zu ihrem Eintreffen können wir jetzt nichts anderes tun als warten.«

Er verstaute das Telefon in seiner Jacke und studierte eine Weile lang aufmerksam den Toten.

»Schau dir den Kragen und den Ärmel der braunen Jacke an. Wirkt die nicht irgendwie komisch? Bergsteigerbekleidung wird doch normalerweise nicht aus so einem rauen, dicken Stoff hergestellt.«

Daniela untersuchte den Ärmel etwas genauer.

»Du hast recht. Mit einer solchen Jacke geht man nicht klettern. Der Stoff sieht irgendwie alt aus, oder nicht? Und warum die eingebundene Hand?«

»Erfrierungen? Eine Verletzung? Ich weiß es nicht. Vielleicht ist er … äh … war er doch ein Bergsteiger, der vor langer Zeit verunfallt ist. Und der Gletscher hat ihn wahrscheinlich erst jetzt freigegeben. Man liest ja immer wieder in der Zeitung, wie Bergsteiger Jahrzehnte nach ihrem Verschwinden gefunden werden … aaaah … die Schmerzen bringen mich fast um«, stöhnte er.

Vergeblich versuchte er, sein linkes Knie etwas zu entlasten, indem er das Bein anwinkelte.

Noch bevor sie den Motorenlärm hörten, sichteten sie den Helikopter, der vom Urbachtal her über den See zu ihnen hochflog. Daniela stand auf und winkte, so heftig sie konnte, bis er über ihnen schwebte als Zeichen, dass der Pilot sie geortet hatte. Sie zogen die Kapuzen ihrer Winterjacken hoch und drehten ihre Köpfe zur Seite, um sich vor dem feinen Schnee zu schützen, den der landende Helikopter meterhoch aufwirbelte. Zwei Männer sprangen aus der Maschine und stapften durch den tiefen Schnee zu ihnen. Sie stellten sich als Dr. Remo Berger, Arzt aus Meiringen, und Stefan Gmünder, Polizist, ebenfalls aus Meiringen, vor. Während Dr. Berger sofort Christians Knie untersuchte, zeigte Daniela Gmünder die Stelle, an der die gefundene Leiche weiterhin mit dem Arm in den Himmel zeigte.

Gmünder ging mehrmals um den Toten herum und inspizierte die Fundstelle genau, bevor er sie aus verschiedenen Richtungen fotografierte. Dann kniete er nieder und untersuchte Kopf und Arm der Leiche genauer, ohne sie zu berühren. Er fotografierte alles, was er untersuchte.

»Da ist wirklich nicht viel zu sehen. Wir werden die Leiche aus dem Schnee befreien müssen«, meinte er endlich.

Er holte aus dem Helikopter einige Spaten und bat den Piloten und Dr. Berger zur Fundstelle. Nachdem auch der Arzt die Leiche inspiziert hatte, machten sie sich zu dritt daran, vorsichtig um den Körper herum zu graben und den Schnee zu entfernen, ohne die Leiche zu verletzen.

Zwischendurch brachte Daniela den drei Männern aus ihrer Thermosflasche Tee und bot ihre Hilfe beim Graben an, die sie jedoch höflich ablehnten. Als sie zu Christian zurückkehrte, saß er auf seinem Rucksack, mit dem Rücken an den Helikopter angelehnt. Im Schatten der Maschine war er eingeschlafen. Das Schmerzmittel, das Dr. Berger ihm gespritzt hatte, hatte glücklicherweise sofort gewirkt.

Es dauerte über eine Stunde, bis die drei Männer die Leiche ganz aus dem Schnee befreit hatten. Vorsichtig hievten sie sie aus dem Loch und legten sie im Schatten des Helikopters sanft ab.

Alle drei blickten erschüttert auf den gefrorenen steifen Körper, dann kniete Dr. Berger vor dem Kopf der Leiche nieder und untersuchte die von Haaren teilweise verdeckte Stirn. Daniela konnte nicht hören, was er zu seinen Kollegen sagte, die ebenfalls vor der Leiche knieten, denn er hatte ihr seinen Rücken zugekehrt. Es musste aber etwas Besonderes gewesen sein, da Gmünder darauf überrascht reagierte, mit ihm zu diskutieren begann und gleichzeitig sein Telefon zückte.

»Empfang hat man hier keinen«, rief sie ihm zu. »Sie müssen dorthin, zum Felsvorsprung.« Sie zeigte mit der Hand in die angegebene Richtung. Dr. Berger nickte ihr dankend zu und marschierte los.

Neben ihr schlief Christian weiter. Mit ihrem Handy fotografierte sie zuerst das Bergpanorama, dann schoss sie ein Selfie mit ihr und Christian, und dann, als die zwei Männer abgelenkt waren, fotografierte sie mehrmals die Leiche.

»Wie lange ist er schon tot?«, hörte sie Gmünder fragen, als Dr. Berger zurückgekehrt war.

»Die Leiche ist in erstaunlich gutem Zustand. Trotzdem ist es schwierig, den Zeitpunkt des Todes zu schätzen«, antwortete der Arzt. »Schaut mal die Kleider an. Sie erinnern mich an Fotos aus der Jugend meiner Eltern. Die Jacke, die Hosen … irgendwie alt. Vielleicht Mitte des vorigen Jahrhunderts?«

»Was sollen denn die Verbände um die Hände und um die Füße? Und was ist mit seinem linken Bein?«, fragte der Pilot.

»Wenn du mich fragst, war das ein Versuch, wegen einer Verletzung oder eines Beinbruchs das Bein ohne geeignetes Material notfallmäßig zu schienen. Die Hände und Füße hat er vielleicht wegen Erfrierungen eingebunden. Mehr werden wir erst erfahren, wenn die Pathologie ihn untersucht hat.«

Gmünder schüttelte den Kopf. »Ein Mann in unpassender Kleidung, mit verbundenen Händen und Füßen, ohne Handschuhe oder Rucksack, und einem gebrochenen Bein? Hier, tot, mitten in den Alpen? Was soll denn das?«, fragte er erstaunt.

Daniela unterbrach das Gespräch und rief Dr. Berger zu: »Christian ist aufgewacht, und die Schmerzen setzen wieder ein. Er friert. Ich fürchte, er hat Fieber.«

Dr. Berger untersuchte Christian flüchtig und verkündete: »Es wird Zeit. Wir müssen ihn ins Spital ausfliegen.«

»Zuerst fliege ich Berger, Christian und Daniela ins Tal, dann komme ich zurück, und nehme dich und die Leiche mit«, sagte der Pilot und kletterte in die Kabine des Helikopters, um mit den Vorbereitungen für den Start zu beginnen.

Gmünder nahm eine Wolldecke aus dem Helikopter und bedeckte damit vorsichtig den Toten.

KAPITEL 2

Mike konnte sich später nicht erklären, warum er sofort das Schlimmste ahnte. Er beschleunigte seine Schritte und näherte sich dem Hotel, vor dem ein Streifenwagen und eine Ambulanz standen. Schaulustige zogen gegen die Kälte und den eisigen Wind, die an diesem Wintermorgen unerbittlich durch die Gassen der Berner Altstadt und über den Bundesplatz blies, die Kragen ihrer Mäntel hoch und ihre Kappen tiefer über die Ohren oder rieben sich die Hände. Die Gaffer hofften, einen Verletzten zu sehen. Oder vielleicht sogar eine Leiche.

Mike drängte sich durch die Menschenmenge und zwischen dem Polizeiauto und der Ambulanz bis zum Hoteleingang durch, der von einem uniformierten Polizisten breitbeinig versperrt wurde.

»Sind Sie Gast im Hotel?«, fragte er Mike grimmig.

»Nein, aber ich treffe um 10 Uhr einen Gast in der Lobby.«

Der Polizist blickte ihn prüfend an, trat zur Seite und ließ ihn durch die automatische Schwingtür in die warme Eingangshalle eintreten. Mehrere Angestellte, in dunkle elegante Uniformen gekleidet, standen mit finsteren Mienen an der Rezeption und flüsterten miteinander, ohne ihn zu beachten. Mike spürte die gedrückte Stimmung in der Luft. Ein magerer Mann mit einem grauen wirren Haarschopf und einem gleichfarbigen Anzug ohne Krawatte machte sich mitten im Raum in einem kleinen Block Notizen.

Als er Mike bemerkte, hob er den Kopf und fragte forsch: »Was wollen Sie hier?«

»Ich habe um 10 Uhr einen Termin mit einem Gast.«

»Und hat der Gast auch einen Namen?«

»James Matthews.«

Kaum hatte Mike den Namen ausgesprochen, runzelte der Mann die Stirn. Sein Blick bestätigte Mike, was er befürchtet hatte. Matthews musste etwas zugestoßen sein. Bevor sich Mike danach erkundigen konnte, fragte ihn der Mann: »Und was will dieser Herr Matthews von Ihnen?«

»Er flog gestern von London in die Schweiz und wollte mich heute treffen. Er wird an der NATO-Konferenz in Interlaken teilnehmen.«

»NATO-Konferenz?«

Mike hatte das Gefühl, der Mann wusste von der Konferenz, antwortete aber trotzdem auf die Frage: »Ja, die NATO-Konferenz der WMD für Abrüstung, Rüstungskontrolle und Nichtverbreitung von Massenvernichtungswaffen.«

»WMD?«

Wieder tönte die Frage des Mannes so, als ob er die Antwort bereits kannte.

»Ja, Massenvernichtungswaffen: Weapons of Mass Destruction«, antwortete Mike irritiert.

»Woher wissen Sie so viel über die Konferenz?«

»Professor Matthews hat darüber gesprochen, und dann habe ich mich informiert.«

»Warum wollte er Sie treffen?«

Mike beunruhigte, dass er immer noch nicht erfahren hatte, ob Matthews etwas zugestoßen war oder nicht, und dass das Gespräch immer mehr einem Verhör ähnelte.

»Wer sind Sie überhaupt? Wo ist Professor Matthews? Was ist geschehen?«, fragte er herausfordernd laut.

Die Hotelangestellten an der Rezeption unterbrachen ihr Geflüster und blickten überrascht zu ihm, drehten sich danach aber schnell wieder ab und flüsterten weiter.

»Kommen Sie, setzen wir uns da drüben an einen Tisch an der Bar«, schlug der Mann vor.

Als sie sich gesetzt hatten, legte er vor Mike seinen Ausweis auf den Tisch.

»Mein Name ist Herrenstein. Ich arbeite für die Kantonspolizei Bern, Dezernat ›Leib und Leben‹. Und wer sind Sie?«

»Mike Honegger ist mein Name.«

»Welche Beziehung haben Sie zu Herrn Matthews?«

»Professor Matthews ist nicht nur ein Kollege meines verstorbenen Vaters, sondern auch ein guter und langjähriger Freund der Familie.« Mike blickte in das blasse Gesicht Herrensteins, das müde wirkte. »Wenn Sie für das Dezernat ›Leib und Leben‹ arbeiten, ist Matthews wohl etwas zugestoßen. Ich will endlich wissen, was los ist«, verlangte Mike verärgert.

Herrenstein räusperte sich und überlegte, wie er das Geschehene formulieren sollte. »Ja, in der Tat. Es tut mir leid, derjenige zu sein, der Ihnen die schlechte Nachricht überbringen muss. Herr Matthews wurde vor einer halben Stunde in seinem Zimmer aufgefunden. Tot. Von einer Hotelangestellten.«

Mike spürte, wie sich sein Magen zuschnürte, und lehnte sich nach vorne. »Was? Matthews tot? Was ist denn geschehen?«

»Das ist im Moment Gegenstand der Ermittlungen. Die Angestellte klopfte mehrmals an die Tür. Als er nicht antwortete, öffnete sie das Zimmer mit ihrem Badge. Sie entdeckte ihn angekleidet auf seinem Bett liegend. Zuerst dachte sie, Matthews schlafe, und ist gewaltig erschrocken, als sie realisierte, dass er tot war.« Er deutete mit einer Kopfbewegung zu einer Seitentür. »Sie wird von einer ihrer Kolleginnen dort drüben im Gepäckraum betreut. Hoffentlich beruhigt sie sich bald. Vielleicht erfahren wir dann mehr von ihr. Herr Matthews muss einen Herzinfarkt oder einen Schlaganfall erlitten haben.«

Mike schüttelte den Kopf. »Nein, das glaube ich nicht. Der Professor ist zwar schon über 70, er wirkte aber viel jünger und war immer sehr sportlich und fit. Ich bin noch keine 30 und hätte Mühe gehabt, mit ihm mitzuhalten. Vor zwei Tagen habe ich noch mit ihm telefoniert, und er erzählte begeistert, wie er sich auf das Skifahren vor der Konferenz freute und auch dieses Jahr wieder Schneeschuhwandern wollte. Vergangenen Sommer war er in die USA geflogen, um in den Rocky Mountains zu wandern und zu klettern. Das tönt nicht nach einem Mann, der kurz vor einem Schlaganfall steht!«

»Herr Honegger, bitte! Herzinfarkte und Schlaganfälle melden sich selten an und fragen nicht höflich, ob sie schon stattfinden dürfen. Anstatt jetzt zu spekulieren, sollten wir die Ergebnisse der Untersuchung abwarten.«

Als links von der Rezeption der Gong des ankommenden Lifts erklang, blickten alle wie auf Kommando in diese Richtung. Zwei Sanitäter rollten eine Bahre durch die Halle zur vor dem Hotel wartenden Ambulanz. Darauf, gut erkennbar, ein mit einem Leintuch zugedeckter Körper. Professor James Matthews. Mike seufzte laut und wandte sich ab.

»Es tut mir leid, Herr Honegger.«

Mike schüttelte den Kopf und sagte leise: »Ich kann es einfach nicht fassen. Nicht Matthews.«

Der Professor und seine Frau hatten während Mikes Kindheit oft dessen Eltern besucht. Er erinnerte sich an die ewigen Diskussionen zwischen den beiden Wissenschaftlern. Stundenlang konnten sie am Esstisch oder im Wohnzimmer über die Wichtigkeit und die Folgen irgendeines ihm selbst unwichtig scheinenden Ereignisses der Weltgeschichte fachsimpeln. Damals hatte Mike zum ersten Mal von punischen Kriegen, Phöniziern und Völkerwanderungen gehört. Zu seiner Erleichterung durfte er allerdings, sobald derartige Diskussionen begannen, das Zimmer verlassen und spielen gehen. Erst als Matthews vor zehn Jahren seine Frau durch ein Herzleiden verloren hatte, wurden seine Besuche seltener und kürzer.

»Vor einigen Jahren wollten meine Eltern zu einer Konferenz nach London zu Matthews fliegen und sind auf dem Weg zum Flughafen Bern-Belp tödlich verunfallt.«

Herrensteins Blick verlor etwas an Strenge. »Es tut mir leid, Herr Honegger, das konnte ich nicht wissen.« Er senkte seinen Blick und machte eine Pause, bevor er weitersprach. »Wann haben Sie zuletzt mit dem Professor gesprochen?«

»Vorgestern rief er mich aus London an. Er sagte, er würde bei der NATO-Konferenz einen Vortrag halten und mit anderen Teilnehmern über ein brisantes Thema sprechen. Vorher würde er sich aber noch Urlaub gönnen und im Berner Oberland eine Woche Ski fahren. In Mürren. Er wollte mich aber hier in Bern auf der Durchreise unbedingt treffen.«

»Welchen Grund hat er angegeben, Sie treffen zu wollen?«

»Matthews ist Geschichtsprofessor in London und hatte mit meinem Vater in diversen Projekten zusammengearbeitet. Er sagte nur, es gehe um die Forschungsarbeit meines Vaters. Das hat mich erstaunt, denn ich war in seinen Arbeiten nie involviert.«

»Was tun Sie denn beruflich?«, wollte Herrenstein wissen.

»Ich bin Journalist.«

»Woran forschte Ihr Vater?«

»Er hatte sich in den letzten Jahren mehr und mehr auf die Geschichte Russlands spezialisiert, insbesondere auf die Geschichte der Beziehungen zwischen der Schweiz und Russland. Im Detail weiß ich aber nicht, woran er vor seinem Tod arbeitete.«

»Was hat Professor Matthews sonst noch gesagt, Herr Honegger?«

»Er fragte mich mehrmals, ob ich über die Forschungsarbeiten meines Vaters mehr wisse. Ich antwortete ihm, wie ich gerade auch Ihnen sagte, dass ich nicht genau wüsste, woran er forschte. Matthews erklärte, er müsse mich deswegen unbedingt sprechen, wollte aber am Telefon nicht ins Detail gehen.«

»Ich spüre, dass Ihnen das ungewöhnlich schien.«

Mike überlegte einen Moment. »Ja. Er wirkte am Telefon irgendwie komisch.«

»Verängstigt? Nervös?«, fragte Herrenstein.

»Nein, nicht verängstigt oder nervös. Aber doch so, als wollte er am Telefon nicht darüber sprechen. Als ob es sich um etwas Vertrauliches handelte, das er mir nur persönlich erzählen konnte. Warum soll das relevant sein?«

»Ich versuche herauszufinden, weshalb er Sie sprechen wollte. Genaueres teilte er Ihnen also nicht mit?«

»Nein, er blieb sehr vage.«

»Gut. Das genügt für den Moment. Ich notiere mir noch Ihre Personalien, für den Fall, dass wir weitere Fragen an Sie haben sollten. Danach können Sie gehen.«

Mike ärgerte sich ob der überheblichen Aussage »danach können Sie gehen«. Solange ihn die Polizei nicht festhielt, konnte er ohnehin jederzeit gehen. Er versuchte, seinen Ärger zu verbergen, und reagierte nicht auf die Bemerkung. Als Herrenstein aufstehen wollte, hielt ihn Mike am Ärmel seiner Jacke fest.

»Einen Moment noch, ich habe nämlich noch Fragen an Sie, Herr Herrenstein. Hat Professor Matthews heute Morgen im Hotel gefrühstückt?«

Herrenstein schaute Mike verwundert an, als ob ihn der plötzliche Rollentausch verwirrte.

»Sie haben Fragen an mich? Das verstehe ich nicht ganz. Für Sie ist die Sache für den Moment nämlich erledigt.«

Trotzdem setzte sich Herrenstein wieder auf die Bank.

»War Professor Matthews heute Morgen frühstücken?«, insistierte Mike.

»Also gut. Nein, er wurde heute Morgen im Frühstücksraum nicht gesehen.«

»Warum hat er sich dann zuerst angezogen und sich danach, ohne zu frühstücken, wieder aufs Bett gelegt?«

»Herr Honegger, ich weiß nicht, auf was Sie hinauswollen. Nachdem er sich angezogen hatte, fühlte er sich wahrscheinlich nicht wohl und legte sich noch einmal aufs Bett. Er war ja wirklich nicht mehr der Jüngste.« Herrenstein blickte provokativ auf seine Uhr. »Jetzt muss ich mich aber nach dem Stand der Dinge im Zimmer von Herrn Matthews erkundigen. Ich habe Ihnen schon gesagt, dass wir zuerst die Ergebnisse der Ermittlungen abwarten müssen. Der Fall scheint für mich aber klar zu sein: Er hat sich hingelegt und ist gestorben. Und für

Sie ist die Sache jetzt wie gesagt abgeschlossen. Fahren Sie zur Arbeit!«

Herrenstein stand auf, verabschiedete sich, ohne Mikes Hand zu schütteln, und verschwand im Lift.

Mike setzte sich zurück an den kleinen Tisch. Er konnte nicht fassen, was er von Herrenstein erfahren hatte. Matthews, unerwartet und plötzlich tot? Nein, das konnte er nicht glauben. Sein Bauchgefühl sagte ihm, dass mehr dahintersteckte als nur ein Herzinfarkt oder ein massiver Hirnschlag. Schon der Anruf von Matthews vor zwei Tagen hatte ihn beunruhigt. Mike hatte Herrenstein gesagt, dass der Engländer seltsam gewirkt hatte. Dass Matthews am Telefon mehr als nur seltsam, sondern sogar äußerst besorgt gewirkt hatte, hatte er Herrenstein verschwiegen. Ebenso Matthews' Versprechen, die Forschungsarbeiten mitzubringen, um sie ihm persönlich zu überreichen. Weshalb, hatte er ihm nicht sagen wollen. Oder nicht sagen können? Und jetzt war er tot in seinem Hotelzimmer aufgefunden worden. Etwas stimmte an der Angelegenheit ganz und gar nicht.

Hinter der Tür mit dem Schild »Zutritt nur für Personal« hörte er jemanden schluchzen und eine Stimme sprechen, die er nicht verstehen konnte. Er blickte zur Rezeption. Die Hotelangestellten sahen alle durch die Glastür nach draußen und beobachteten, wie die Sanitäter die Türen der Ambulanz schlossen und die Hecktür eines Leichenwagens öffneten. Der Polizist am Hoteleingang drängte die Menschen, die herumstanden, zur Seite, um beide Fahrzeuge wegfahren zu lassen.

Mike nutzte den Augenblick und trat schnell in den Gepäckraum. In dem kleinen fensterlosen Zimmer saß eine junge blonde Frau auf einem Klappstuhl vor Regalen, auf denen Koffer und Taschen standen. Vor ihr kniete eine Frau, die sie offenbar zu trösten versuchte. Als sie Mike eintreten sah, erhob sie sich hastig und sagte energisch: »Hier hat nur Personal Zutritt. Sie müssen wieder raus!«

»Hat sie den Toten im Hotelzimmer gefunden?«, fragte Mike trotzdem und zeigte auf die Frau auf dem Klappstuhl. Ihr erneutes Schluchzen war ihm Antwort genug.

»Professor Matthews ist … äh, war ein Freund meiner Familie. Würden Sie mir bitte zwei, drei Fragen beantworten?« Er blickte beide Frauen flehend an. »Sie können sich nicht vorstellen, wie es mir nach der Nachricht seines Todes zumute ist!«

Die ältere Frau blieb unerschütterlich vor Mike stehen und sagte: »Jetzt ist kein guter Zeitpunkt dafür. Sie sehen ja, wie es Frau Sommer getroffen hat. Bitte zeigen Sie wenigstens ein bisschen Verständnis und Anstand. Lassen Sie sie in Ruhe.«

Diese Frau würde ihn nicht mit Frau Sommer sprechen lassen. Er drehte sich um und verließ das Hotel.

Im Café gegenüber setzte sich Mike ans Fenster, wo er unter den Lauben den Hoteleingang auf der gegenüberliegenden Straßenseite gut überblicken konnte, und bestellte einen doppelten Espresso. Er bezahlte ihn gleich. Frau Sommer schien vom Schock, Matthews' Leiche gefunden zu haben, sehr betroffen gewesen. Mike konnte sich nicht vorstellen, dass sie heute noch lange im Hotel arbeiten würde. Ihr Chef würde sie zur Beruhigung sicherlich bald nach Hause schicken.

Kaum hatte er den Espresso ausgetrunken, sah er eine Frau das Hotel in Richtung Bundesplatz verlassen. Sie trug eine rote Wollkappe, die sie tief ins Gesicht gezogen hatte, eine schwarze Winterjacke mit hochgestelltem Kragen, und hatte einen dicken weißen Wollschal um den Hals gewickelt. Mike erkannte sie trotzdem und eilte ihr nach.

»Geht es Ihnen besser, Frau Sommer?«, überraschte er sie.

Sie hielt an und blickte zu ihm auf. Schneeflocken fielen auf ihr Gesicht. »Ah, Sie sind es. Ja danke, es geht besser. Es tut mir leid wegen der Reaktion meiner Kollegin im Gepäckraum. Sie meinte es nur gut mit mir. Sie hütet uns jüngere Mitarbeiterinnen wie eine Henne ihre Küken. Und nennen Sie mich Nina.«

»Schon gut, es muss ja auch ein rechter Schock gewesen sein, Matthews tot aufzufinden. Ich bin übrigens Mike. Würdest du mir bitte einige Fragen beantworten und mir helfen, das Geschehene besser zu verstehen?«

Nina überlegte kurz und antwortete dann: »Also gut. Mir frieren aber fast die Finger ab und der Wind bläst mir durch Mark und Bein. Du kannst mich in den ›Starbucks‹ beim Parkhaus einladen. Dort können wir in Ruhe reden.«

Über zwei heiße Latte macchiatos gebeugt, setzten sie ihr Gespräch fort.

»Erzähl mal. Lag Matthews wirklich angekleidet auf dem Bett?«

Nina atmete tief ein und schloss kurz die Augen.

»Ich hatte mehrmals laut an die Tür geklopft. Als er nicht öffnete, nahm ich an, er sei bereits frühstücken gegangen. Ich öffnete die Tür und rief trotzdem zuerst nach ihm. Er hätte ja auch im Badezimmer stehen können. Dann sah ich ihn auf dem Bett liegen, angezogen. Er trug sogar Jacke und Schuhe, als ob er das Zimmer gleich verlassen wollte. Natürlich trug er dieselben Kleider wie gestern.«

»Was meinst du dieselben Kleider wie gestern?«

»Sein Gepäck ist gestern Abend am Flughafen nicht angekommen. Er war vor seinem Abflug zu knapp am Flughafen in London eingetroffen, und die Zeit reichte nicht mehr, sein Gepäck ins Flugzeug einzuladen. Jemand von der Rezeption hat mir erzählt, der Koffer würde heute noch von der Fluglinie direkt ins Hotel nachgeliefert. Der arme Mann hatte nicht einmal Handgepäck bei sich. Bei einem solch kurzen Flug hat man ja auch keine Zeit, sich zu beschäftigen.«

»Hast du im Hotelzimmer irgendetwas Außergewöhnliches bemerkt? Irgendwelche persönlichen Gegenstände? Vielleicht eine Tasche oder einen Aktenkoffer?«

»Nein. Bis auf die wenigen Sachen, die man ihm an der Rezeption organisierte – Zahnbürste, Zahnpaste, Rasierzeug und so, weißt du, so das Dringendste eben – war es leer.« Nina trank den Rest ihres Kaffees aus und blickte durch das Fenster in den grauen kalten Tag. Am Straßenrand und auf den wenigen parkierten Fahrzeugen begann sich der Schnee zu setzen.

»Ganz ehrlich gesagt, habe ich kein gutes Gefühl bei dieser Sache«, sagte Mike nachdenklich. »Ich behaupte, Matthews ist nicht eines natürlichen Todes gestorben.«

Sie blickte ihn mit großen Augen an. »Wie willst du das wissen?«

»Ich habe Herrn Herrenstein von der Polizei schon gefragt: Warum würde Matthews sich ankleiden, Schuhe und Jacke anziehen, um sich dann wieder aufs Bett zu legen?«

»Vielleicht wurde er ohnmächtig und fiel auf das Bett.«

Mike schüttelte den Kopf. »Nein. Du sagtest ja, er sei auf dem Bett gelegen, als ob er schliefe. So fällt man nicht ohnmächtig um.«

Nina blickte ihn mit ihren großen grünen Augen weiterhin ungläubig an und wischte sich eine blonde Haarsträhne aus der Stirn. »Meinst du … glaubst du, er sei … ermordet worden? Das hätte man doch sofort gesehen. Blut oder so.«

»Ich weiß es nicht, aber eines natürlichen Todes ist er meiner Meinung nach nicht gestorben.«

KAPITEL 3

Kaum öffnete der Fahrer die Türen des modernen Cars, traten die Reisenden aus dem warmen, gemütlichen Inneren in die windige Kälte Berns. Die pensionierten Paare aus den Niederlanden schlossen ihre Jacken und genossen trotz der Kälte die frische Luft. Einige gingen mehrmals um den Car, um nach der langen Fahrt ihre Beine zu strecken, andere blickten erwartungsvoll zum Hoteleingang oder bewunderten die Gebäude der Altstadt, während der Fahrer die Gepäckabteile öffnete und damit begann, die Koffer aus dem Bauch des Cars zu hieven. Die Raucher zündeten sich Zigaretten an und zogen nach dem langen Verzicht während der Fahrt genussvoll den Rauch in ihre Lungen. Alle freuten sich darauf, sich in Kürze in ihren Zimmern zu erfrischen und sich vor ihrer geplanten Führung durch die Altstadt noch etwas auszuruhen. Ungeduldig wollte jeder sofort seinen Koffer, um im Hotel möglichst zuerst einzuchecken, und der Fahrer konnte die Gepäckstücke gar nicht schnell genug herausgeben. Wie bei jedem Halt herrschte vor dem Hotel bald ein Durcheinander.

Als die meisten Reisenden im Hotel verschwunden waren, betrat Mike das Gebäude. Er quetschte sich durch die Gäste, die in der engen Eingangshalle herumstanden. Die zwei überforderten Hotelangestellten an der Rezeption waren mit der Gruppe beschäftigt und bemerkten ihn nicht. Er kletterte über Koffer und Taschen zum Gepäckraum, wo er Nina Sommer vor wenigen Stunden zum ersten Mal gesehen hatte.

Matthews war gestern ohne Gepäck angereist, und Nina hatte in seinem Zimmer auch kein Handgepäck gesehen. Mike folgerte daraus, dass sich die Forschungsarbeit seines Vaters, die Matthews ihm mitzubringen versprochen hatte, in seinem Gepäck befinden musste. Vor einer Viertelstunde hatte er im Café gegenüber seinen dritten Espresso bestellt, als die Fahrerin eines Lieferwagens einen Koffer und einen Skisack in das Hotel getragen hatte. Wenige

Stunden nach dem Tod von Matthews war das inzwischen herrenlose Gepäck endlich im Hotel eingetroffen.

In dem dunklen Raum stolperte Mike fast über den Skisack, der hinter der Tür quer am Boden lag und den Weg versperrte, bevor er mithilfe seiner Handyleuchte den schwer erreichbaren Schalter an der Wand fand und das Licht einschaltete. Mitten im kleinen Raum stand neben dem Skisack ein brauner Lederkoffer. Am Griff war ein in weichem Leder eingeschweißtes Kärtchen angehängt, das in edler Schnörkelschrift stolz den Besitzer des Koffers verkündete: *Property of Prof. James Matthews III.* Wie britisch, schmunzelte Mike. Er legte den Koffer vor sich auf den Boden und kniete sich davor. Durch die Tür hörte er dumpf die Reisenden über Doppel- und Einzelzimmer streiten und bereits nach dem Frühstücksraum für morgen früh fragen. Die beiden Bronzeschlösser am Koffer waren nicht abgeschlossen und schnappten mit einem leisen Klicken auf. Vorsichtig öffnete Mike den Deckel des Koffers. Hemden, Krawatten, Skianzug, Winterwäsche, Socken, Unterwäsche, Necessaire, ein Roman. Nichts Besonderes. Er durchsuchte die seidenen Stofftaschen an den rechten und linken Innenseiten. Nähzeug, Aspirin, Schlüssel zum Koffer, Garantiekarte. Hatte Matthews vergessen, die ihm versprochene Arbeit seines Vaters mitzubringen? Unmöglich. Nicht Professor Matthews. Mike durchsuchte den Koffer ein zweites Mal, diesmal besonders gründlich. Nichts. Weder Notizblöcke noch Hefte oder Papiermappen im Koffer. Er öffnete sogar das Necessaire und durchsuchte seinen Inhalt. Die Forschungsarbeit seines Vaters war schlicht nicht da.

Hinter der Tür wurde es allmählich leiser, die meisten Gäste hatten inzwischen ihre Zimmer bezogen. Mike legte den Inhalt des Koffers vorsichtig wieder zurück, stellte das Gepäckstück so auf den Boden, wie er es vorgefunden hatte, löschte das Licht, und öffnete die Tür einen Spaltbreit. Die Mitarbeiterin an der Rezeption verglich konzentriert eine ausgedruckte Gästeliste mit einer Tabelle auf ihrem Bildschirm. Er trat aus dem Gepäckraum und schloss die Tür leise hinter sich. Niemand beachtete ihn, als er das Gebäude enttäuscht und nachdenklich verließ.

Wo hatte Professor Matthews die Forschungsarbeit seines Vaters gelassen? Hatte er es sich anders überlegt und sie nicht mitgebracht? Hatte er sie vielleicht in London vergessen?

KAPITEL 4

»Wir haben vom Tod von Professor Matthews erfahren und sprechen dir unser Beileid aus«, eröffnete Ruedi Moser die morgendliche Sitzung. Mikes Teamkollegen und -kolleginnen rund um den Sitzungstisch stimmten ihm mitfühlend zu.

»Ich danke euch allen. Auch für die Karte auf meinem Pult, mit den netten Worten. Das bedeutet mir wirklich viel. Matthews war für mich so etwas wie ein Onkel, und mir ist, als ob ich ein weiteres Familienmitglied verloren hätte.«

»Ich weiß, dass dich die Angelegenheit beschäftigt, möchte dir aber trotzdem einen Auftrag erteilen, wenn das für dich geht. Vielleicht hilft er dir, dich etwas abzulenken.«

»Ja klar, das ist kein Problem. Zu seinem unerwarteten Tod habe ich noch einige Fragen, die mich beschäftigen. Bei der bisherigen Version der Ereignisse kann einiges einfach nicht stimmen. Ich möchte die offenen Punkte klären, kann das jedoch gut nebenbei erledigen. Ich bin ja hier, um zu arbeiten.«

»Also dann fangen wir doch mit den Aufträgen gleich bei dir an. Die Kantonspolizei Bern meldet in einem kurzen Communiqué, dass sie vorgestern Nachmittag im Oberland, unterhalb einer Berghütte, eine Leiche geborgen hat. Zwei Tourer haben sie entdeckt. Einer der beiden musste von der Rega wegen einer Verletzung ins Tal geflogen werden.« Moser blickte auf seine Notizen. »Das ist so ziemlich alles, was wir bisher wissen. Übernimm bitte die Berichterstattung zu diesem Fall. Du hast ja im Recherchieren von Todesfällen Erfahrung.« Moser schmunzelte.

»Erinnere mich bitte nicht daran. Der letzte Fall war nicht gerade ein Vergnügen. Ist die Berichterstattung über eine gefundene Leiche in den Bergen aber wirklich etwas für mich? So etwas kann doch auch ein Lehrling anpacken, oder nicht?«, fragte Mike.

»Das ist mir schon klar. Wie gesagt, ich gebe dir bewusst einen einfachen Auftrag, um dich zu entlasten. So hast du etwas Freiraum in Sachen Matthews. Seit du für uns arbeitest, hast du ja wirklich einen tollen Job gemacht. Da darf es auch mal etwas lockerer zu- und hergehen.«

»Alles klar. Vielen Dank, ich schätze das sehr. Was brauchst du von mir?«

»Wir veröffentlichen auf der letzten Seite einen ersten kurzen Artikel. Er sollte noch heute Abend ins Layout, also mache dich gleich an die Arbeit. Hier hast du meine Notizen, vielleicht nützen sie dir. Morgen, spätestens aber übermorgen will ich einen Folgeartikel. Wer war der Tote? Woher kam er? Wurde er als vermisst gemeldet? Wenn nicht, warum? Was ist in den Bergen geschehen? Antworten auf solche Fragen. Mit dem ersten Artikel wecken wir das Interesse der Leser, mit dem zweiten schließen wir die Berichterstattung hoffentlich inhaltlich für sie ab. Wir wollen den Lesern täglich Aktuelles und Hintergründe bieten, aber auch eine Vielfalt an Themen von Politik, Wirtschaft, Kultur bis Klatsch. Etwas für jedes Alter und jeden Geschmack.«

Mike blickte Ruedi Moser dankbar an. Seine Kolleginnen nannten ihn wegen seines Aussehens »unseren Richard Gere«. Trotz seiner 48 Jahre sah er aus wie 30. Schlank, sportlich, gut gekleidet. Seine langsam grau werdenden Haare verliehen ihm einen Hauch Eleganz, machten ihn in ihren Augen aber nicht älter. Im Zusammenhang mit seinen Recherchen im Fall des Toten an der Aare hatte Mike seine Stelle verloren, als sein damaliger Chef, Hans Werdenberger, ihn gefeuert hatte. Nachdem der Fall abgeschlossen war, bewarb er sich beim »Der Berner«, erhielt zu seiner Überraschung bald einen Vorstellungstermin und danach schnell eine Zusage. Schon bei seinem Vorstellungsgespräch hatte er sich bei Ruedi Moser gut aufgehoben gefühlt. Er hatte anscheinend auch Moser zugesagt, denn schon nach wenigen Minuten hatte er zu ihm gesagt: »I bi dr Ruedi.« Im Gegensatz zu seinem letzten Chef war sein neuer Ressortleiter ein umgänglicher, offener und flexibler Vorgesetzter, der Entscheidungen gerne im Team traf und immer auf Ideen seiner Mitarbeiter hörte. Mike war von seinem ersten Arbeitstag an von ihm und seinem neuen Arbeitgeber begeistert gewesen.

Nach der Sitzung begab sich Mike im Großraumbüro an seinen Schreibtisch. Er war zwar dankbar, einen wenig anspruchsvollen Auftrag erhalten zu haben, der ihn nicht belastete, aber gleichzeitig auch etwas enttäuscht. Gerne hätte er an einem interessanteren Thema gearbeitet. Er machte sich trotzdem gleich an die Arbeit, um heute noch einen ersten Artikel zum Toten in den Alpen abzuliefern.

Zuerst suchte er in den Medienmitteilungen auf der Website der Kantonspolizei nach der Meldung zum Fund in den Bergen. Sie erschien zuoberst auf der Liste.

Gestern meldeten zwei Bergtourer der Kantonspolizei Bern den Fund einer Leiche unterhalb der Gaulihütte im Oberland. Der männliche Leichnam wurde in der Folge durch Spezialisten mit einem Helikopter aus dem schwer zugänglichen Berggebiet geborgen und für erste Untersuchungen nach Meiringen geflogen. Die Identifikation des Toten sowie die Todesursache sind Gegenstand der laufenden Untersuchungen.

Weiter wurde gemeldet, dass die Staatsanwaltschaft Region Oberland in Thun die Verfahrensleitung übernommen hatte.

Mike wählte die Nummer der Staatsanwaltschaft. Eine Frau informierte ihn, dass die Ermittlungen noch nicht abgeschlossen wären, dass ein Verbrechen nicht auszuschließen sei und dass sich die Kantonspolizei weiterhin um die Abklärungen kümmere. Die wenigen Beweise am Fundort, hauptsächlich Fotografien, hätte die Polizei bereits der Staatsanwaltschaft übergeben. Mehr könne sie dem Journalisten nicht mitteilen. Mike notierte auf einem leeren Couvert »Verbrechen nicht ausgeschlossen« und wunderte sich über diese Aussage. Klettern war nicht ungefährlich. Alpinisten verloren in den Bergen immer wieder ihr Leben, auch ohne Fremdeinwirkung. Vielleicht bedeutete die Aussage auch nichts. Er fragte, ob die Leiche schon identifiziert worden sei. Die Frau verwies auf die Vertraulichkeit laufender Untersuchungen.

Er lehnte sich in seinem Stuhl zurück und las das Communiqué der Polizei mehrmals durch. Die Staatsanwaltschaft hatte die Leitung des Verfahrens übernommen. Am Telefon hatte die Frau in Thun erwähnt, ein Verbrechen sei nicht auszuschließen. Er überlegte kurz, dann wählte er mit der Maus auf der Telefonanwendung auf seinem Bildschirm die gespeicherte Nummer seiner ehemaligen Arbeitskollegin Verena.

»Hallo, Mike, lange nichts mehr von dir gehört. Hast du dich von den Strapazen des letzten Falls erholt?«

»Danke ja, das habe ich. Mit meinem neuen Job bin ich übrigens sehr zufrieden.«

»Wir vermissen dich, weißt du? Außer Werdenberger natürlich.« Verena hustete und fuhr mit heiserer Stimme weiter. »Was kann ich für dich tun?«

»Ich hoffe, dein Husten stammt von einer Erkältung und nicht vom Rauchen! Du solltest wirklich damit aufhören.«

»Du hast recht, Mike. Ich weiß es und arbeite bereits daran.«

»Also, zum Thema. Du kannst mir sicherlich weiterhelfen. Was heißt das, wenn eine Leiche gefunden wird und die Staatsanwaltschaft sofort eingeschaltet wird?«

»Kennst du die Details zum Fall?«

»Eben noch nicht.«

Sie musste nicht lange überlegen. »Da kann es sich um einen sogenannten ›außergewöhnlichen Todesfall‹ handeln. Das kennt die schweizerische Strafprozessordnung, und es heißt, dass der Tote nicht eines natürlichen Todes gestorben ist. In solchen Fällen wird der Staatsanwalt oder die Staatsanwältin sofort involviert, denn es handelt sich dabei um ein schwerwiegendes Ereignis.«

Nicht zum ersten Mal staunte Mike über Verenas breites Wissen. »Das bestätigt meine Vermutung, denn …«

Mike hörte im Kopfhörer ein Piepsen, und Verena unterbrach ihn: »Sorry, Mike. Ich muss einen wichtigen Anruf entgegennehmen. Wir bleiben in Kontakt, gell? Tschüss.«

Mike machte sich zum Gespräch Notizen und rief als Nächstes die Kantonspolizei an. Ein Sprecher informierte ihn, zur laufenden Untersuchung könnten keine Informationen herausgegeben werden. Auch dort kam er nicht weiter.

Er legte das Headset auf sein Pult und las die Notizen erneut durch, die Moser ihm gegeben hatte. Nichts, das er nicht schon wusste. Um einen interessanten Artikel zu schreiben, brauchte er mehr Informationen, und er musste weiter recherchieren. Er fragte sich, ob der Pilot des Helikopters, der die Leiche nach Meiringen geflogen hatte, ihm weiterhelfen könnte. Oder vielleicht die Polizei in Meiringen.

Auf seinem Bildschirm erschien ein kleines Fenster mit einer Meldung der modernen Telefonzentrale: »Eingehender Anruf. Nummer unbekannt.« Mike zog sein Headset wieder über den Kopf, justierte das Mikrofon vor seinem Mund und klickte mit der Maus auf »Anruf entgegennehmen«.

»Honegger.«

»Guten Tag, Herr Honegger.«

Er erkannte die Stimme aus der Vergangenheit sofort. Noch bevor sich der Anrufer vorstellen konnte, fühlte Mike, wie sich sein Magen verkrampfte.

»Hier spricht Jürg Kunz von der Kantonspolizei Bern.«

Als Mike den Fall des ermordeten Mannes in der Aare recherchierte und dabei um sein Leben fürchten musste, hatte Kunz sich geweigert, ihm zu helfen. Mike hatte ihm das bis heute nicht verziehen. Kunz war noch am Apparat, sagte aber kein Wort.

»Ich kann mich an Sie erinnern, Herr Kunz. Was wollen Sie von mir?«, fragte Mike endlich, um die angespannte Stille zu brechen. Ungewollt verriet seine Stimme den Frust, den er seit damals in sich trug und immer noch nicht verarbeitet hatte.

»Ich würde Sie gerne sprechen«, sagte Kunz mit geheimnisvoller Stimme.

»Um was geht es denn?«, antwortete Mike forsch.

»Nicht am Telefon. Hätten Sie vielleicht heute Abend Zeit für mich?«

»Nach dem, was geschehen ist, ist mir eigentlich nicht wohl dabei.«

»Das verstehe ich nur allzu gut, Herr Honegger. Ich muss Sie aber unbedingt sprechen. Es ist wichtig.«

Mike zögerte lange, willigte dann aber doch noch ein. »Also gut. Nach Feierabend, so ab sechs Uhr. Wo wollen wir uns treffen?«

Kunz überlegte nicht lange. »Im Restaurant beim Bärenpark.«

»Da kommen in mir sehr schlechte Erinnerungen auf, Herr Kunz. Letztes Mal, als ich dort war, wurde auf Ihre Kollegin und auf mich geschossen. Ich weiß nicht, ob ich Sie dort treffen will.«

»Ich kann Ihre Bedenken nachvollziehen, aber ich sollte mit Ihnen nicht gesehen werden. Dort ist am Abend viel los, und meine Kollegen gehen nach der Arbeit eher in der Innenstadt noch etwas trinken.«

Mike willigte mit etwas Unbehagen schließlich ein. »Also gut, wenn Sie es wünschen. Etwa um sechs Uhr bin ich dort.«

Das Gespräch mit Kunz nach langer Zeit Ruhe und die Erinnerung an die Ereignisse von damals beschäftigten Mike zutiefst. Er konnte sich für den Rest des Nachmittags kaum mehr auf seine Arbeit konzentrieren. Der Fall war für Mike abgeschlossen, und er war dabei, die Ereignisse der Vergangenheit zu verdrängen. Was wollte Kunz jetzt plötzlich von ihm?

Mit viel Mühe schrieb er seinen Entwurf für den Artikel zum toten Bergsteiger. Er fasste im Wesentlichen die Notizen zusammen, die er von Moser erhalten hatte, und ergänzte sie mit dem Wenigen, das er von der Staatsanwaltschaft erfahren hatte. Damit unzufrieden, aber rechtzeitig, lieferte er den Artikel elektronisch ab. Immer wieder blickte er auf die Uhr und war erleichtert, als es endlich 17.30 Uhr war.

Der Schneefall hatte vorübergehend zwar nachgelassen, die Temperatur war aber seit dem Morgen weiter unter null gesunken, und die Bise blies weiterhin hartnäckig durch die Stadt. Mike zog seine Jacke und sein Halstuch enger um sich und machte sich trotz der Kälte zu Fuß auf den Weg über die Lorrainebrücke in die Altstadt. Die Bewegung und die frische Luft taten ihm nach dem unruhigen Nachmittag im Büro gut und halfen ihm, seine Gedanken und Erinnerungen an den letzten Fall vor dem Treffen mit Kunz zu ordnen. Über die Nydeggbrücke erreichte er den Bärenpark, wo an einem so kalten und dunklen Winterabend keine Besucher am Geländer standen, um in den Park zu blicken. Selbst die Bären schienen sich tiefer in ihre Höhlen zurückgezogen zu haben.

Durch das Tourismusbüro der Stadt Bern betrat er das Restaurant. Zwei große Kupferkessel der Brauerei bildeten einen farbigen Kontrast zu den alten Holzbalken im Dachwerk des denkmalgeschützten Gebäudes. Die ehemalige Tramhalle besaß ihren eigenen Charme. Nach der Kälte draußen wirkte die feuchte Wärme im Inneren des Gebäudes ungemütlich. In der Halle war es von den Gesprächen der Gäste zu laut, um sich normal zu unterhalten. Eine Servicemitarbeiterin, die auf ihrer rechten hochgehaltenen Hand ein mit Biergläsern gefülltes Tablett balancierte, rief ihm zu: »Alle Tische sind besetzt oder reserviert. Vielleicht hat es an der Bierbar noch einen freien Platz für Sie.« Ohne eine Antwort abzuwarten, eilte sie an Mike vorbei.

Er blickte zuerst um die beiden riesigen Kupferkessel zur Bierbar, dann quer durch die Halle. Viele Geschäftsleute, die sich nach der Arbeit zum Bier trafen oder etwas essen wollten. Das Servicepersonal hetzte zwischen den Tischen durch und versuchte, die Wünsche nach den vielen Biersorten schnell und fehlerfrei zu erfüllen. Hinten links winkte jemand Mike zu. Er erkannte Kunz sofort und ging zu ihm.

»Als ich sah, dass sich das Lokal füllte, bin ich schon mal abgesessen und habe diesen Zweiertisch belegt«, begrüßte ihn Kunz.

Der rundliche Mann mit den blondbraunen Haaren, die weniger üppig wuchsen als früher, hatte sich, seit Mike ihn zuletzt gesehen hatte, kaum verändert.

Mike hängte seine dicke Winterjacke über die Rückenlehne des Stuhls, nachdem er Handschuhe und Halstuch in die Seitentasche gestopft hatte. Er setzte sich, und beide Männer schauten einander verlegen an. Bevor sie etwas sagen konnte, brachte eine Servicemitarbeiterin Speisekarten und fragte nach Getränkewünschen. Kunz bestellte ein Weizenbier, Mike schloss sich ihm an.

»Seit wir uns das letzte Mal begegnet sind, hat sich vieles geändert, Herr Honegger«, begann Kunz umständlich das Gespräch. Ihm war sichtlich ungemütlich zumute.

Mike wusste nicht, was er antworten sollte, und wartete, bis Kunz weitersprach.

»Ich weiß, was Sie über mein damaliges Handeln denken müssen, aber ich möchte Ihnen meine Sicht der Dinge schildern. Ich fange einfach mal am Anfang der Geschichte an.« Er unterbrach kurz und räusperte sich. »Dass ich damals mit Jacqueline Meyer-Lang im Marzili erschienen bin, als der Tote in der Aare gemeldet wurde, war kein Zufall. Als sie an jenem Augustnachmittag an die Aare befohlen wurde, um die Beweise aufzunehmen, verlangte sie, mich an ihrer Seite zu haben. Jaqueline und ich hatten gemeinsam die Polizeiausbildung absolviert und hatten bereits in mehreren Fällen sehr gut zusammengearbeitet. Wir ergänzten uns optimal. Deshalb war ich damals dabei.«

Mike unterbrach Kunz. »Ich kann mich gut daran erinnern, wie sie Sie schroff ›Kunz‹ nannte, als sie dort gemeinsam die Leiche untersuchten. Warum tat sie das, wenn sie sich doch gut kannten?«

»Als sie den Auftrag erhielt, am Tatort sämtliche Beweise einzusammeln, wurde ihr befohlen, diese ihrem direkten Vorgesetzten, und nur ihm, abzugeben. Niemand anders durfte Beweismaterial erhalten. Sie befürchtete, jemand würde sie bei der Arbeit überwachen, um sicherzustellen, dass sie nichts der Polizei übergab. Wäre sie mit mir zu kollegial umgegangen, hätten ihre Vorgesetzten daran gezweifelt, dass sie uns tatsächlich keine Beweise zukommen ließ.«

»Das passt genau zu allem andern, was damals geschehen ist!«, sagte Mike verärgert und schüttelte den Kopf. »Warum haben Sie mir später nicht weiterhelfen wollen?«

»Sie wissen ja, dass wir angewiesen wurden, nicht weiter zu ermitteln. Nein, es war mehr als nur eine Anweisung gewesen. Uns wurde ganz klar befohlen, die Hände davon zu lassen. Als Sie sich dann einmischten, folgte noch ein Nachtrag. Wir durften unter keinen Umständen mit Ihnen in Kontakt treten.«

»Und trotzdem haben Sie damals Jacqueline kontaktiert und sie gebeten, mich anzurufen, als ich Sie darum bat.«

Die Servicemitarbeiterin stellte die beiden Biere auf den Tisch. Kunz nahm sein Glas, prostete Mike flüchtig zu und trank mehrere große Schlucke des kalten Getränks. Mike tat es ihm gleich.

Kunz seufzte und setzte das Gespräch fort. »Mir ging es wie Jacqueline. Wir hatten beide Gewissensbisse und litten darunter, einen Fall wie diesen einfach so liegen zu lassen. Auf den unverständlichen Befehl von Vorgesetzten hin. Wir haben im Geheimen darüber gesprochen, und sie entschied, Sie zu treffen. Wir wissen ja, wie das für sie ausgegangen ist.«

Beide Männer spürten, wie der Schmerz des Geschehenen sie vereinte, und Mike glaubte, mit dem Gespräch etwas von der Antipathie zu verlieren, die er seit damals gegenüber Kunz gespürt hatte.

»Trinken wir noch eines?«, fragte Kunz hoffnungsvoll und zeigte auf sein leeres Bierglas.

»Ja, probieren wir doch ein anderes. Wie wäre es mit einem Saisonbier?«, schlug Mike vor.

Kunz bestellte, und beide blieben in ihre Gedanken vertieft, bis das neue Getränk vor ihnen stand.

»Prost!« Mike hob sein Glas und trank einen Schluck des dunklen kühlen Biers. Beiden schmeckte es vorzüglich.

»Für mein damaliges Verhalten entschuldige ich mich. Ich hoffe, Sie verstehen, dass ich nicht anders handeln konnte. Meine Frau und meine kleine Tochter kommen immer an erster Stelle. Ich durfte mich nicht in Gefahr bringen. Wenn ich wie Jacqueline …«

»Ich verstehe. Ich bin Ihnen ja dankbar, dass Sie mir damals trotzdem den Kontakt zu ihr ermöglicht haben.«

Das Gesicht von Kunz entspannte sich, und Mike merkte, wie viel ihm diese Bemerkung bedeutete. Er wirkte danach erleichtert, lockerer und zufrieden. Dass er endlich mit Mike über die Vergangenheit und sein Gewissen sprechen konnte, hatte Kunz in Mikes Augen verändert.

»Ich kämpfe seither mit dem Gedanken, falsch gehandelt zu haben. Ihre Bemerkung hilft, dem ein Ende zu setzen und das Kapitel abzuschließen. Als Wiedergutmachung möchte ich dafür jetzt etwas für Sie tun.«

Mike sah ihn erwartungsvoll an und sagte trotzdem: »Ist nicht nötig. Das Kapitel ist für mich abgeschlossen und erledigt.«

Kunz hatte in der Zwischenzeit das zweite Bier leer getrunken und bestellte zwei weitere Saisonbiere, ohne Mike zu fragen. Erst nachdem sie sich damit zugeprostet hatten, fuhr Kunz fort. Er näherte sich ihm über dem Tisch und sprach in konspirativem Ton weiter. Mike musste sich konzentrieren, Kunz trotz des Lärms im Restaurant zu verstehen.

»Es geht um Ihren Professor Matthews.«

»Um Matthews?«, fragte Mike erstaunt. Er war überzeugt gewesen, dass Kunz nur über die Vergangenheit mit ihm sprechen wollte. Dass Matthews ein Thema sein könnte, hatte er nicht gedacht.

»Hans Herrenstein, mit dem Sie im Hotel gesprochen haben, leitet weiterhin die Untersuchung und weiß, dass ich Sie von früher kenne. Er hat mit mir über den Fall Matthews gesprochen. Der Tod Ihres Bekannten ist nämlich sehr brisant.«

»Warum sollte er das denn sein?«

»Wenn ein offizieller Gast einer NATO-Konferenz in der Stadt stirbt, ist das eben heikel. Hinter den Kulissen läuft in diesem Fall schon einiges, und wir stehen unter Druck, ihn schnell, effizient und gründlich zu lösen.«

»Wenn er eines natürlichen Todes gestorben ist, dann hat das doch nichts mit der Konferenz zu tun, oder? Was gibt es da noch zu klären?«

Kunz ignorierte Mikes fragenden Blick und schaute sich im Restaurant um. Dann näherte er sich Mike noch mehr und sprach fast flüsternd weiter. Um Kunz zu folgen, musste sich Mike äußerst konzentrieren.

»Da ist eben noch etwas. Wir haben vom Institut für Rechtsmedizin bereits erste Ergebnisse erhalten. Wenn ein Fall wirklich hohe Visibilität genießt, geht das ja alles schneller als gewohnt. Professor Matthews ist ... er wurde vergiftet.«

»Vergiftet?«, fragte Mike laut.

»Pst, bitte nicht so laut, Herr Honegger.«

Die Servicemitarbeiterin unterbrach ihr Gespräch und fragte, ob sie essen wollten. Nach dem, was Mike soeben von Kunz gehört hatte, glaubte er nicht, das Essen genießen zu können. Er wollte sie gerade wegschicken, als Kunz ihm zuvorkam und für sich Kalbsgeschnetzeltes mit Champignonsauce und Rösti bestellte. Mike warf einen Blick auf seine Menükarte und bestellte trotz seines

Unbehagens ein Cordon bleu mit Pommes frites. Kunz orderte zu Mikes Überraschung eine vierte Runde Bier, diesmal eine hellere Sorte.

»Warten Sie noch, bis alles da ist, so müssen wir nicht erneut unterbrechen.«

Bis die Getränke und das Essen serviert wurden, spannte Kunz Mike auf die Folter. In ihre Gedanken versunken, blickten beide in der Halle umher.

»En Guete«, wünschte Kunz und griff sofort zu, als die heißen Teller vor ihnen standen. Nach einigen Bissen begann er endlich wiederzureden. »In Matthews' Leiche hat das Institut für Rechtsmedizin Rückstände eines Gifts gefunden, das Pentobarbital ähnelt.«

»Pentobarbital?«, fragte Mike verwundert.

»Das wurde früher als Schlafmittel genutzt und ist ab einer bestimmten Menge tödlich.«

Obwohl Mike bereits vermutete, dass Matthews nicht eines natürlichen Todes gestorben war, schockierte ihn die Mitteilung, dass er vergiftet worden war.

»Wie konnte das geschehen? Wie wurde ihm das Gift verabreicht?«, fragte er.

»Es tut mir leid, ich weiß auch nicht viel mehr. Im Bericht war lediglich die Rede von einer winzigen Verletzung am Hals, vermutlich von einer Nadel verursacht.«

»Ein Nadelstich in den Hals? Hat ihm jemand das Gift etwa in den Hals gespritzt?«

»Wir wissen es noch nicht.«

»Wenn es so ist, muss es sehr schnell gewirkt haben, denn er scheint sich nicht gewehrt zu haben«, spekulierte Mike.

»Um ehrlich zu sein, Herrenstein tappt im Dunkeln.

Es gibt keinerlei Hinweise darauf, wer hinter dem Mord stecken könnte. Feinde scheint Matthews keine gehabt zu haben. Und der Mörder war ein Profi.«

»Was könnte denn das Motiv gewesen sein, den Professor zu töten?«

»Das ist eine der offenen Fragen. Als er im Hotel eintraf, hatte Matthews nichts dabei, das uns weiterhilft. Sein Gepäck musste ja erst nachgeliefert werden. Das Einzige, was wir gefunden haben, ist ein USB-Stick in seiner Jackentasche.«

Mike horchte auf. Konnte es sich dabei um die Forschungsarbeit seines Vaters handeln?

»Unsere Informatikspezialisten haben ihn bereits untersucht. Es sind lediglich zwei Dateien darauf gespeichert, die für Sie bestimmt sind, aber keine wertvollen Informationen enthalten. Irgendetwas aus dem Internet sei da drauf, hat man mir gesagt.«

Also doch, freute sich Mike. Das musste die Forschungsarbeit seines Vaters sein, die er in Matthews' Gepäck nicht gefunden hatte. Aber was bedeutete »keine wertvollen Informationen«?

»Matthews hatte mir einige Dokumente meines Vaters mitbringen wollen. Es muss sich um diese handeln«, erklärte Mike.

Kunz holte einen USB-Stick aus der Hemdtasche hervor und legte ihn vor Mike auf den Tisch.

»Als ich hörte, dass Herrenstein nicht weiterkommt, habe ich ihm mehr über Sie erzählt. Besonders von Ihrer Leistung bei der Lösung des Falles vom Mann in der Aare. Es brauchte etwas Überzeugungsarbeit, bis Herrenstein einwilligte, denn er bezweifelt, dass Sie ihm irgendwie helfen können. Ich möchte damit aber auch Ihnen helfen herauszufinden, wer Ihren Bekannten ermordet hat. So wie ich Sie kenne, wird dabei sicherlich auch Herrenstein profitieren. Ich gebe Ihnen hier im Namen Herrensteins eine Kopie des USB-Sticks, den Matthews in seiner Jackentasche trug. Ganz inoffiziell, natürlich. Herrenstein wäre froh, wenn Sie die Dateien anschauen könnten und uns informieren würden, falls Sie irgendwelche Hinweise darauf finden, wer ihn hätte ermorden wollen. Wie gesagt, der Druck auf uns nimmt zu, und wir kommen nicht voran. Sie dürfen aber niemandem davon berichten, dass Sie den USB-Stick erhalten haben.«

Herrenstein musste recht verzweifelt sein, wenn er ihm eine Kopie zuspielen ließ, vermutete Mike.

»Eine wichtige Frage müssen Sie mir aber beantworten. War Herrenstein damals involviert, als Sie angewiesen wurden, den Fall an der Aare nicht weiter zu untersuchen?«

Kunz blickte ihn überrascht an. »Nein, natürlich nicht. Er hatte damit nichts zu tun.«

»Also gut. Ich werde die Dateien gerne anschauen und Ihnen Bescheid geben, wenn ich etwas finde.«

»Bitte gehen Sie diskret vor und erwähnen Sie nichts von dem, was ich Ihnen heute gesagt habe.«

Kunz lehnte sich zurück und wirkte plötzlich wieder reserviert und vorsichtig, als bereue er, so viel preisgegeben zu haben. »Ich habe schon zu viel erzählt, mehr habe ich nicht zu sagen. Ich lehne mich für Sie sehr weit aus dem Fenster. Als Wiedergutmachung. Und als Gefallen für Herrenstein.«

Mike versuchte, ihn zu beruhigen. »Ich schätze das

wirklich. Ich habe nämlich vom ersten Moment an nicht an den natürlichen Tod von Matthews geglaubt. Ihre Informationen bestätigen meine Befürchtungen. Sie haben mir sehr geholfen. Auch für den USB-Stick bin ich dankbar. Ich muss nämlich wissen, was er mir mitbringen wollte. Vielleicht werde ich auf diesem Stick fündig.«

»Wir sollten gehen, es ist schon spät«, sagte Kunz abrupt.

Sie bezahlten und traten aus dem Restaurant in die kalte Nacht hinaus. Es hatte wieder zu schneien begonnen, und die beiden Männer hinterließen auf der Nydeggbrücke Spuren im frischen Schnee. Keiner sprach mehr über den Mord an Professor Matthews. Beide spürten, dass die Antipathie zwischen ihnen seit dem heutigen Abend Geschichte war.

KAPITEL 5

Kunz hatte von lediglich zwei Dateien auf dem USB-Stick gesprochen, den die Polizei bei Matthews gefunden hatte. Trotzdem hoffte Mike, sie würden die versprochene Forschungsarbeit seines Vaters enthalten. Woran hatte sein Vater vor seinem Tod gearbeitet? Warum wollte Matthews sie ihm, auf einem USB-Stick gespeichert, persönlich überbringen? Er hätte ihm die Dateien auch per E-Mail schicken können oder ihm den Zugriff darauf über einen Cloud-Dienst einrichten können. Was war daran so besonders? Er konnte es kaum erwarten, die Dateien zu untersuchen, und eilte durch den frischen Schnee in seine Wohnung im Breitenrainquartier. Er zog sich trotz seiner Ungeduld schnell um, holte sich eine Flasche Eistee aus dem Kühlschrank und setzte sich an seinen Arbeitstisch am Fenster des Wohnzimmers. Als sein Computer hochgefahren war, steckte er den Datenträger an.

Gespannt blickte er auf den Bildschirm. Wie Kunz richtig angekündigt hatte, enthielt der Stick zwei Dateien: eine namens »honegger.pdf« und eine zweite, »honegger.mp4«. Ein Dokument und ein Video. Nicht gerade vielversprechend, dachte Mike enttäuscht. Er klickte die pdf-Datei zweimal an. Auf dem Bildschirm erschienen drei mit viel Text gefüllte Seiten. Nach den vielen Bieren, die er mit Jürg Kunz in den letzten Stunden getrunken hatte, hatte Mike Mühe, sich auf die kleine Schrift zu konzentrieren, so vergrößerte er den Text und neigte sich näher zum Bildschirm. Eine Kurzbiografie seines Vaters, eine Zusammenfassung seines Studiums und Werdegangs, eine Bibliografie mit den von ihm veröffentlichten akademischen Arbeiten, wie sie im Internet für jedermann zu finden war. Er las den Inhalt der drei Seiten erneut sorgfältig durch, stellte daran jedoch nichts Außergewöhnliches fest. Warum hatte Matthews ihm diese Datei auf den Stick kopiert? Sie enthielt keine besonderen Informationen. Voller Hoffnung startete er das Video in der zweiten Datei. Auf dem Bildschirm erschien das Bild einer Bühne mit einem hölzernen Rednerpult in der Mitte. In der Nähe der Kamera hörte Mike jemanden husten und mit Papier rascheln. Das Bild bewegte sich regelmäßig auf und ab. Das Amateurvideo musste freihändig aufgenommen worden sein. In der nächsten Szene zoomte die Kamera ruckartig auf das Rednerpult zu, hinter dem Mike seinen Vater stehen sah. Trotz der schlechten Tonaufnahme hörte er dessen Stimme und konnte seinen Ausführungen folgen. Er schien ein Referat zu den Ursachen des Krimkriegs von 1854 zu halten. Mike schluckte. Unerwartet seinen Vater im Video zu sehen und zu hören, schnürte ihm den Hals zu. Er konnte nicht lange zuschauen und hielt den Film an.

Er lehnte sich zurück und blickte abwesend aus dem Fenster zum gegenüberliegenden grauen Block. Im Gegenlicht sah Mike, dass es wieder schneite. Gefühle der Trauer kamen in ihm hoch, seine Eltern so jung verloren zu haben, und der Ohnmacht und der Wut, dass der Autounfall nie geklärt werden konnte. Und der Turbulenzen in seiner Seele, sich jetzt erneut mit der Vergangenheit auseinandersetzen zu müssen. Zuerst Kunz und jetzt das Video, in dem sein Vater erschien. Weshalb hatte Professor Matthews ihm eine Kurzbiografie seines Vaters und die Aufzeichnung eines seiner Referate persönlich in die Schweiz gebracht? Zwei Dateien, die er ihm auch hätte schicken können. Oder die er auch für sich hätte behalten können, dachte Mike traurig. Und zwar für immer. Er hätte seinem Leben auch fern bleiben können. Das Ganze machte für Mike keinen Sinn.

Er trank die Flasche Eistee aus und lehnte sich wieder nach vorne. Aufmerksam las er ein weiteres Mal jedes Wort auf den drei Seiten der pdf-Datei durch. Keine geheimen Botschaften, keine geheimen Zeichen, keine geheimen Codes. Das Referat im Video behandelte den Krimkrieg. Was sollte das bedeuten? Warum der Krimkrieg? Gab es zwischen den beiden Dateien vielleicht einen Zusammenhang?

Mike durchsuchte das Dokument nach dem Wort »Krim«. Es kam in den Titeln von drei Veröffentlichungen seines Vaters vor: »Konsequenzen des Krimkriegs auf die Kriegführung in der zweiten Hälfte des 19. Jahrhunderts«, »Zusammenhänge zwischen dem Wiener Kongress 1815 und der Weltanschauung Mitte des 19. Jahrhunderts als Auslöser des Krimkriegs« und »Steganographie des alliierten Vorstoßes nach Sewastopol im Krimkrieg«. Fast hätte Mike die Datei wieder geschlossen, als ihm das Wort »Steganografie« im dritten Titel auffiel. Das unbekannte Wort assoziierte er nicht mit Geschichte, so suchte er im Internet nach einer Erklärung.

Je mehr Einträge er im Web darüber las, desto mehr staunte er. »Steganografie ist das Verfahren, Inhalte wie z. B. Texte in Bild-, Musik- oder Videodateien so zu verstecken, dass die Trägerdateien unverändert scheinen, obwohl der Inhalt darin versteckt enthalten ist.« Mike war sich sofort sicher: Das Wort »Steganografie« passte nicht in den Titel des militärgeschichtlichen Artikels seines Vaters. Er öffnete eine Suchmaschine und gab den Titel ein. Die Suche ergab keinen Treffer. Im Internet war der Titel unbekannt. Was konnte dahinterstecken? War vielleicht in einer der beiden Dateien etwas versteckt? Mike konnte das nicht glauben. Spielte seine Fantasie verrückt? Geheime Meldungen in einer Rasierschaumdose? Unsichtbare Meldungen, die mit Wärme sichtbar gemacht werden? In Ledergürtel eingenähte Mikrofilme? Das konnte doch nicht wahr sein! Seine Neugier ließ ihn aber nicht in Ruhe. Er las im Internet weitere technische Artikel über Steganografie und war von der Materie bald überfordert. Er musste gestehen, dass er von Informatik zu wenig wusste, um selbst herauszufinden, ob sich in einer der beiden Dateien etwas verbarg.

Dazu brauchte er die Hilfe eines Spezialisten. Und genau den richtigen kannte er von früher: Jemand, der ihm bei der Lösung seines letzten Falls behilflich gewesen war. Jemand irgendwo in den unendlichen anonymen Weiten des Internets, den viele als Hacker bezeichnen würden, von dem er aber nicht glaubte, dass er bösartig war. Er musste »spider« kontaktieren.

In einem Browser öffnete er die Seite http://www.spideronline.org/contact. Das gewohnte schwarze Login-Fenster mit der Zeichnung der kleinen Spinne oben links und den zwei weißen Eingabefeldern erschien, wie gewohnt, sofort. In das erste Feld tippte er seine E-Mail-Adresse ein, in das zweite Feld den Text: »Spinnen schlafen nicht.« Fast gleichzeitig erschien die Bestätigung, dass die Anfrage erfolgreich übermittelt worden war. Außer auf eine Antwort zu hoffen, konnte Mike vorerst nichts Weiteres tun als warten.

Ungeduldig und müde ging er in seinem Wohnzimmer hin und her und warf zwischendurch immer wieder einen Blick auf den Bildschirm seines Computers. Er dachte zurück an die Zeit, als er über den Toten in der Aare zu recherchieren begonnen hatte. Und an den Schock, als er damals in seine Wohnung zurückgekehrt war und sie von seinen Verfolgern durchsucht und verwüstet vorgefunden hatte. Aufgeschlitzte Möbel, Kissen und Matratze. Der Inhalt von Schubladen und Gestellen über den ganzen Boden zerstreut. Sein Computer, seine Harddisks und USB-Sticks gestohlen. Das alte Mobiliar war später direkt auf der Müllhalde gelandet, nichts konnte er mehr gebrauchen. Nur sein beschädigtes Saxofon hatte repariert werden können. Seit damals hatte er es nicht mehr gespielt, die Wohnung jedoch hatte er neu ausgestattet. Schlicht, praktisch, modern. Mit IKEA-Möbeln. Das passte zu ihm, fand er. Einen Teil dazu hatte die Hausratversicherung beigetragen, den Rest hatte er selbst bezahlen müssen.

Um sich wach zu halten, holte er sich aus der Küche einen frisch zubereiteten Kaffee. Als er in das Wohnzimmer zurückkehrte, wartete auf ihn ein geöffnetes Chatfenster auf dem Bildschirm. Aufgeregt setzte er sich davor hin.

»Hallo Kumpel. Jagst du immer noch mit ausländischen Geheimdiensten nach Mördern und anderem Gesindel?«, schrieb spider im Chatfenster.

»Hi spider. Nein, der Fall ist längst abgeschlossen. Ich brauche aber erneut Hilfe. Ein Freund wurde gestern tot aufgefunden. Ermordet!«, antwortete Mike auf seiner Tastatur.

»Mord? Fängst aber nicht wieder an, dir Ärger einzuhandeln, oder?«

»Hoffe nicht.«

»Sorry, mein Beileid. Was kann ich tun?«

»Habe USB-Stick mit zwei Dateien. Sagt dir Steganografie etwas?«

»Na klar! Ganz spannend. Gib mal her.«

»Steckt im PC.«

»Lass mich das Ding mal analysieren.«

Mike staunte jedes Mal, wie einfach und selbstverständlich spider auf seinen Rechner zugriff. Er blickte auf die Uhr. Es war bereits ein Uhr morgens. Zehn lange Minuten später meldete sich spider endlich im Chatfenster zurück.

»Richtig geraten, Kumpel. In der Videodatei steckt verschlüsselter Inhalt. Ganz schön clever gemacht! Habe ihn extrahiert und in eine Datei verpackt.«

»Kannst du ihn entschlüsseln?«

»Passwort dazu?«

»Hab ich nicht.«

»Brauch ich aber.«

»Woher soll ich es kennen?«

»Weiß nicht. Rate mal!«

Mike überlegte, welches Passwort Professor Matthews für die Verschlüsselung hätte wählen können.

»Keine Ahnung«, antwortete er.

»Schlecht! Überlege! Name? Ort? Freundin? Haustier? Geburtstag?«

Mike dachte nach. »Versuche mal Matthews, James, Honegger, Mike, Mürren, Professor, History, London, NATO, Krim.«

»Warte mal … nee, hat nicht geklappt. Sind alle falsch. Weitere?«

Es gab unendlich viele Varianten, Mike würde das Passwort nie erraten.

»Nein, sorry. Andere Möglichkeiten?«, antwortete er resigniert.

»Werde Verschlüsselung knacken müssen. Je nach Passwort kann das länger dauern. Melde mich, wenn ich die Datei geöffnet habe. Wird frühestens morgen.«

»Danke, spider, wie immer!«

»Schon gut. Bin gespannt, auf was du dich jetzt wieder einlässt!«

Mike legte sich ins Bett. Er versuchte einzuschlafen, drehte sich aber, von Gedanken über den Mord an Professor Matthews geplagt, noch lange hin und her. Was hatte der Engländer mit ihm besprechen wollen, das er nicht telefonisch tun konnte? Was war in den Dateien auf dem USB-Stick versteckt? Wer hatte ihn ermordet? Warum? Er stand vor einem großen Rätsel.

Als er langsam seine Augen öffnete und mit Mühe die Uhrzeit an seinem Wecker las, brummte sein Schädel vom vielen Bier des letzten Abends. Bereits 8 Uhr. Am liebsten hätte er sich im Bett umgedreht, um noch einige Stunden liegen zu bleiben, aber er wollte sofort wissen, ob spider ihm inzwischen geantwortet hatte, und er hatte bereits verschlafen.

Mit einem besonders starken Kaffee in der Hand überprüfte er die eingegangenen Mails. Eine fiel ihm sofort auf. Spider hatte tatsächlich bereits zurückgeschrieben. Aufgeregt öffnete er die Antwortmail.

»Datei aus Video geknackt. War ne harte Nuss! Datei auf deinem PC abgelegt. spider.«

Die Datei, die spider hinterlegt hatte, war leicht zu finden. Mike öffnete sie und schaute mit großen Augen auf den Inhalt.

Lieber Mike!

Dass du diese Worte liest, heißt, dass mir etwas zugestoßen ist und du meine versteckte Nachricht gefunden hast.

Während der Vorbereitungen für mein Referat an der NATO-Konferenz griff ich auf die Arbeiten deines Vaters zurück, die er mir damals vor seiner tödlichen Reise zugestellt hatte. Dabei stieß ich zufällig auf ein Dokument, in dem er von einer brandgefährlichen Entdeckung sprach, die er kurz davor gemacht hatte. Während seiner Forschungsarbeit über die Beziehungen der Schweiz zu Russland scheint er etwas äußerst Wertvolles und Brisantes aus der Sowjetunion, oder aus dem alten Russland, gefunden zu haben. Details dazu nennt er leider keine. Er warnt aber, dass das Leben desjenigen, der es findet, in Gefahr sei. Nur schon Kenntnis davon zu haben, sei lebensgefährlich. Ich gehe davon aus, dass er anlässlich des Symposiums in London mit mir darüber sprechen wollte. Leider kam dein Vater nicht mehr dazu, mir in London zu verraten, worum es sich handelte. So bleibt seine Entdeckung verschollen bis auf einen einzigen Tipp, den er der Nachwelt in mehreren Notizen zurückgelassen hat: die kryptische Bezeichnung »Li IVb«. Sie sagt mir nichts, aber sie muss deinem Vater wichtig gewesen sein, denn er erwähnt sie im Zusammenhang mit seinen Ergebnissen mehrmals. Ich glaubte deinem Vater und wollte dir alles persönlich erzählen. Danach wollte ich das Thema mit Kollegen an der Konferenz aufgreifen.

Vielleicht ist es nur eine Folge meiner ewigen Paranoia, aber für den Fall, dass dein Vater recht hat und mir etwas zustoßen sollte, verstecke ich diesen Brief mithilfe eines Informatikspezialisten an der Uni in der Videodatei. Dass du ihn jetzt liest, beweist, dass am Ganzen etwas dran ist. Ich hoffe, der Tipp führt irgendwo hin. Folge ihm! Er muss eine zentrale Rolle spielen. Passe dabei aber bitte auf dich auf! Dein Leben ist jetzt in Gefahr!

Dein James

Mike saß wie versteinert vor seinem Pult. Sein Herz pochte laut, sein Atem wurde kürzer und er begann zu schwitzen. Er las den Brief mehrmals durch und konnte dessen Inhalt nicht fassen.

Den Anruf auf seinem Handy auf dem Pult bemerkte er erst, nachdem es mehrmals geklingelt hatte.

»Honegger.«

»Hallo, Mike, hier ist Verena.« Die Raucherstimme seiner ehemaligen Arbeitskollegin tönte mit jedem Anruf rauer und kratziger. »Ich habe soeben deinen Artikel über den Toten in den Bergen in der Online-Ausgabe gelesen.«

Mike bemühte sich, ruhig zu wirken. »Die Konkurrenz liest mit?«

»Ist alles in Ordnung? Du tönst komisch.«

»Es ist nichts. Ich bin gerade erst aufgewacht.«

»Du bist noch nicht im Büro?«

»Nein, ich arbeite noch eine Weile von zu Hause.«

»Strenge Nacht hinter dir, Mike? So kenne ich dich gar nicht.«

»Ja, ich war bis spät unterwegs.«

»Wie gesagt, ich habe deinen Artikel gelesen. Du weißt,

dass ich mich schon immer für deine Arbeit interessierte. Auf was lässt du dich denn mit dieser Leiche in den Bergen ein?«

»Keine Angst. Es ist nichts Besonderes. Ein Mann ist in den Alpen gefunden worden. Moser hat mir den Auftrag erteilt, da ich noch viel anderes um die Ohren habe.«

»Ist alles in Ordnung? Du tönst besorgt, nicht zwäg.«

Mike wollte Verena alles erzählen. Er wollte ihr vom Mord an Matthews erzählen, vom Brief, den er soeben gelesen hatte. Aber er konnte nicht. Zuerst musste er das Erlebte selbst verarbeiten.

»Ich kann jetzt nicht darüber sprechen, okay? Vielleicht später. Wie läuft's bei dir?«

»Du weißt, gäng wie gäng. Im Geschäft ist gestern ...«

Ohne zuzuhören, starrte Mike weiterhin auf den Bildschirm und unterbrach Verena plötzlich.

»Eine Frage hätte ich an dich. Sagt dir die Bezeichnung ›Li IVb‹ etwas?«

»Hmm. Du bist wirklich komisch drauf. Was ist denn los?«

»Sagt sie dir etwas?«

»Kannst du sie mir noch einmal buchstabieren?«

Mike wiederholte die Bezeichnung.

Verena überlegte und antwortete: »Eine chemische Formel? Eine Abkürzung? Ein Autokennzeichen irgendwo im Ausland?«

»Ich habe keine Ahnung, wirklich keine Ahnung. Es handelt sich aber um etwas Wichtiges.«

»Also gut. Lass mich mal kurz überlegen. Oh, es tut mir leid, aber Werdenberger ist soeben eingetroffen. Er ist schlecht drauf, das sehe ich in seinem Gesicht. Ich rufe dich später zurück.«

Mit dem Brief von Matthews hatte Mike das Interesse am Toten in den Bergen schlagartig verloren. Jetzt wollte er sich nur noch dem vergifteten Matthews widmen, dem mysteriösen Tipp seines Vaters nachgehen und nichts mehr mit dem Toten zu tun haben. Trotzdem fühlte er sich Ruedi Moser gegenüber verpflichtet, noch heute einen Folgeartikel abzuliefern, wie er ihm versprochen hatte. Widerwillig öffnete er die Online-Ausgabe des »Der Berner« und las seinen Artikel durch. Wie Moser verlangt hatte, enthielt er alle Informationen, die ihm über den Fall bekannt waren. Obwohl er ihm angeboten hatte, dass er sich Zeit dafür nehmen konnte, würde er pünktlich einen zweiten Artikel schreiben. Das war er ihm schuldig. Er konnte nicht anders. Dazu musste er aber jetzt gleich etwas unternehmen.

KAPITEL 6

Der Mann in den Dreißigern mit gegelten Haaren, im schwarzen Markenanzug, dem gestärkten weißen Hemd und der dezenten roten Krawatte las den Zeitungsartikel in seiner linken Hand ein zweites Mal durch und ließ ungewollt die Tasse in seiner Rechten fallen. Der Schwarztee hinterließ auf dem weißen Tischtuch einen dunklen Fleck, der sich langsam ausbreitete und sich in den Stoff saugte. Er warf seine Serviette auf den Frühstückstisch und rannte mit der Zeitung in der Hand durch die Hotelhalle, die Treppe hoch in sein Zimmer, wo er den Code des Zimmersafes dreimal eingeben musste, bis er ihn fehlerfrei tippte. Mit einem dumpfen Klick öffnete sich die dicke Tür des kleinen Safes. Hastig nahm der Mann daraus sein verschlüsseltes Satellitentelefon und wählte eine einprogrammierte Nummer.

»Igor Alexejewitsch? Hier spricht Andrei. Sie werden nicht glauben, was ich soeben in der Zeitung gelesen habe! Sie haben eine Leiche gefunden!«

»Beruhigen Sie sich, Andrei Wiktorowitsch! Was ist denn los mit Ihnen? Worum geht es?«

Andrei sprach aufgeregt weiter. »In der Ausgabe von heute wird von zwei Bergtourern berichtet, die im Berner Oberland, unterhalb der Gaulihütte, eine Leiche fanden! Das muss auf dem Gauligletscher gewesen sein!«

Igor antwortete erst nach einer kurzen Pause mit leiser Stimme, als ob er mit sich selbst sprechen würde. »Es ist also so weit.«

»Nicht unbedingt. Im Artikel steht zwar, ein Verbrechen könne nicht ausgeschlossen werden, in den Alpen geschehen aber immer wieder Unfälle. Vielleicht handelt es sich beim Toten um einen Bergsteiger oder einen Wanderer, der verunfallt ist und uns nichts angeht. Die Presse übertreibt gerne bei solchen Meldungen.«

»Nein. Die Nachricht macht mir Sorgen. Ich glaube nicht an Zufälle. Es kann gut sein, dass der Gletscher sein Geheimnis nach den vielen Jahren jetzt endlich preisgibt. Wir befürchteten ja schon immer, dass es eines Tages so weit kommen könnte.«

»Ich hoffe trotzdem, Sie haben nicht recht, Igor Alexejewitsch, und es handelt sich lediglich um einen Zufall.«

»Wir dürfen uns nicht in Sicherheit wähnen. Wer sind die Leute, die sie gefunden haben?«

»Ein junges Paar auf einer Bergtour. Der Mann musste wegen einer Verletzung mit dem Rettungshelikopter ausgeflogen werden.«

»Glauben Sie die Version mit der Verletzung? Ist das eine Ausrede für den Helikopterflug?«

»Darüber weiß ich noch nicht mehr. Der Artikel ist kurz und vage.«

»Sie sagen es richtig: *noch* nicht. Vergessen Sie nicht, dass die Presse und die Öffentlichkeit zu unseren gefährlichsten Gegnern zählen, Andrei Wiktorowitsch. Das hat uns gerade noch gefehlt: ein Journalist, der seine Nase in unsere Angelegenheiten steckt! Sie wissen, wie die sind. Die lassen nicht locker, bevor sie nicht einen Skandal aufgedeckt haben oder mindestens glauben, einen aufgedeckt zu haben. Wer ist der Journalist?«

»Moment, ich schaue im Artikel nach.« Andrei setzte sich auf das breite Doppelbett und suchte in der Zeitung nach dem Artikel und dem kleingedruckten Namen des Verfassers. »Ein Mike Honegger. Wohl keine Koryphäe, wenn er über den Fund einer Leiche in den Alpen berichten muss.«

»Täuschen Sie sich nicht. Jeder Journalist ist unser potenzieller Gegner, den wir nicht unterschätzen dürfen.« Igor überlegte. »Ich muss davon ausgehen, dass es sich beim Toten nicht um irgendjemanden handelt, sondern dass er mit unserer Sache zu tun hat. Weiter gehe ich davon aus, dass der Artikel erst der Anfang ist, und dass der Journalist mehr über das Geschehene herausfinden will. Rufen Sie sofort Menschtschikow an und befehlen sie ihm, diesen Honegger ab jetzt zu überwachen. Ich will wissen, wer er ist, was er tut, wo er wohnt. Einfach alles, und zwar ab sofort. Ist das klar?«

»Ja, Igor Alexejewitsch. Sollten wir ihn nicht ausschalten, bevor er zu viel herausfindet?«

»Nein. Noch nicht. Zuerst will ich mehr über ihn wissen. Wir müssen das Ganze auch als Chance sehen. Wir lassen ihn nämlich für uns arbeiten, ohne dass er es realisiert. Er soll nur weiterrecherchieren. Wenn seine Nachforschungen ergebnislos sind oder mit seinen Recherchen aufhört, so haben wir nichts verloren. Sollte er aber erfolgreich sein und herausfinden, was auf dem Gletscher vorgefallen ist, so werden wir ihm die Antworten auf unsere Fragen entreißen und uns dann seiner entledigen.«

»Alles klar. Menschtschikow weilt noch hier in Bern, um mich zu unterstützen. Ich rufe ihn sofort an.«

»Die Jagd auf das Geheimnis, das im Eis des Gletschers ruht, hat erst begonnen, glauben Sie mir. Wir lassen den Journalisten jetzt mal arbeiten, bis wir ihn nicht mehr brauchen. Eines ist klar: Ich werde nicht zulassen, dass uns jemand nach den vielen Jahren dort oben zuvorkommt. Nie! Haben Sie mich verstanden?«

Bevor Andrei antworten konnte, war die Verbindung bereits beendet. Der Mann blickte besorgt durch die Terrassentüre zu den verschneiten Berner Alpen und murmelte: »Warum musstet ihr Alpen euer Geheimnis lüften?«

KAPITEL 7

An diesem verhangenen grauen Morgen verdeckten die Wolken den Hasliberg bei Meiringen bis fast ins Tal. Auf dem Weg von Bern hatte es zwar aufgehört zu schneien, und die Temperatur war etwas gestiegen, aber sie fühlte sich durch die hohe Luftfeuchtigkeit trotzdem fast so kalt an wie in den letzten Tagen. Auf dem Wendeplatz vor dem Bahnhof kletterten Kinder immer wieder den von den Schneepflügen aufgetürmten Schneehügel hinauf, um dann kreischend und lachend wieder hinunterzurutschen. Dabei schienen sie die Zeit und die Schule zu vergessen.

Ein Schild zeigte den Weg vom Bahnhof zum »Sherlock Holmes Museum« in der alten Englischen Kirche, ganz in der Nähe. Mike entschied, Sherlock Holmes wäre ein guter Start in den Tag, und folgte dem Schild.

Er blickte sich im Park mit der Sherlock-Holmes-Figur kurz um und bewunderte die alte Wetterstation mit Thermo-, Hygro- und Barometer. Die Prognose zeigte auf veränderlich. Er hoffte, sie beziehe sich nur auf das Wetter und wäre kein Omen für den heutigen Tag. Leider war das kleine Museum am Morgen geschlossen. Er nahm sich vor, irgendwann einmal zurückzukehren und es zu besuchen.

Der Hauptstraße entlang ging er durch das Dorf. Tearooms, Restaurants, Hotels und Läden reihten sich aneinander, untergebracht in einer Vielfalt von alten und neuen Gebäuden. Einheimische und Touristen, viele davon mit Skiern auf den Schultern und mit ihren Skischuhen umständlich und laut gehend, blockierten beim Plaudern die Trottoirs vor den Läden, blickten in die Schaufenster oder spazierten einfach an den Geschäften entlang. Mike bog von der Hauptstraße ab und ging durch ein Wohnquartier bis zum letzten Haus am Waldrand neben einer Schule. Steinerne unebene Stufen führten im alten Gebäude in den oberen Stock, wo er über die breite Holzschwelle den offenen Polizeiposten betrat. Aus einem Nebenraum trat ein uniformierter Polizist an die Theke.

»Kann ich Ihnen helfen?«

»Mike Honegger ist mein Name. Ich bin Journalist und recherchiere für einen Artikel zum Mann, der unterhalb der Gaulihütte tot aufgefunden wurde. Jemand von diesem Polizeiposten muss bei der Bergung dabei gewesen sein. Haben Sie kurz Zeit für mich?«

Der große hagere Mann mit der während vieler Jahre von der Wintersonne braun gebrannten runzligen Haut zeigte zu einem der beiden Holztische hinter der Theke, und beide setzten sich.

»Ich bin Stefan Gmünder. Ich war bei der Bergung der Leiche vor Ort auf dem Gletscher. Es gibt dazu nicht viel zu sagen, aber bitte, fragen Sie nur.«

»Da habe ich ja Glück, gleich Sie zu treffen. Besten Dank, Herr Gmünder, dass Sie sich ohne Anmeldung Zeit für mich nehmen. Können Sie mir bereits sagen, wer der Mann ist? Was weiß man über ihn?«

»Es tut mir leid, Sie enttäuschen zu müssen, aber viel wissen wir noch nicht. Eine männliche Leiche, der Kleidung nach schon lange tot, vielleicht sogar seit Jahrzehnten. Vermutlich erst jetzt vom Eis an die Oberfläche gebracht. Es ist ja keine Seltenheit, dass Gletscher nach Jahrzehnten etwas freigeben. Das hat nicht nur mit dem Rückgang des Eises wegen des Klimawandels zu tun, sondern auch damit, dass das Eis der Gletscher kontinuierlich arbeitet. Es ist ständig in Bewegung.«

»Ist er schon identifiziert worden?«, lenkte Mike das Gespräch zurück zum Thema.

»Ich kann zu einer laufenden Untersuchung nur wenig sagen, aber nein, ich kenne die Identität der Leiche noch nicht.«

»Trug er denn keine Papiere auf sich?«

»Diese Frage kann ich leider nicht beantworten, ich habe seine Kleider nicht durchsucht.«

»Hatte er Gepäck auf sich? Einen Rucksack?«

»Nein, er trug keinen Rucksack bei sich. Ob er vor seinem Tod einen dabeihatte, darüber können wir natürlich nur spekulieren. Gepäck oder persönliche Gegenstände haben wir an der Fundstelle keine gefunden.«

»Denken Sie, er war eher ein Bergsteiger, also Kletterer, Alpinist oder eher ein Wanderer?«

»Das weiß ich nicht. Ich denke aber, ohne Ausrüstung und ohne Rucksack war er sicher kein Alpinist. Eigentlich sollte man ohne gute Ausrüstung in den Bergen gar nicht wandern gehen.«

»Was, denken Sie, ist ihm zugestoßen?«

»Er … nein, ich möchte dazu nichts sagen. Wir müssen den Bericht der Rechtsmedizin abwarten.«

Mike hatte das Gefühl, dass Gmünder ihm etwas verheimlichte, und fragte: »Wollten Sie zuerst anders auf meine Frage antworten?«

»Ich wiederhole, wir müssen den Bericht abwarten.«

»Wie alt war er?«

»Herr Honegger, ich weiß das doch nicht mit Sicherheit. Das Gesicht war vom Eis gefroren, so müsste ich über sein Alter spekulieren.«

Mike wollte mehr Details von Herrn Gmünder erfahren und sagte: »Meinen Artikel muss ich spätestens morgen abliefern, mit möglichst neuen Informationen. Ich bin Ihnen dankbar für jedes Detail, das Sie mir nennen.«

Gmünder nickte freundlich. »Das tue ich ja, um Ihnen zu helfen. Sie verstehen aber sicherlich, dass ich mich nur zu Fakten äußern kann. Wir wissen über den Mann so gut wie noch gar nichts.«

»Warum ist die Staatsanwaltschaft bereits involviert?«, fragte Mike.

»Ich möchte mich zu diesem Zeitpunkt dazu nicht äußern. Eine persönliche Bemerkung kann ich aber anfügen. Ich finde es merkwürdig, dass er keine Gebirgsausrüstung dabei hatte. Ob er diese vor seinem Tod verlor und sie im Eis verschollen ist, darüber können wir nur spekulieren. Er trug zwar Winterkleidung, aber eher solche, die man bei Kälte zum Einkaufen in der Stadt trägt. Sie wirkte sehr altmodisch. Übrigens waren die Schuhe und die Hände dick in Stoff eingebunden.«

Mike machte sich in seinem Tablet einige Notizen.

»Wer hat die Leiche gefunden?«

»Zwei Bergtourer, ein Paar. Sie verbringen Winterferien hier in Meiringen und waren auf einer längeren Tour unterwegs.«

»Namen?«

»Tut mir leid, das darf ich nicht.«

»War die Leiche entstellt? Ist er gestürzt? Erfroren?«

»Für diese Antworten müssen wir auf den Bericht vom Institut für Rechtsmedizin in Bern warten.«

»Wer war sonst noch dabei am Berg?«

»Der Helipilot der Rega und ein Arzt. Namen darf ich keine nennen.«

»In welches Spital wurde der Verletzte geflogen?«

»Herr Honegger, ich habe Ihnen gerne geholfen, werde aber keine weiteren Fragen beantworten. Sie verstehen mich sicherlich. Es handelt sich um einen nicht abgeschlossenen Fall.«

Mike dankte Gmünder und verabschiedete sich von ihm. Er hatte ihm zwar freundlich auf seine Fragen geantwortet, viel Neues hatte er dabei aber nicht erfahren. Obwohl er sich gedanklich immer noch mit dem Brief von Matthews beschäftigte und er sich anfänglich nicht für die Berichterstattung über diesen Toten interessiert hatte, begann ihn der Fall doch langsam zu faszinieren. Ein Mann ohne Gebirgs- oder Wanderausrüstung, in

Kleidern aus der Vergangenheit, mit verbundenen Händen und Schuhen tot im Eis. Was machte er dort oben? Welche Tragödie hatte sich abgespielt? Zu welcher Frau, zu welchen Kindern war der Mann nie mehr heimgekehrt?

Gemütlich spazierte er zurück in Richtung Bahnhof und schaute in die Schaufenster der vielen Läden. In der Buchhandlung kaufte er sich eine 1:25.000-Landkarte der Region und packte sie in seinen Rucksack. Im Juwelierladen zeigten alle Uhren exakt dieselbe Zeit an, nämlich Mittag. Er setzte sich in den nächsten Tearoom, wo er eine Tomatencremesuppe und einen halben Liter Eistee bestellte.

Während er wartete, breitete er seine neue Landkarte vor sich auf dem Tisch aus und studierte die Region um Meiringen und Innertkirchen. Gebirge, Gletscher, Seen. Er fand die Gaulihütte auf der Karte, 2.205 Meter über Meer. Irgendwo in diesem Gebiet war der Mann unter ungeklärten Umständen ums Leben gekommen.

»Ist ein Heli der Rega gestern hier in Meiringen gelandet?«, fragte er die junge Angestellte, als sie ihm sein Essen brachte.

»Ich bin Lernende und war gestern den ganzen Tag in der Schule. Ich frage aber in der Küche bei Mary nach und komme gleich wieder. Sie weiß immer über alles Bescheid, was im Dorf läuft.«

Mike löffelte seine heiße Suppe über der Landkarte aus und faltete sie dann wieder zusammen. Er wollte gerade nach der Dessertkarte greifen, als ihn ein Gefühl überwältigte, das er lange nicht mehr gespürt und gehofft hatte, nie wieder spüren zu müssen. Er fühlte, wie jemand ihn beobachtete. Diskret schaute er sich um und spekulierte darauf, die Fenster als Spiegel nutzen zu können, um zu entdecken, wer sich für ihn interessierte. Er hätte sich nicht mit dem Rücken zum Inneren des Tearooms ans Fenster setzen sollen und ärgerte sich jetzt, dass er beim Eintreten nicht beachtet hatte, wer bereits im Raum saß. Er versuchte sich zu erinnern, was in der Zwischenzeit geschehen war. Zwei ältere Damen waren nach ihm eingetreten. Er hatte sie beachtet, weil sie gleiche Jacken trugen. Sonst war niemand gekommen, glaubte er. Hatte er vielleicht beim Studieren der Landkarte jemanden übersehen? Nein, wenn noch jemand eingetreten wäre, hätte er sicherlich die kalte Luft von draußen gespürt.

Die junge Frau strahlte, als sie aus der Küche zurückkehrte. »Mary hat von ihrer Kollegin in der Klinik gehört, dass gestern tatsächlich ein Heli gelandet ist. Meistens werden Verletzte in das Spital in Interlaken geflogen, aber gestern war nicht viel los, und so konnte der Mann hier in Meiringen untersucht werden. Am Knie soll er verletzt gewesen sein, hieß es. Später wurde er doch noch in einer Ambulanz nach Interlaken überführt. Muss also etwas Schlimmes sein.«

Mike bedankte sich bei ihr, bezahlte und verließ den Tearoom, ohne sich umzudrehen. Erst als er draußen am Schaufenster vorbeiging, blickte er noch einmal unauffällig in das Lokal. An einem Tisch saß ein Mann, sportlich, für den Urlaub gekleidet. An einem zweiten Tisch saßen die zwei Damen, und an einem dritten Tisch saß eine Familie mit Kleinkindern. Mike ging noch einige Schritte weiter und versteckte sich im Eingang eines Ladens, wo er beobachten konnte, ob nach ihm jemand den Tearoom verließ, um ihm zu folgen. Er wartete noch eine Weile, bevor er weiterging. Niemand war ihm gefolgt. Trotzdem wurde er das mulmige Gefühl nicht los, dass etwas nicht stimmte. Es schien, als hätte er es sich zu früh abgewöhnt, immer über seine Schulter zurückzuschauen. Oder täuschte ihn diesmal seine Intuition?

Der sportlich gekleidete Mann im Tearoom öffnete die Zeitung, um dahinter nicht gesehen zu werden.

»Wohin ging er?«, fragte er leise auf Russisch und drückte sich das Headset tiefer ins Ohr.

»Er versteckt sich nebenan im Eingang eines Ladens und blickt zum Tearoom. Er prüft, ob jemand ihm folgt.«

»Hat er dich entdeckt?«

»Nein. Bleibe du im Tearoom, bis … warte … jetzt geht er der Straße entlang weiter. Ich folge ihm.«

»Otschen choroscho.« Er wartete noch einige Minuten und verließ dann den Tearoom.

»Igor Alexejewitsch? Wie Sie befohlen haben, verfolge ich mit Samsonow seit heute Morgen den Journalisten. Seine Adresse in Bern war leicht zu finden, und wir waren bereits früh dort. Er verließ seine Wohnung und fuhr mit dem Zug nach Meiringen. Zuerst suchte er im Dorf den Polizeiposten auf, wo wir sein Gespräch durch eine offene Tür mithören konnten. Sie hatten recht. Er stellte zum Toten viele Fragen und sucht tatsächlich nach dem Paar, das die Leiche auf dem Gletscher fand.«

Der Mann hörte seinem Gesprächspartner zu und fuhr dann fort.

»Ja, meiner Meinung nach weiß er jetzt schon zu viel. Er tönte ziemlich entschlossen, mehr herauszufinden. Auch im Tearoom hat er zu den beiden Fragen gestellt. Er scheint ziemlich hartnäckig zu sein.«

Er hörte weiterhin aufmerksam der Stimme im Headset zu.

»Ja, ich denke auch, dass er uns zu den Bergtourern führen wird. Das soll er ruhig für uns tun. Wir bleiben ihm dicht auf den Fersen.«

Als er den Auftrag für das weitere Vorgehen hörte, bestätigte er ihn.

»Alles klar, Igor Alexejewitsch. Ich werde dem Journalisten folgen, bis er den verletzten Bergtourer findet, und der wird mir alles erzählen, was wir wissen wollen. Vertrauen Sie mir!«

»Mein Magen knurrt immer lauter. Ich gehe in der Cafeteria etwas essen. Kann ich dich kurz alleine lassen?«, fragte Daniela besorgt.

»Ja, natürlich. Es geht noch eine Weile, bis sie mir das Essen bringen. Du musst dich nicht beeilen«, antwortete Christian und lächelte.

»Ich möchte dabei sein, wenn der Arzt mit dir spricht. Ich hoffe, die Kreuzbänder und der Meniskus müssen nicht operiert werden.«

»Das hoffe ich auch. Und wenn schon operieren, dann arthroskopisch wie beim Philipp im Geschäft. Der hat sich das Knie beim Skifahren verletzt, war nach der Operation aber schnell wieder auf den Beinen. Geh ruhig mal was essen. Ich rufe dich mit meinem Handy, wenn der Arzt kommen sollte, bevor du zurück bist.«

»Leider ist der Akku fast leer. Ich lasse es hier auf deinem Nachttisch eingesteckt. Ich komme bald wieder.«

Daniela gab Christian einen Kuss und verließ das Spitalzimmer. Christian blickte auf sein verbundenes linkes Knie, das von einem Kissen gestützt wurde, und fragte sich, wie kompliziert die Verletzung wirklich war, und wie lange er an Krücken würde gehen müssen. Das Skifahren und weitere Touren musste er für diesen Winter vergessen, ärgerte er sich. Er legte seinen Kopf auf das Kissen und schlummerte ein.

Den Mann im Ärztekittel, der den Raum betrat, bemerkte er erst, als dieser ihm seine Hand plötzlich kräftig auf den Mund presste. Christian erwachte erschrocken und blickte in sein Gesicht. Der Mann drückte ihm die Hand noch fester auf Mund und Nase. Christian versuchte verzweifelt, durch die Hand nach Luft zu schnappen. Vergeblich. Bevor er mit seinen Händen nach dem Mann greifen konnte, hörte er ihn leise sprechen.

»Wenn du dich wehrst, zertrümmere ich dir mit einem Schlag den Kehlkopf. Dann bist du in Sekunden tot.«

Der russische Akzent verstärkte die Wirkung der Drohung auf Christian. Er blickte in die tiefen schwarzen Augen seines Angreifers, die die weiße Haut seines Gesichts noch weißer erscheinen ließen, und erstarrte vor Panik. Durch die Hand des Russen konnte er nicht atmen, und die Luft in seinen Lungen wurde immer knapper. Verzweifelt versuchte er, ihm zu erklären, er würde alles tun, was er verlangte. Seine Worte blieben jedoch unverständlich.

»Verstehst du, was ich dir gesagt habe?«, fragte ihn der Angreifer.

Christian nickte und versuchte »ja« zu rufen. Langsam wurde ihm vor Sauerstoffmangel schwarz vor den Augen.

»Ich werde jetzt loslassen. Und komme bloß nicht auf die Idee, nach Hilfe zu rufen! Eine falsche Bewegung von dir und du bist tot! Wenn du nicht genau das tust, was ich dir befehle, entführe ich danach deine Freundin. Glaube mir, wenn ich mit ihr fertig bin, werfe ich das, was ich von ihr übrig lasse, hier in Interlaken in den See. Verstehst du, was ich sage?«

Christian befürchtete, das Bewusstsein zu verlieren, und versuchte verzweifelt zu nicken. Als der Mann seine Hand allmählich von seinem Gesicht hob, schnappte er erst einmal tief nach Luft. Trotz der momentanen Erleichterung spürte er, wie er am ganzen Körper vor Angst zitterte. Seine Hände waren nass vor Schweiß, sein Atem schnell und oberflächlich. Er blickte auf den Ausweis am Ärztekittel des Mannes, der sich immer noch über ihn beugte.

»Sie sind wohl nicht Dr. Loosli«, stotterte er fast unverständlich.

Der Mann schüttelte langsam seinen Kopf.

»Njet. Bin ich nicht.«

Die schwarzen Augen des Mannes zeigten keinerlei Emotionen und wirkten kalt wie Eis.

»Was … was wollen Sie«, stotterte Christian zitternd weiter.

»Erzähle mir alles, was auf dem Gletscher geschehen ist, als du den toten Mann fandest.«

Christian antwortete instinktiv, ohne zu überlegen, und hoffte dabei, der Mann würde den Raum verlassen, oder er würde aus dem Albtraum erwachen.

»Ich weiß nicht, wovon Sie sprechen.«

Ohne seine Miene zu verziehen, schlug der Mann in einer blitzartigen Bewegung mit seiner linken Hand mitten auf Christians verletztes Knie. Solche Schmerzen, die der Schlag auslöste, hatte Mike noch nie in seinem Leben gespürt. Er konnte nicht einmal schreien. Stöhnend krümmte er sich zusammen.

Der Mann näherte sich seinem Gesicht, bis Christian den Knoblauch der letzten Mahlzeit riechen konnte, und flüsterte: »Nächstes Mal zerreiße ich die Kreuzbänder deines rechten Knies. Von Hand.« Mike konnte nicht fassen, wie eiskalt der Mann diese Drohung aussprach, und wusste, dass er nicht zögern würde, sie wahr zu machen.

»Also noch ein letztes Mal. Wie sah der Mann aus, den du und deine Freundin gestern gefunden habt?«

Christian konnte vor Schmerz nur einzelne Worte von sich geben und versuchte, die Leiche so gut wie möglich zu beschreiben.

»Wo ist die Leiche jetzt?«

»Weiß nicht.«

»Ich hoffe, du sprichst die Wahrheit! Sonst kann ich die Knie deiner Freundin so zurichten, dass ihr zu zweit hier liegt und euer Leben lang nicht mehr ohne Krücken geht.«

»Nein, es ist die Wahrheit. Ich weiß nicht, wo die Leiche ist. Glauben Sie mir! Sie wurde nach uns mit dem Helikopter ausgeflogen. Mehr weiß ich doch nicht«, rief Mike und gestikulierte mit den Händen.

»Ganz ruhig, ganz ruhig bleiben. Was habt ihr sonst noch gefunden?«

»Nichts, nur den toten Mann. Ein Wanderer oder Kletterer. Kein Rucksack, nichts.«

»Hatte er eine Aktentasche bei sich, einen Koffer, eine Tasche?«

»Nein, nichts. Ich habe gar nichts gesehen. Wirklich. Ich war ja verletzt und lag beim Helikopter.«

»Denk noch einmal gut nach, bevor du antwortest. War irgendeine Aktentasche, eine Tasche, ein Koffer in der Nähe?«

»Nein, wirklich nicht.«

»Hatte der Mann etwas in der Tasche seiner Jacke?«

»Wie soll ich das wissen, ich habe die Leiche doch nicht untersucht. Es war sonst wirklich nichts da oben, und er trug nichts auf sich.«

»Ich glaube dir nicht.«

Der Mann holte mit der Hand aus, um auf Christians Knie zu schlagen. Christian versuchte, sich mit den Armen vor dem nächsten Schlag zu schützen, und wurde wieder lauter.

»Sie müssen mir glauben! Es war wirklich so! Da, schauen Sie die Bilder im Handy meiner Freundin an.«

Der Mann im Ärztekittel erstarrte plötzlich und fragte: »Bilder?«

»Ja, da, schauen Sie selbst!«

Christian nahm das Telefon vom Nachttisch und hatte vor Zittern Mühe, die Bildergalerie zu öffnen. Als er es geschafft hatte, reichte er dem Mann Danielas Handy.

Dieser schaute die Bilder schweigend durch und sagte: »Ein Wort über meinen Besuch und du siehst deine Freundin nie wieder.« Er steckte das Handy samt Ladegerät in den Kittel und verschwand lautlos aus dem Zimmer.

Christian legte seinen Zeigefinger auf den Knopf am

Ende des Kabels, das über ihm hing, um eine Pflegerin zu rufen. Dann zog er seine Hand schnell wieder zurück. In den schwarzen Augen des Mannes hatte er erkannt, dass er nicht zögern würde, Daniela zu verletzen oder umzubringen. Von den Schmerzen und vom Schock gezeichnet, begann er unkontrolliert zu schluchzen.

KAPITEL 8

»Was wollen Sie hier?«, fragte die Frau am Empfang des Spitals durch das geschlossene Fenster der Patientenaufnahme.

Mike zeigte ihr die Trockenwurst, die er bei seinem Aufenthalt in Meiringen gekauft hatte, lächelte, und antwortete freundlich: »Ich möchte dem Patienten etwas bringen, der mit einer Knieverletzung von Meiringen überführt wurde.«

Die Frau seufzte verärgert und öffnete das Fenster.

»Name?«

»Mike Honegger ist mein Name.«

»Ich meine doch den Namen des Patienten!«

»Ich kenne seinen Namen leider nicht. Er ist vor drei Tagen in den Bergen verunfallt und wurde zuerst von der

Rega nach Meiringen geflogen, bevor er hierher überführt wurde.«

»Kein Name, keine Information. Wird hier streng gehandhabt.«

Die Frau begann, das Schiebefenster wieder zu schließen. Mike stoppte das Fenster mit seiner Hand.

»Bitte, es ist wichtig, dass ich den Mann sehe. Ein Augenblick reicht, um ihm das kleine Präsent und die Wünsche zur schnellen Genesung zu überreichen.«

Die Frau warf einen giftigen Blick auf Mikes Hand, sodass er sie wieder entfernte.

»Kein Name, keine Information. Bleibt so.«

Jetzt schloss die Frau das Fenster ganz und setzte sich dahinter zurück an ihren Arbeitsplatz.

»Wenn der Patient mich nicht sehen will, gehe ich sofort wieder. Bitte rufen Sie ihn doch kurz im Zimmer an und fragen Sie ihn«, insistierte Mike durch das geschlossene Fenster.

»Muss ich mich ein drittes Mal wiederholen?«, fragte sie verärgert zurück.

»Ich verstehe. Dann nehme ich halt in der Cafeteria noch einen Kaffee, bis der nächste Bus zurück zum Bahnhof fährt.«

»Die Zeit reicht nicht, um hier noch einen Kaffee zu trinken. Der nächste Bus fährt schon bald. Warten Sie besser draußen an der Haltestelle, so verpassen Sie ihn nicht!«

Die Frau drehte sich von ihm ab und blickte auf den Bildschirm auf ihrem Pult.

Mike ging um das große Aquarium herum, das den Eingangsbereich von der Cafeteria trennte, und holte sich am Automaten einen Kaffee. Im Aquarium schwammen mehrere Fischschwärme zwischen Pflanzen und Dekogegenständen durch und spielten in den Luftbläschen, die aus einem versunkenen U-Boot an die Wasseroberfläche stiegen. Er setzte sich an einen Tisch, von dem er den Empfang durch das Aquarium hindurch überblicken konnte, und blätterte unauffällig in einer der Gratiszeitungen, die überall herumlagen. Den verärgerten Blick der Dame am Empfang spürte er fast körperlich. Ärzte, Pflegerinnen, Patienten und Besucher kamen und gingen. Einige holten sich gestresst Getränke, die sie gleich mitnahmen, andere verbrachten ihre Pausen an den Tischen. Irgendwann holte sich Mike einen zweiten Kaffee vom Automaten, was die Frau am Empfang mit einem besonders bösen Blick zur Kenntnis nahm.

Seine Geduld zahlte sich bald aus. Noch bevor er eine Stunde in der Cafeteria verbracht hatte, kannte Mike den Namen des Verletzten und seine Zimmernummer. Zwei Pflegerinnen hatten am Tisch nebenan über den Patienten und seine Freundin gesprochen und mehr erzählt, als sie hätten tun sollen. Als die Dame am Empfang die Damentoilette aufsuchte, ging er unbemerkt in den Patiententrakt und suchte Christians Zimmer auf.

Als er die Tür öffnete, erschraken Christian und Daniela sichtlich. Sie setzte sich neben ihn an den Bettrand und hielt sich mit ihrer linken Hand an seiner Schulter fest.

»Er ist es nicht«, flüsterte er ihr zu.

Daniela entspannte sich leicht und nahm wieder auf dem Stuhl am Kopfende des Krankenbetts Platz.

»Es tut mir leid, wenn ich euch erschreckt habe. Darf ich kurz stören?«

Beide starrten Mike an, ohne sich zu regen. Er wartete auf eine Reaktion, die nicht kam, trat dann trotzdem ins Zimmer ein und setzte sich auf den freien Stuhl in der Zimmerecke.

»Mike Honegger ist mein Name. Ich bin Journalist und arbeite für ›Der Berner‹. Ich schreibe einen Artikel über den Mann, den ihr auf dem Gletscher gefunden habt. Ich muss in der Ausgabe von morgen darüber berichten, was am Berg vorgefallen ist, und ich bin, ehrlich gesagt, etwas verzweifelt. Ich habe nämlich nichts Neues zu berichten. Ihr zwei wart aber dabei, und ich wäre euch sehr dankbar, wenn ihr mir aus eurer Sicht erzählen würdet, was ihr erlebt habt. Hier ist schon mal ein kleines Dankeschön im Voraus.«

Mike überreichte den beiden die Wurst. Christian und Daniela regten sich weiterhin nicht.

»Also gut. Ich lege es hier auf das Tischchen. Wisst ihr, was das ist?«

Beide warfen einen Blick auf die Wurst auf dem Tisch und schüttelten schüchtern ihre Köpfe. Wenigstens bewegen sie sich schon mal ein bisschen, dachte Mike, und hoffte, mit der Wurst das Eis zu brechen.

»Das ist ein Gumpesel. Das ist eine Wurst, ähnlich wie Salami, die ganz typisch ist für Meiringen, wo sie vermutlich seit dem vorletzten Jahrhundert oder noch länger produziert wird. Ich habe sie heute Mittag dort von einem Metzger gekauft, der sie selbst herstellt. Er gab mir sogar ein Stück zum Probieren. Hat einen vorzüglichen Rauchgeschmack.«

Christian und Daniela starrten Mike immer noch regungslos und stumm an.

»Ich verstehe, wenn ihr nicht unbedingt die Presse hier haben möchtet. Aber ich versuche ja nur, meiner Arbeit nachzukommen. Mein Vorgesetzter hat mir den Termin für den nächsten Beitrag gesetzt, und ich bekomme Ärger, wenn ich nichts Neues liefere. Ihr könnt auch anonym bleiben, wenn das hilft.«

Er fragte sich, warum sich die beiden so merkwürdig verhielten. Als sie weiterhin nicht antworteten, fragte er: »Ist alles in Ordnung?«

Endlich drehte sich Daniela zu Christian und flüsterte: »Er macht ja nur seinen Job. Sprechen wir mit ihm. Dann sind wir ihn auch bald wieder los.«

Christian überlegte noch einen Moment und nickte dann Mike zu.

»Also gut. Ich bin Christian, das ist Daniela. Was willst du wissen?«, sagte er endlich.

»Vielen Dank, ich schätze eure Hilfe. Erzählt doch einfach mal, was ihr erlebt habt.«

Christian begann zu erzählen. »Wir sind früh von der Gaulihütte gestartet. Der alte Teil der Hütte ist ja im Winter offen, wenn auch nicht bewirtschaftet. Es hatte am Abend vorher geschneit, und die Bedingungen waren fantastisch. Mit unseren Schneeschuhen kamen wir auf dem Weg zum Gletscher gut voran. Das ist auch im Sommer eine wunderschöne Strecke. Da siehst du Bergblumen, Frösche und vieles mehr.«

Christian drückte das Kissen unter seinem verletzten Knie zurecht und fuhr fort. »Für den letzten Teil des Wegs, der über die Moräne zum Gletscher führt, zogen wir die Schneeschuhe ab. Ich hätte vielleicht die Steigeisen montieren sollen, aber die Strecke ist halt sehr steinig. Sie war eisig, und wir rutschten mehrmals aus. Auf einer Steinplatte geschah es dann. Ich rutschte aus und prallte mit dem Knie gegen eine Felskante. Zuerst schien die Verletzung nicht schlimm. Ich spürte Schmerzen, die die Kälte jedoch dämpfte.«

»Erst als wir fast am Gletscher angelangt waren, realisierten wir, dass Christian nicht weitergehen konnte«, ergänzte Daniela.

Christian fasste zusammen, wie Daniela die Leiche gefunden hatte, und was sie bis zur Ankunft im Spital erlebt hatten.

»Da habt ihr ja einen verrückten Tag hinter euch! Weshalb wart ihr da oben unterwegs?«

Christian antwortete: »Letzten Sommer nahmen wir an einer geführten dreitägigen Tour auf den Gauligletscher teil, zum Absturzort der Dakota vor 70 Jahren. Die Tour hat uns so gut gefallen, dass wir jetzt im Winter zurückgekehrt sind, alleine. Gmünder, der Polizist aus Meiringen, hat uns übrigens erzählt, dass seine Tante jemanden aus der Zeit des Absturzes kannte. Ist das nicht ein Zufall?«

»Ja, das ist es. Warum bist du aber schon drei Tage hier? Ist das nicht lange für eine Knieverletzung?«

»Die Ärzte wollen weitere Abklärungen und diverse Tests durchführen, das dauert. Heute wird mir mein Arzt endlich Bescheid geben, wie es weitergeht.«

»Tut mir echt leid, Christian. Könnt ihr mir die Leiche genauer beschreiben? Sah er nach einem Bergsteiger aus? Ein Gelegenheitswanderer? Was trug er auf sich?«

Christian blickte zu Daniela und antwortete nicht.

»Hört, ihr zwei. Ich spüre, dass etwas nicht in Ordnung ist. Was ist los? Sagt's mir doch!«

Daniela senkte ihren Blick und flüsterte Christian zu: »Sprich mit ihm. Er hat ja gesagt, wir könnten anonym bleiben.«

»Also gut, Mike. Was ich dir jetzt erzählen werde, darf niemand erfahren. Versprich es uns!«

»Ja, klar, ist schon okay. Was ist denn geschehen?«

Christian erzählte vom Besuch des Mannes im Ärztekittel, wie er ihm gedroht hatte und wie er Danielas Handy mitgenommen hatte, und spürte beim Sprechen die Panik zurückkehren, die er in ihm ausgelöst hatte.

»Hier in Interlaken? Heute geschehen?«, staunte Mike.

Beide nickten und blickten Mike verängstigt an.

»Wie sah der Mann denn aus?«

»Nur Christian hat ihn gesehen«, antwortete Daniela. »Erzähl Mike, wie er aussah.«

»Aufgefallen sind mir seine schwarzen Augen. Seine Haut ist so bleich, dass der Kontrast zu ihnen besonders gespenstisch wirkt. Mit seinen schwarzen Haaren erinnerte er mich an eine Figur aus einem alten Horrorfilm. Du darfst aber niemandem davon erzählen. Und ja nichts über ihn in der Zeitung schreiben! Wirklich!«

»Beruhige dich. Ich habe verstanden. Warum ruft ihr nicht die Polizei?«

»Nein, nie!« Danielas Augen widerspiegelten ihre Angst. »Der Typ meint es ernst. Wenn wir die Polizei involvieren, wird er nicht zögern, uns umzubringen. Und was sollen wir der Polizei sagen? Dass ein Mann Christian angegriffen hat, uns mit dem Tod gedroht hat und dann mit meinem Handy verschwunden ist?«

Mike überlegte laut und sagte: »Das Handy hat er nur wegen der Bilder mitgenommen. Warum? Was ist an ihnen so wichtig?«

»Daniela twittert gerne und ist auch auf Facebook aktiv. Auf unseren Touren fotografiert sie sehr viel.«

»Hat sie die Bilder im Internet veröffentlicht?«, fragte Mike überrascht.

»Leider kam ich nicht dazu. Und jetzt sind sie weg«, erklärte Daniela.

»Die Bilder der Leiche sind für Twitter und Facebook auch wirklich nicht passend, Daniela!«, schimpfte Christian.

Sie nickte und sagte leise: »Ich meinte es ja nur gut. Sorry …«

»Wir müssen herausfinden, was an den Bildern wichtig genug ist, dass jemand euch bedroht und sie stiehlt. So gesehen ist es trotzdem schade, dass du die Bilder nicht im Web veröffentlicht hast.«

Daniela stand vom Bettrand auf.

»Moment. Ich hab's! Während Christian in Meiringen untersucht wurde, habe ich die Bilder in der Cloud synchronisiert. Ich tue das immer, um sie nicht zu verlieren, wenn meinem Handy etwas geschehen sollte. In der Cloud ist also noch eine Kopie der Bilder!«

Sie strahlte Christian und Mike an.

»Genial!«, rühmte Mike. »Ich habe mein Tablet dabei. Darf ich die Bilder downloaden?«

»Nein, die dürfen nicht in die Zeitung«, reagierte Daniela forsch.

»Keine Sorge, ich werde sie nicht veröffentlichen. Ich möchte sie in Ruhe untersuchen, um herauszufinden, warum sie eure Leben wert sind.«

Daniela blickte zu Christian, der sagte: »Aber nur unter der Bedingung, dass die Bilder nirgends veröffentlicht werden. Du musst sie löschen, wenn du mit ihnen fertig bist.«

Gemeinsam richteten sie in Mikes Tablet die Verbindung ins Internet ein und luden von Danielas Cloud-Konto die Bilder herunter, für die der Mann im Ärztekittel bereit gewesen war, die beiden zu ermorden.

»Ruedi? Ich bin im Zug von Interlaken nach Bern unterwegs. Es geht um den Folgeartikel, den du verlangt hast.«

»Hast du Neues erfahren?«

»Eigentlich nur wenig. Ich habe mit der Polizei in Meiringen und mit den beiden Bergtourern gesprochen, die die Leiche entdeckt haben. Substanzielles habe ich nicht, aber die Geschichte beginnt, mich zu packen.«

»Wieso denn?«

»Ein Mann ohne Identität, schon lange tot, ohne Gebirgsausrüstung unterwegs, Hände und Schuhe in Stoff eingebunden. Lauter Ungereimtheiten. Ich möchte mehr herausfinden.«

»Mike, du siehst in jedem Todesfall Ungereimtheiten!«

Er konnte Moser nicht erzählen, dass die beiden im Spital bedroht worden waren.

»Diesmal stimmt aber definitiv etwas nicht. Das musst du zugeben! Die Frage lautet, ob du heute den Folgeartikel willst mit den wenigen neuen Informationen, die ich habe, oder ob du warten kannst, bis ich mehr erfahre.«

Moser überlegte kurz. »Schreibe etwas mit dem, was du hast. Damit bleibt die Geschichte in den Köpfen der

Leser, und es baut sich Spannung auf. Ich brauche den Text aber noch heute!«

Mike blickte auf die Uhr. »Ich schreibe ihn gleich jetzt im Zug und schicke ihn per Mail ins Büro. Jemand kann ihn dann ins System importieren.«

»Geht in Ordnung. Halte mich auf dem Laufenden, wenn du mehr erfährst, Mike. Aber der Aufwand muss sich in Grenzen halten!«

KAPITEL 9

»Tust du mir einen Gefallen?«, fragte Mike.

Erst als die Grafikerin auf seine Frage nicht reagierte, bemerkte er unter ihren weiß gebleichten Haaren ihre Kopfhörer. Er klopfte leicht auf ihre linke Schulter.

Sie drehte sich ruckartig um und riss die Kopfhörer weg. »Mann, hast du mich erschreckt, Mike. Kannst du dich nicht anders bemerkbar machen?«

»Sorry, Tanja, tust du mir einen Gefallen?«, fragte er erneut.

»Heute ist Stress pur, Mann. Ich muss noch megaviele Bilder für die Online-Ausgabe bereitstellen und zwei Videos schneiden. Dann muss ich noch in das doofe

Meeting«, antwortete sie und spielte mit ihrem Nasenpiercing.

»Ich weiß. Seit Anna ausgefallen ist, hast du ja permanent Stress. Ich wäre dir aber sehr dankbar, wenn du die Bilder auf diesem Stick optimieren könntest. Sie wurden mit einem Handy geschossen, und ich weiß, dass du deren Qualität mit deinen Fotoprogrammen und Softwarekünsten verbessern kannst. Bitte?«

Tanja lächelte. »Geht es wenigstens um etwas Geschäftliches?«

»Ja, selbstverständlich. Bilder zu einem Artikel, den ich für Ruedi schreibe.«

»Also gut, gib mal her«, seufzte sie.

Mike reichte ihr den USB-Stick mit Danielas Bildern. Sie steckte ihn in ihren Computer und öffnete sämtliche Bilder. »Alles an der grellen Sonne im Schnee aufgenommen. Und dann noch mit einem mittelmäßigen Handy. Viele der Bilder sogar unscharf.« Sie schüttelte den Kopf. »Leute denken, sie seien Profifotografen, und ich kann dann zaubern, um die Ergebnisse brauchbar zu machen. Na ja, nichts Neues. Also gut, ich schaue, was ich da rausholen kann.«

Mike konnte ihr nicht folgen, als sie die Bilder optimierte. Gewandt und schnell tippte sie auf der Tastatur herum und klickte zwischendurch mit der Maus. Dann speicherte sie ihre Arbeit und zog den USB-Stick wieder aus.

»Hier hast du den Stick mit den verbesserten Bildern zurück. Die Qualität war echt lausig. Die Software konnte aber vieles verbessern. Ist einfach krass! Du wirst staunen, wenn du sie ansiehst. So, jetzt muss ich aber wirklich weiterarbeiten! Wie gesagt, megaviel zu tun heute.«

Sie steckte die Kopfhörer wieder in ihre Ohren und setzte ihre Arbeit fort. Sie hörte nicht mehr, wie Mike sich bei ihr bedankte.

Gespannt ging er zurück an seinen Arbeitsplatz einen Stock höher. Ohne sie auf seinen Computer zu kopieren, öffnete er die ersten Bilder auf seinem großen Bildschirm.

Christian, angelehnt an den Helikopter, seine Augen geschlossen. Christian, seine Augen offen, Schmerzen ins Gesicht geschrieben. Berge, Wolken, Spuren im Schnee. Der grünblaue See. Diese Bilder konnten nicht wichtig genug sein, um Danielas Handy zu stehlen. Christian hatte recht gehabt, als er sagte, Daniela fotografiere gerne. Er öffnete weitere Bilder. Endlich Bilder von der Leiche. Ein erstes zeigte sie auf dem Schnee liegend, umgeben vom Piloten der Rega, vom Polizisten und dem Arzt. Den Polizisten Gmünder erkannte er von seinem Besuch in Meiringen. Mike näherte sich dem Bildschirm und studierte konzentriert das Bild der Leiche.

Auf dem Pult vibrierte sein Handy und kündigte auf dem Display die Anrufende an. Seit seinem Besuch im Spital hatte er vergessen, es wieder auf laut zu schalten.

»Hallo, Verena.«

»Hallo, Mike. Ich habe eine gute Nachricht für dich. Die Abkürzung, die du mir gegeben hast? Das ›Li IVb‹? Ein Kollege meint, es könnte sich um die Bezeichnung eines Buchs aus einer Bibliothek handeln. Ist mir auch nicht in den Sinn gekommen. Kann aber sein, oder etwa nicht?«

»Da kannst du tatsächlich recht haben. Daran habe ich auch nicht gedacht.« Mike überlegte kurz. »Ich war schon lange nicht mehr in einer Bibliothek. Mir kommt nur eine in den Sinn. Denkst du, es könnte sich um ein Buch aus der Kornhausbibliothek handeln?«

»War auch mein erster Gedanke. Ich habe bereits im Onlinekatalog nachgeschaut, aber die Bezeichnung nicht gefunden. In keiner ihrer Filialen. Vielleicht ist es ein besonderes Buch, das nicht im Onlinekatalog erscheint. Oder vielleicht stammt es aus einer anderen Bibliothek.«

»Aus einer Schule?«

»Kann sein. Es könnte aber auch von der Burgerbibliothek stammen. Oder von der Uni. Wenn es sich wirklich um ein Buch handelt, kann es aus irgendeiner Bibliothek in der Schweiz stammen. Oder vielleicht sogar aus dem Ausland. Ich weiß nicht, ob dort Bücher ähnlich bezeichnet werden wie bei uns. In den USA haben die ein anderes System, habe ich mal gelesen. Du wirst suchen müssen.«

»Ja, das sehe ich auch so. Danke trotzdem für den Tipp, Verena. Er ist vielversprechend.«

Mike richtete seine Aufmerksamkeit wieder auf das Bild der Leiche im Schnee. Es vergrößerte es und untersuchte konzentriert den gesamten Körper des Mannes. Die in Stoff eingebundenen Schuhe, die Beine. Mike hielt die Maus an und schaute genauer hin. Der linke Oberschenkel, dick in etwas eingewickelt, das Mike nicht identifizieren konnte, schien angewinkelt zu sein. Vielleicht war das auch nur eine Täuschung durch die schlechte Bildqualität. Er bewegte das Bild weiter, bis der Kopf im Bildschirm erschien. Er blickte auf die schwarzen Haare, auf das Gesicht. Es wirkte auf ihn asiatisch. Nicht chinesisch oder japanisch. Das Wort »mongolisch« kam Mike in den

Sinn. Er wechselte zum nächsten Bild. In dieser Aufnahme hatte jemand die Haare von der Stirn auf die Seite geschoben. Mitten auf der Stirn sah Mike einen kleinen dunklen Fleck. Er vergrößerte das Bild, bis es fast unscharf wurde. Mike untersuchte die Stelle weiter. Um mehr aus dem Bild herauszuholen, spielte er mit Helligkeit, Kontrast und anderen Bildparametern. War das eine Vertiefung im Schädel? War der Fleck – eine Wunde? Vielleicht sogar eine Schusswunde? Bei Gmünder in Meiringen hatte er gespürt, dass er ihm etwas vorenthielt. Doch – Mike war davon überzeugt. Es musste eine Schusswunde sein. Der Mann war erschossen worden! Das erklärte, warum die Staatsanwaltschaft bereits eingeschaltet worden war.

Im nächsten Bild verdeckte ein Stiefel das Gesicht der Leiche. Der Stiefel des Piloten oder des Polizisten. Mike inspizierte die Kleider, die links vom Stiefel gut sichtbar waren. Auch die Verbände um Hände und Schuhe. Auf dem nächsten Bild sah er die Jacke, auf der linken Seite geöffnet. Unter der Jacke konnte Mike ein Hemd oder ein Unterhemd erkennen. Er betrachtete es genauer. Von ihm war nur eine kleine Stelle sichtbar, sein Muster war aber klar zu erkennen. Schmale, waagrechte blaue und weiße Streifen. Dieses Muster hatte er an Leibchen irgendwo schon einmal gesehen. Aber wo? Er konnte sich nicht erinnern.

Pünktlich um neun setzte sich Andrei Wiktorowitsch Gribkow vor seinen Laptop auf dem Bürotisch des eleganten großen Doppelzimmers im Hotel und rief mit seinem Satellitentelefon seinen Arbeitgeber an. »Guten Morgen, Igor Alexejewitsch.«

»Guten Morgen. Menschtschikow hat gestern gute Arbeit geleistet. Die Bilder auf dem Handy der Frau sind ein Glücksfall für uns. Was haben Sie herausgefunden?«

»Ich habe die Bilder gestern sofort unseren Kollegen in Moskau abgeliefert. Sie haben sie im Wissenschaftlichen Institut minutiös untersucht und mir über Nacht ihren Bericht per Mail geschickt. Mithilfe von Computern konnten sie das Gesicht auf den Bildern mit unseren Archivbildern vergleichen, und die Spezialisten bestätigen Ihre Vermutung: Bei der Leiche handelt es sich mit höchster Wahrscheinlichkeit um einen der beiden damaligen Agenten. Es ist in den Bildern auch ersichtlich, dass er erschossen wurde. Er ist also weder erfroren noch verunfallt.«

»Ich wusste es!«, unterbrach ihn Igor Alexejewitsch. »Fahren Sie fort!«

»Auf den Bildern gibt es keine Hinweise dafür, dass er etwas bei sich hatte. Der verletzte Bergtourer sprach wahrscheinlich die Wahrheit.«

»Die Bilder werfen eine Reihe Fragen auf: Liegt unser zweiter Agent weiterhin im Eis verschollen? Wurde auch er erschossen? Wenn ja, von wem? Und noch die wichtigsten Fragen: Hatten sie, als sie erschossen wurden, bereits gefunden, was sie suchten? Mussten sie ihren Fund abgeben? Wem? Haben sie nie gefunden, was sie suchten?«

Auch Andrei wusste auf die Fragen keine Antworten.

Beide dachten über die Ergebnisse der Untersuchung der Bilder nach, dann sprach Igor Alexejewitsch mit entschlossener Stimme weiter. »Wir bleiben dabei. Wir lassen den Journalisten Antworten auf unsere Fragen finden. Solange er weiter recherchiert, beschatten wir ihn, lassen ihn aber in Ruhe. Wenn er an die Wahrheit gelangt, entledigen wir uns seiner.«

»Ja, Igor Alexejewitsch. Ich werde Menschtschikow informieren.«

»Und noch etwas. Das Ganze ist mir zu heiß, um in Moskau zu bleiben. Reservieren Sie meine Suiten in den Hotels, bereiten Sie meine Reise vor. Lassen Sie meinen Jet am Flughafen Wnukowo bereitstellen. Ich fliege noch heute nach Bern, um die Aktion vor Ort zu koordinieren.«

»Alles klar. Wird gemacht.«

KAPITEL 10

»Nein, diese Bezeichnung sagt mir nichts«, erklärte die Frau in der Kornhausbibliothek und gab Mike seinen Notizzettel zurück.

»Würden Sie trotzdem bitte im System nach der Bezeichnung ›Li IVb‹ suchen?«

»Ich arbeite seit über zehn Jahren hier in der Ausleihe. Sie finden unter dieser Bezeichnung weder ein Buch noch ein Video noch eine CD oder DVD noch sonst irgendetwas aus unserem Bestand. Ganz sicher nicht. Es tut mir leid.«

»Wo würden Sie als Nächstes suchen? Burgerbibliothek? Uni?«, fragte Mike enttäuscht.

»Von der Uni Bern stammt sie nicht, das weiß ich. Versuchen Sie es doch mal in der Burgerbibliothek.«

Mike verließ das Gebäude auf den Kornhausplatz und fuhr mit dem Tram zur Nationalbibliothek, wo die Burgerbibliothek vorübergehend untergebracht war.

Der Student an der Ausleihe blickte lange auf den Bildschirm seines Computers und tippte immer wieder auf der Tastatur herum. Als er damit aufhörte und nur noch auf den Bildschirm starrte, schöpfte Mike Hoffnung. Er wurde aber erneut enttäuscht.

»Nein, das ist kein Buch von uns. Ich habe alle Kataloge durchsucht. Diese Bezeichnung stammt weder von der Burgerbibliothek noch von der Nationalbibliothek.«

Zurück in der Altstadt schlenderte Mike in Gedanken vertieft die Bundesgasse entlang. War er auf der falschen Fährte? Handelte es sich bei der kryptischen Bezeichnung um etwas anderes als ein Buch? Wenn es sich tatsächlich um ein Buch handeln sollte, was war der Zusammenhang zwischen dem Buch und seinem Vater? Vor dem Bundeshaus hielt er an und blickte auf die Fassade des Gebäudes, hinauf zu den Kuppeln und hinab zum Haupteingang. Plötzlich erinnerte er sich daran, dass sein Vater beim Recherchieren seiner Arbeiten viel Zeit in der Eidgenössischen Militärbibliothek verbracht hatte, als Mike noch ein Junge gewesen war. Militär, eidgenössisch, Bundeshaus. Alles Worte, die Mike damals tief beeindruckt hatten. Er glaubte sich zu erinnern, dass sie irgendwo im Bundeshaus untergebracht war. Als er seinen Vater einmal in die Bibliothek begleiten durfte, betraten sie das Gebäude noch durch den Haupteingang, was jetzt für Besucher nicht mehr möglich war. Er ging um das Bundeshaus zur Südseite des Gebäudes und betrat den Besuchereingang.

Am Informationsstand fragte er nach der Militärbibliothek. Der Mann hinter der Theke freute sich sichtlich, darüber Auskunft geben zu können, und schweifte mit seinen Ausführungen weit aus.

»Wussten Sie, dass die Militärbibliothek 1848 als Handbibliothek des Departementvorstehers entstand?«, fragte er Mike stolz.

»Nein, das wusste ich nicht.«

»Dann erzähle ich Ihnen gerne mehr. Sie begann ganz klein mit wenigen Werken. Das Reglement, welches deren Existenz erstmals regelte, wurde erst in den 1860er-Jahren vom Bundesrat unterschrieben. 1871 zählte die Bibliothek aber bereits über 4.000 Bücher!«

Der Mann unterbrach seine Ausführungen, schaute Mike erwartungsvoll an und schien enttäuscht, dass diese Fakten Mike nicht wirklich zu beeindrucken schienen. Er fuhr trotzdem fort.

»Die Anzahl der Bücher ist seither kontinuierlich gewachsen und die Beliebtheit der Bibliothek natürlich auch. Sie ist ein großer Erfolg! Weil aber die Parlamentsdienste mehr Platz benötigten, wurden die Bestände 2007 in die Bibliothek am Guisanplatz überführt, in ein eigens für diesen Zweck umgebautes ehemaliges Zeughaus. Sie führt jetzt die Bibliotheken der Bundesverwaltung. Schade interessiert sich hier niemand für solche

Geschichten! Ich hätte noch weitere Anekdoten, die Sie interessieren könnten.«

Mike blickte auf seine Uhr. »Leider muss ich weiter.«

»Die Bibliothek am Guisanplatz ist öffentlich zugänglich, ein Besuch lohnt sich alleweil!«, rief der Mann ihm nach.

Mike fuhr mit dem Tram vom Bärenplatz zum Guisanplatz. Von der Tramhaltestelle beim Messegelände aus erblickte er das ehemalige Zeughausgebäude sofort. Er überquerte die Straße und trat in die Bibliothek ein.

Mannshohe Büchergestelle aus Metall reihten sich parallel durch die ganze Halle. Beim Empfang stand ein Gestell mit Publikationen, die man mitnehmen durfte, in einem Glaskasten eine Reihe Bücher zu aktuellen Themen.

»Kann ich Ihnen helfen?« Von Mike unbemerkt, hatte sich eine junge Frau hinter die Theke gesetzt.

»Ja, Mike Honegger ist mein Name. Ich habe eine Bezeichnung, die einem Buch aus einer Bibliothek gehören könnte, und versuche herauszufinden, ob es sich dabei um ein Buch aus der ehemaligen Militärbibliothek handelt. Wenn ich es richtig verstehe, führen Sie jetzt deren ehemalige Bestände. Die Bezeichnung lautet ›Li IVb‹.«

Sie gab ihm einen Notizblock und bat ihn, die Bezeichnung zu notieren.

»Ich suche mal im Alexandria Portal. Es umfasst über 20 Bundesbibliotheken und beinhaltet über eine Million Buchtitel. Wenn es sich um ein Buch bei uns handelt, werden wir es sicherlich finden.«

Konzentriert tippte sie auf ihrer Tastatur herum. Zwischendurch hörte Mike von ihr ein »Hmmm«. Mike schaute ihr gespannt zu.

»Ich arbeite noch nicht lange hier und muss meine Vorgesetzte etwas fragen. Einen Moment, bitte.«

Die Frau verschwand in einem der Büros hinter der Theke. Mike musste nicht lange warten, bis sie mit ihrer Vorgesetzten zurückkehrte, die sich an ihn wendete.

»Sie haben nach dem Buch mit dieser Bezeichnung gefragt?« Sie hielt den Notizzettel mit Mikes Handschrift in die Luft.

Mike schöpfte Hoffnung und antwortete: »Ja. Handelt es sich um ein Buch aus der Bibliothek?«

»Ja, tatsächlich. Um ein altes und seltenes Exemplar. Ich befürchte, Sie können es nicht ausleihen oder mitnehmen.«

Ein Erfolg! Mike war begeistert. »Das ist eine ausgezeichnete Nachricht. Ich suche schon in ganz Bern nach dem Buch. Können Sie es mir wenigstens zeigen?«

»Ja, selbstverständlich. Setzen Sie sich doch an einen der Arbeitsplätze dort an der Fensterfront, während ich das Buch hole. Es wird mit anderen wertvollen und seltenen Büchern in einem Archivraum im Keller aufbewahrt. Ich bin in wenigen Minuten zurück.«

Mike bedankte sich und setzte sich an einen Arbeitsplatz. Gespannt und ungeduldig blickte er aus dem Fenster zu weiteren Gebäuden aus Sandstein, von denen einige immer noch von der Armee genutzt wurden. Er blickte mehrmals auf seine Uhr. Die wenigen Minuten, die er warten musste, schienen ihm wie eine Ewigkeit.

Endlich öffnete sich die Tür des Lifts, und die Frau erschien mit einem Buch in den Händen. Sie trug weiße

Handschuhe, und auf dem Buch lag für ihn ein zweites Paar.

»Bitte ziehen Sie diese Handschuhe an. Seien Sie mit dem Buch äußerst vorsichtig!«

Sie legte das alte ledergebundene Werk vor ihm auf den Tisch. Oben rechts wie auch auf dem Buchrücken war mit schwarzer Tinte fein säuberlich angeschrieben: Li IVb.

»Die Bezeichnung wurde von der Militärbibliothek Mitte letzten Jahrhunderts verwendet. Es ist Teil einer Sammlung mit nur wenigen Werken. So, ich lasse Sie jetzt arbeiten. Bitte melden Sie sich, falls wir Ihnen irgendwie behilflich sein können. Aber nicht vergessen, behandeln Sie das Buch bitte mit allergrößter Vorsicht!«

Mike zog die weißen Baumwollhandschuhe an und öffnete den Buchdeckel. Auf der ersten Seite erschien der Titel in schwarzer Handschrift geschrieben: »Geschichte der Russisch-Schweizerischen Beziehungen ab Ende des 19. Jahrhunderts.« Darunter der Name des Autors: Hans von Webern, Oberst i Gst. Der Name sagte ihm nichts. Die Abkürzung erkannte er: Oberst im Generalstab. Er blätterte vorsichtig weiter. Es musste sich um ein Einzelexemplar handeln, denn das Buch war von Hand geschrieben. Das erklärte, warum es in der Bibliothek, zusammen mit weiteren seltenen Werken, getrennt aufbewahrt wurde. Mike las die ersten Abschnitte des Textes. Der Beginn einer Zusammenfassung der politischen Ausgangslage in beiden Ländern ab Mitte des 19. Jahrhunderts. Der Inhalt schien ihm nur für Historiker von Interesse zu sein. Weshalb hatte sein Vater dieses Buch besonders erwähnt? Warum war das Buch für ihn so wichtig gewesen? Er blätterte weiter. Text und Text und

Text in wunderschöner, feiner schwarzer Handschrift. Etwa in der Mitte des Buchs entdeckte er ein zusammengefaltetes Blatt Papier. Wahrscheinlich ein vergessenes Buchzeichen, dachte Mike. Er wollte schon weiterblättern, als er bemerkte, dass es ebenfalls beschrieben war. Vorsichtig nahm er es heraus und öffnete das vom Alter vergilbte Blatt. Die unteren Ecken fehlten, und an der linken Seite war das Papier entlang dem Falz bis in die Mitte eingerissen. Der Text war nicht von derselben Person geschrieben worden wie das Buch. Er war in alter deutscher Schrift geschrieben. Mike hatte Mühe, alle Buchstaben zu erkennen, und musste die Seite mehrmals durchlesen, bis er das Gedicht ganz entziffert hatte:

Meine allerliebste Schenja

Brücken vereinen von Flüssen geteilte Leben
ewig dauern sie und überleben Beben
in die Sockel und die Schächte dring ich ein
um als funkelndes Licht bei dir zu sein.

Den Schlüssel sollst du haben
und immer bei dir tragen
bis hoffentlich die Zukunft
die Welt bringt zur Vernunft.

Steig hinab zur Aare und blicke hoch
die Kornhausbrücke steht ja noch
an den Fundamenten sollst du suchen
und mit Schlüssel Tore öffnen zu versuchen.

In der Tiefe sollst du finden
was uns für immer soll verbinden
denn heute hinterlasse ich dort für dich
alles was ich habe außer mich.

Hebe deine Augen bis zum Rathaus Bern
bleibe dort der Kirche doch nicht fern
denn der erste Heilige soll dir helfen
die Kornhausbrücke zu verwerfen.

In Liebe, Dein Papa

Mike war überzeugt, dass es sich um ein Buchzeichen handelte, das jemand vergessen hatte. Zwischen dem komischen Gedicht und dem Buch konnte es keinen Zusammenhang geben. Es wurde in einer anderen Schrift zu einer anderen Zeit geschrieben. Auch der Inhalt passte überhaupt nicht zum akademischen Inhalt des Buchs. Eigentlich machte das Gedicht gar keinen Sinn, fand er. Es musste ein Zufall sein, dass es in diesem Buch lag. Ein Leser musste es darin vergessen haben, spekulierte Mike. Trotzdem las er das Gedicht ein zweites Mal durch. Es las sich irgendwie wie ein Rätsel.

Die Stimme der jungen Frau vom Empfang riss ihn aus seinen Gedanken. »Haben Sie alles, was Sie brauchen, Herr Honegger?«

»Ja danke. Ich habe im Buch einen Brief mit einem Gedicht gefunden. Schauen Sie!«

Die Frau beugte sich über den Tisch und las.

»Das ist aber ein komisches Gedicht.«

»Finde ich auch«, stimmte Mike ihr zu. »Das gehört

nicht zum Buch, interessiert mich aber trotzdem. Vielleicht hat es ein Leser darin vergessen, als er es Ihnen zurückgab. Könnten Sie bitte herausfinden, wann es zum letzten Mal ausgeliehen wurde, und ob Sie weitere Werke des Autors Hans von Webern im Bestand finden?«

»Ja, natürlich. Ich komme gleich wieder.«

Mike nahm sein Tablet aus seinem Rucksack und fotografierte das Blatt Papier sowie die erste Seite des Buchs mit dem Titel und Autor.

»Da bin ich wieder. Es scheint sich nicht gerade um einen Bestseller zu handeln.« Die junge Frau lächelte ihn an. »Ein weiteres Werk des Autors ist uns nicht bekannt. Seit wir die Ausleihen im Computer registrieren, wurde dieses nur von einem Kunden verlangt, einem Herrn Honegger. Vielleicht einer Ihrer Verwandten?«

Mike schaute das Buch vor ihm andächtig an. Sein Vater hatte dieses Buch zuletzt ausgeliehen und in seinen Händen gehalten. Hatte er den Brief mit dem Gedicht in das Buch gelegt oder hatte er es dort gefunden und zurückgelassen? Er gab das Buch und die weißen Handschuhe vorsichtig zurück und bedankte sich. Als er aufstehen wollte, sagte die junge Frau: »Sie können ruhig hier am Arbeitsplatz nach Informationen zum Autor suchen. Der Computer dort ist mit dem Internet verbunden und steht Ihnen zur Verfügung. Sie können auch Dokumente ausdrucken. Der große Drucker steht da hinten.«

Er nutzte die Zeit bis zur Schließung der Bibliothek, um mehr über den ihm unbekannten Generalstabsoberst Hans von Webern herauszufinden, erfuhr dabei jedoch nur wenig. Er schien aus einer wohlhabenden Familie zu stammen, die Jahrhunderte lang die Geschichte Berns in Politik, Militär und Wirtschaft geprägt hatte. Als die junge Dame der Bibliothek ihn bereits daran erinnerte, dass sie in wenigen Minuten schließen würden, suchte er in mehreren Telefonverzeichnissen im Internet noch nach möglichen Nachfahren des Obersten. Kurz darauf verließ er die Bibliothek mit einer Liste von 17 Telefonnummern im Kanton Bern, die auf Personen mit dem Nachnamen »von Webern« registriert waren.

Nachdem Mike noch kurz im Büro vorbeigeschaut und einige E-Mails beantwortet hatte, ging er zu Fuß nach Hause. Er warf seinen Rucksack auf die Couch, setzte sich daneben und wollte sich als Erstes das Bild des Briefs mit dem Gedicht noch einmal genauer anschauen. Er öffnete seinen Rucksack, den er den ganzen Tag bei sich getragen hatte, und griff darin nach seinem Tablet. Es fühlte sich dicker an als gewohnt. Mike zog es heraus und staunte überrascht. Er hatte nicht ein Tablet, sondern zwei Tablets in der Hand. Er besaß aber doch nur eines! Ein zweites konnte sich unmöglich in seinem Rucksack befinden. Vorsichtig untersuchte er das zweite Gerät. Es war ganz offensichtlich nicht sein Tablet. Er öffnete die Frontklappe der Kunststoffhülle. Auf dem schwarzen Bildschirm blickte ihn sein Spiegelbild an. Mike drehte es um und untersuchte die Rückseite der Hülle. Keine Markierung, kein Name, nichts. Hatte jemand aus Versehen sein Tablet in Mikes Rucksack gesteckt? Unmöglich, nicht aus Versehen. In der Bibliothek hatte er am Arbeitsplatz alleine gearbeitet. Niemand außer den beiden Mitarbeiterinnen der Bibliothek war in seine Nähe gekommen. Vielleicht war das Gerät auf der Rückseite angeschrieben, dachte er, und entfernte es aus der Hülle. Wieder nichts. Nur das Logo des Herstellers, die Kameralinse und die kleine Öffnung des Lautsprechers waren zu sehen. Das Gerät schien neu zu sein. Keine Fingerabdrücke, keine Flecken, keine Kratzer. Er setzte es wieder in die Hülle ein und schaltete das Tablet an. Mike blickte misstrauisch auf den Bildschirm. Während das Gerät hochfuhr, erschien auf dem Bildschirm ein weißes Zahnrad, das sich langsam drehte. Anstatt des Logos des Herstellers und Angaben zum Modell oder vielleicht einer Sammlung von Kacheln mit Apps, wie er es von seinem eigenen Tablet kannte, erschien danach ein kurzer Text: »Mike, we need to talk. David.« Mike ließ das Tablet neben sich auf die Couch fallen, als ob es zu heiß wäre, um es in den Händen zu halten. Er kannte nur einen David. Der CIA-Agent David Reynolds von der amerikanischen Botschaft in Bern hatte mit ihm den Fall des Toten in der Aare gelöst. Danach waren David und sein Kollege Rick Perez in die amerikanische Botschaft in Moskau versetzt worden, und Mike hatte seither nichts mehr von ihnen gehört. Es konnte sich doch unmöglich um denselben David handeln. Oder doch? War er inzwischen zurück nach Bern versetzt worden? Was sollten das Tablet und die Meldung? Ohne zu verstehen, was vor sich ging, starrte Mike noch auf die Zeile, als der Text wieder verschwand und durch ein weißes Viereck ersetzt wurde, mit der Anleitung »Fingerprint ID: Right Thumb«. Sich mit seinem rechten Daumen zur Benutzeridentifikation anzumelden, konnte nicht funktionieren. Woher sollte das Tablet auch seinen Fingerabdruck kennen! Misstrauisch nahm er das Tablet wieder in die Hand und legte seinen rechten Daumen in das Viereck. »Welcome, Mike Honegger«, begrüßte ihn das Tablet zu seinem großen Erstaunen. Das Viereck wurde ersetzt von der Kachel einer App mit dem Symbol eines kleinen Telefons. Darunter die Bezeichnung »Encrypted Phone«. Plötzlich begann ein Fenster im Bildschirm zu blinken: »Incoming ENCRYPTED Call« Eingehender Anruf. Verschlüsselt. Instinktiv schob er das grüne Telefonsymbol über den Bildschirm und nahm den Anruf entgegen.

»Mike?«

Mike erkannte nicht, ob es sich wirklich um Davids Stimme handelte, sie tönte zuerst künstlich und verzerrt.

»Mike? Bist du da?«, fragte die Stimme erneut auf Englisch.

»Ja, wer ist da?«, antwortete Mike.

»Ich bin's, David Reynolds. Lange nichts mehr voneinander gehört, nicht? Wie geht es dir?«

Mike starrte auf das Tablet. Es war tatsächlich der Agent aus der Botschaft.

»Im Moment bin ich nicht sicher, ob es mir gut geht, Dave. Was soll das Ganze?«

»Mach dir keine Sorgen, Mike. Ich muss unbedingt mit dir sprechen, und zwar so, dass uns niemand abhören kann. Unser Tablet ist mit einem gehärteten Betriebssystem und einer App ausgestattet, die unser Gespräch end-to-end verschlüsselt. Und das mit einem besonders sicheren Verschlüsselungsalgorithmus. So eine Art geheimes Super-Skype. Aber abhörsicherer und auch sonst besser. Einer unserer Kollegen in Bern hat das Tablet heute Nachmittag im Tram in deinen Rucksack geschmuggelt.«

Mike staunte weiter, denn er hatte davon nichts bemerkt.

»Woher habt ihr den Fingerabdruck meines Daumens?«, fragte er irritiert.

»Um ehrlich zu sein, wir haben ihn aus deiner Wohnung. Es tut mir leid, aber es ist äußerst wichtig, dass nur du das Gerät bedienen kannst.«

»Ihr seid in meine Wohnung eingebrochen und habt nach meinem Fingerabdruck gesucht? Seid ihr wahnsinnig?« Mike regte sich immer mehr auf.

»Es tut mir leid, Mike. Es musste aus Sicherheitsgründen sein. Du wirst es verstehen, musst einfach noch etwas Geduld haben. Drücke doch mal auf das Kamerasymbol auf dem Bildschirm.«

Mike folgte der Anweisung, und auf dem Bildschirm erschien das Bild von David. Rechts neben ihm blickte Rick Perez lächelnd in die Kamera.

»Hi, Mike«, winkte er.

Mike starrte ungläubig auf den Bildschirm.

»Na, sag doch etwas. Freust du dich etwa nicht, nach langer Zeit wieder etwas von uns zu hören?«, fragte David endlich.

»Ja … eigentlich schon … aber … was ist denn los?«, antwortete Mike zaghaft.

»Um ehrlich zu sein, wir brauchen deine Hilfe.«

»Meine Hilfe? Wofür denn? Seid ihr zurück in der Botschaft hier in Bern?«

»Nein, wir sind weiterhin in Moskau stationiert.«

Mike runzelte die Stirn. »Ihr seid in Moskau und benötigt meine Hilfe? Ist wohl ein Witz, oder?«

David und Ricks ernste Gesichter bestätigten ihm, dass es sich keineswegs um einen Witz handelte.

»Also schießt los. Worum geht es denn?«, sagte Mike.

David lehnte sich nach vorne, näher zur Kamera. »Hast du Kopfhörer mit Mikrofon? Was folgt, sollte in deiner Wohnung nicht über den Lautsprecher hörbar sein, für den Fall, dass sie abgehört wird.«

Mike verstand immer weniger, was vor sich ging. Warum sollte seine Wohnung abgehört werden? Trotzdem steckte er seine Kopfhörer an und das Ende des Kabels in das Tablet. Der Lautsprecher war damit ausgeschaltet.

»Also, ich höre euch.«

»Unsere Nachrichtendienste sind in den letzten Tagen an Informationen gelangt, die bei uns Alarm auslösten. Sie deuten darauf hin, dass einzelne Teilnehmer der NATO-Konferenz in Interlaken Ziele von Anschlägen sein könnten. Wir machen uns nicht nur Sorgen um die Sicherheit einzelner Teilnehmer, sondern befürchten, dass vielleicht sogar ein Anschlag auf die Konferenz selbst geplant sein könnte. Leider wissen wir darüber noch sehr wenig. Unter anderem hat ein Informant berichtet, dass Mitglieder einer kriminellen Vereinigung bereits eine erste Aktion in Bern durchgeführt haben und weitere planen. Es befindet sich also bereits eines ihrer Teams in der Schweiz.«

»Das ist nichts Besonderes, denke ich. Solche Drohungen gibt es heute gegen jeden größeren Anlass. Gegen das WEF in Davos, gegen Tagungen gewisser Parteien, gegen Proteste auf dem Bundesplatz. Die Sicherheit solcher Anlässe ist Sache des Gastgeberlandes, und zwar von dessen Polizei oder Militär. Wie soll ich euch denn helfen, etwas zur Sicherheit der NATO-Konferenz beizutragen? Das ist eine Schuhnummer zu groß für mich und definitiv nicht meine Angelegenheit. Ich habe anderes zu tun.«

»Da irrst du leider, Mike, es ist sehr wohl deine Angelegenheit. Wie gesagt, die Männer, von denen wir sprechen, haben bereits eine erste Aktion in Bern durchgeführt. Sie haben möglicherweise bereits ein Opfer aus deinem Umfeld auf dem Gewissen.«

»Aus meinem Umfeld?« Mike ahnte bereits die Antwort auf seine Frage.

»Ja, Mike. Du kanntest das Opfer sehr gut. Ein guter Freund deiner Familie: Professor James Matthews. Wir vermuten, dass sie für seinen Tod verantwortlich sind.«

Mike stand mit dem Tablet in der Hand auf und fuchtelte mit der freien Hand. »Was hat Matthews damit zu tun? Woher wisst ihr überhaupt von seinem Tod? Ich verstehe immer weniger, was hier vor sich geht!«, sagte er aufgeregt.

»Unsere Nachrichtendienste sind erst kürzlich an diese Informationen gelangt, und vieles ist noch unbekannt. Sie sind aber bereits sehr aktiv gewesen, und es deutet alles darauf hin, dass die ersten Erkenntnisse stimmen. Die ganze Sache ist noch streng geheim. Du musst vorerst alles für dich behalten.«

»Geht damit zu den Behörden! Warum plagt ihr mich damit?«

»Unsere Botschaft in Bern ist bereits in Kontakt mit den Schweizer Behörden, und zwar auf verschiedenen Ebenen: mit dem Nachrichtendienst, also dem Verteidigungsdepartement, mit dem Außendepartement und mit der Polizei. Wir wollen jedoch keinen Kanal auslassen, denn wenn sich unsere Befürchtungen bewahrheiten, könnte es um sehr viel gehen. Stell dir vor, eine Störung der NATO-Konferenz zum Thema Abrüstung! Dieser prestigeträchtige Anlass ist uns sehr wichtig. Das Weiße Haus hat seine Augen darauf gerichtet. Rick und ich haben vorgeschlagen, dich zu involvieren, ganz inoffiziell natürlich. Zum einen hast du in Bern Erstaunliches mit uns geleistet. Zum Zweiten bist du ja wegen des Tods von Matthews bereits persönlich betroffen. Du musst uns … äh, ich meine … wir bitten dich um deine Hilfe.«

Mike starrte lange auf das Bild der beiden Agenten, die er persönlich gern mochte, und setzte sich wieder. Unschlüssig darüber, worauf er sich einließ, gab er schlussendlich doch nach.

»Also gut. Weil ihr es seid, bin ich dabei, obwohl ich weiterhin denke, nichts beitragen zu können.«

»Super, Mike. Wir sind dankbar für deine Hilfe. Was weißt du über den Tod des Professors?«

Mike fasste kurz zusammen, was er von Kunz erfahren hatte.

»Siehst du, da weißt du schon mehr als wir. Uns ist nur bekannt, dass er unter ungeklärten Umständen in Bern gestorben ist. Deine Informationen bestätigen jedoch unsere Vermutungen.«

»Wer sind die Männer, die angeblich involviert sind? Was hatte Matthews mit ihnen zu tun? Warum sind Teilnehmer der NATO-Konferenz in Gefahr?«

»Unsere Informationen sind sehr spärlich, deshalb versuchen wir, über alle Kanäle mehr zu erfahren. Wir wissen nur, dass jemand verzweifelt nach etwas sucht, das an der Konferenz auftauchen könnte, und jeden ausschalten will, der damit in Berührung kommt.«

»Und ihr wisst nicht, worum es sich dabei handelt?«, fragte Mike verwundert.

»Nein. Das ist unser großes Problem, für das wir auf deine Unterstützung angewiesen sind.«

Mike überlegte, ob er David vom versteckten Brief berichten sollte, den Matthews ihm im USB-Stick mitgebracht hatte, entschied aber, mit diesen Informationen noch zu warten. Er wollte zuerst besser verstehen, was vor sich ging.

»Ich weiß immer noch nicht, ob ich wirklich etwas beitragen kann.«

»Vielleicht kannst du als Journalist so tun, als ob du einen Artikel über die Konferenz schreiben würdest. Recherchiere doch, stelle überall Fragen, gehe zu deinen Kontakten. Vielleicht stößt du auf etwas, das uns Antworten liefert. Vielleicht findest du noch mehr über den Tod von Matthews heraus.«

»Also gut, Dave, ich kann es versuchen.«

»Du kannst uns über unser Tablet jederzeit erreichen, 24 Stunden am Tag. Die Verbindung führt direkt in unseren Nachrichtenraum in der Botschaft in Moskau.«

Rick setzte sich vor die Kamera und hob seine Hand hoch. »Noch etwas, Mike. Starte nach diesem Gespräch das Tablet neu. Danach wirst du einige neue Apps finden, die wir dir installieren. Eines davon ist eine Alarm-App. Wenn du mehr als drei Sekunden gleichzeitig auf beide Lautstärkeregler drückst, löst du bei uns Alarm aus. Du musst in Zukunft das Tablet immer bei dir tragen, denn damit kannst du uns jederzeit erreichen.«

»Alarm auslösen?«, fragte Mike erstaunt. »Wie wollt ihr mir denn aus Moskau helfen, wenn mir etwas zustoßen sollte?«

David beantwortete seine Frage. »Wir spaßen nicht, Mike. Wenn du den Alarm auslöst, werden wir alle Hebel in Bewegung setzen, um dir zu helfen.«

Das Hilfsangebot der Amerikaner sollte Mike wohl ein sicheres Gefühl vermitteln. Er fragte sich stattdessen, was geschehen konnte, um von den Amerikanern aus einer Notsituation gerettet werden zu müssen.

KAPITEL 11

»Lass doch die Katze aus dem Sack, Mike. Was läuft genau ab?«, fragte Moser leicht verärgert.

»Ich bin in einem Café in der Stadt und warte auf zwei Personen, die mir Antworten auf Fragen zum Tod von Professor Matthews liefern könnten. Hinter seinem Tod steckt mehr, als du denkst.«

»Ich hoffe, du siehst nicht wieder Gespenster, Mike. Also gut. Aber den Artikel, den du schreiben sollst, hat mit dem Toten auf dem Gletscher zu tun, nicht mit Matthews. Ich habe dir bewusst einen einfachen Auftrag erteilt und habe kein Problem damit, wenn du etwas Zeit für Matthews aufwendest. Aber heute den ganzen Tag?«

»Ich kann nur so viel verraten, Ruedi: Matthews wurde ermordet. Sein Tod und der Tote auf dem Gletscher – beide Angelegenheiten sind viel komplizierter, als wir dachten. Ich muss gleichzeitig in beiden Sachen weiterrecherchieren. Bitte vertraue mir«, bat Mike.

»Was sagtest du soeben? Matthews ist ermordet worden? Wo hast du das denn her? Von wem soll er denn ermordet worden sein?«

»Ich weiß, es scheint unglaublich, ist aber Fakt. Antworten auf die Fragen habe ich noch keine. Ich brauche etwas mehr Zeit, als ich dachte. Glaube mir, es geht nicht nur um Matthews, sondern auch um den Toten auf dem Gletscher.«

Moser überlegte und zeigte sich schließlich nachgiebig. »Also gut, Mike. Halte mich aber bitte auf dem Laufenden. Ich brauche dich als Journalisten, nicht als Detektiv. Sonst musst du einige Tage freinehmen, dann kannst du tun, was du willst.«

»Alles klar, Ruedi. Ich arbeite an beiden Fällen so effizient wie möglich. Es wird sich lohnen, du wirst sehen.« Mike tönte zuversichtlicher, als er sich fühlte, brauchte aber unbedingt mehr Zeit von Moser. »Ah, da kommen die beiden Herren, auf die ich warte. Ich muss gehen.«

Er legte sein Handy weg und begrüßte Kunz und Herrenstein. »Danke, dass Sie gekommen sind, meine Herren.«

Mit gestrecktem Zeigefinger vor Mike stehend, unterbrach ihn Herrenstein forsch, ohne ihn zu begrüßen.

»Nur dass es klar ist, Honegger: Dieses Treffen fand nie statt. Ich bin mir nicht mehr sicher, ob es eine gute Idee war, über Kunz mit Ihnen in Kontakt zu treten. Sie wissen genau, dass es sich um die laufende Untersuchung eines Mordes handelt. Eigentlich sollten wir drei nicht miteinander über den Fall sprechen. Er ist weiterhin Angelegenheit der Polizei und der Staatsanwaltschaft und nicht die eines Journalisten.«

Mike wollte sich von Herrenstein nicht ärgern lassen und reagierte ganz ruhig. »Holen Sie sich doch beide unten erst mal einen Kaffee. Wenn Sie wieder zurück sind und sich in aller Ruhe hingesetzt haben, sprechen wir weiter.«

Beide Herren schauten einander überrascht an. Sie waren es nicht gewohnt, Anweisungen zu erhalten. Trotzdem verschwanden sie und kehrten nach wenigen Minuten mit Kaffee und Gipfeli zurück. Als sie Platz genommen hatten, begann Mike zu sprechen.

»Herr Herrenstein: Danke für die Informationen, die Sie mir über Herrn Kunz zugespielt haben. Ich werde ganz offen mit Ihnen reden und die Karten auf den Tisch legen.«

Mike erzählte vom versteckten Tipp in der Datei auf dem USB-Stick, vom Buch und vom Brief, den er darin gefunden hatte. Zum Schluss berichtete er über den gestrigen Kontakt mit den Amerikanern.

Herrenstein starrte Mike mit großen Augen an und schwieg lange. »Was sagen Sie da? Zwei amerikanische Agenten in Moskau haben Sie kontaktiert und behaupten, eine Bande plane Anschläge auf Teilnehmer der NATO-Konferenz in Interlaken?«

»Ja, mehr oder weniger.«

»Das kann doch nicht wahr sein!«

Kunz, der bisher geschwiegen hatte, schmunzelte, sodass Herrenstein ihn schnippisch fragte: »Wollen Sie etwas hinzufügen, Kunz?«

»Sie würden staunen, was Herr Honegger in Sachen Geheimagenten und so schon alles erlebt hat«, antwortete Kunz, ohne sich irritieren zu lassen.

»Fragen Sie beim Nachrichtendienst, beim Außendepartement oder in Ihrem Umfeld nach. Die Amis sind bereits auf höchster Ebene mit allen drei Stellen in Kontakt«, erklärte Mike.

Langsam begann Herrenstein zu begreifen, dass Mike die Wahrheit sprach. »Es ist tatsächlich Ihr Ernst, Honegger. Ich kann es nicht fassen!«

»So ist es aber. Ich schlage vor, dass wir unseren Kontakt aufrechterhalten. Es läuft zwar bereits viel über offizielle Kanäle, aber die Erfahrung zeigt, dass unkonventionelle Kontakte in solchen Fällen einen bedeutenden Beitrag leisten können«, schlug Mike vor.

Kunz schmunzelte schweigend vor sich hin, und Herrenstein staunte über das soeben Gehörte. Als er dazu nichts sagte, fragte Mike nach. »Was meinen Sie, Herr Herrenstein? Ich denke, wir beide können vom gegenseitigen Kontakt profitieren. Sie haben einen Fall zu lösen, und ich möchte herausfinden, wer meinen Bekannten ermordet hat.«

Herrenstein schüttelte den Kopf. »Das ist doch sehr ungewöhnlich und unkonventionell, muss ich sagen.« Er fuhr mit der rechten Hand durch seine ungekämmten grauen Haare und sprach dann weiter. »Also schaden kann es nicht. Wir sind weiterhin unter großem Druck, den Tod von Matthews aufzuklären. Hilfe ist in jedem Fall willkommen, woher sie auch stammen mag. Aber nur unter einer Bedingung: Sie schreiben in der Zeitung nichts zu diesem Thema!«

»Vorläufig nicht. Irgendwann wird die Wahrheit ans Licht kommen, und dann muss ich darüber berichten«, entgegnete Mike.

»Das passt mir gar nicht.«

»Ich habe einen Job zu erledigen, Herr Herrenstein.«

Wieder überlegte Herrenstein, bevor er antwortete. »Also gut, aber nur in Absprache mit mir. Es darf nichts ohne meine explizite Einwilligung publik gemacht werden. Ist Ihnen das klar?«

Als Mike am Nachmittag durch den tiefen Neuschnee auf dem schmalen Strandweg bei Ligerz entlang der Bahnlinie von Biel nach Neuchâtel stapfte, spürte er bald die Nässe in seine Winterschuhe eindringen. Er hatte gewusst, dass er den Weg entlanggehen musste, und hätte Stiefel anziehen sollen. Aus dem Nebel hörte er in der Ferne den Klang der Warnanlage, als sich die Barriere des Bahnübergangs Ligerz schloss. Kurz danach raste ein Schnellzug in Richtung Biel an ihm vorbei. Obwohl er ihm sofort den Rücken zudrehte, war sein Gesicht binnen Sekunden vom Schnee bedeckt, den der Zug beim Vorbeifahren aufwirbelte. Er wischte ihn ab und ging den Weg weiter, vorbei an verschneiten und ruhenden Gärten. Das schmucke Dorf Ligerz mit seiner alten Kirche hoch am Berg und den Weinreben an den Hängen hatte er bald hinter sich gelassen. Kurz darauf tauchte aus dem Nebel die dreistöckige Villa auf, die er suchte, umgeben von einem großen Garten direkt am Bielersee. Er schüttelte den Schnee von seinen Kleidern und Schuhen ab und betrat das Anwesen durch das mannshohe Eisentor. Die Säulen, die rechts und links des Hauseingangs das Vordach stützten, erinnerten ihn an einen griechischen Tempel. Mitten in der dreieckigen Front des Vordachs las er den Namen der Villa: L'Amitié. Die Villa der Freundschaft. Das stimmte ihn für sein Vorhaben schon einmal zuversichtlich.

Beim Durchtelefonieren der Liste von Personen mit Nachname »von Webern«, die er in der Bibliothek am Guisanplatz ausgedruckt hatte, war er nach 14 Telefonnummern endlich fündig geworden. In Ligerz gab eine junge Frau, die mit russischem Akzent Deutsch sprach, an, den Haushalt einer Frau Agnes von Webern zu besorgen. Nach mehreren Rückfragen bestätigte sie ihm, dass ihre Arbeitgeberin Hans von Weberns Tochter sei. Mike war zuversichtlich, die Tochter des Autors des Buchs aus der Bibliothek gefunden zu haben.

Er stieg die drei steinernen Stufen hoch bis zur Haustür und zog zweimal am Messinggriff, der rechts vom Türrahmen an einem von Ringen geführten Stahlseil hing. Im Inneren der alten Villa läutete schrill eine Glocke. Auf der obersten Stufe, unter dem Messinggriff, stand ein kleiner Holzkessel, angeschrieben mit einer polierten Bronzetafel mit dem Wort »sel«. Das Salz zum Enteisen der Treppen. Darüber eine kleine Schaufel und ein Besen. Alles perfekt, sauber und geordnet.

Es dauerte nicht lange, bis Mike hörte, wie jemand den Schlüssel im Schloss drehte. Eine Jugendliche in schwarzem Arbeitskleid und weißer Schürze, die langen schwarzen Haare in einer Kugel auf dem Kopf zusammengebunden, blickte schüchtern auf Mike. Er schätzte sie auf etwa 16 Jahre.

»Sind Sie Herr Honegger?«, fragte sie scheu mit ihrem russischen Akzent.

»Ja, ich bin mit Frau von Webern verabredet.«

»Ich weiß. Sie haben am Telefon mit mir gesprochen. Bitte treten Sie ein. Madame erwartet Sie bereits.«

Im Flur nahm sie Mike Winterjacke und Handschuhe ab und wies ihm ein Paar Hausfinken zu, die er gegen seine nassen Schuhe tauschte. Durch eine zweite Tür gelangten sie ins Innere des zu warmen Hauses. Er blickte auf den wunderschönen Boden aus kleinen Mosaiksteinen, auf die Holztreppe mit dem massiven geschnitzten Geländer, die rechts in den nächsten Stock führte, und auf die dunklen Gemälde, die an allen Wänden hingen. Über ihm hing ein riesiger Kandelaber an einer eisernen Kette von der Decke im zweiten Stock. Er fühlte sich eher in einem Museum als in einem Wohnhaus. Die junge Frau kündigte ihn durch die offene Tür, die geradeaus in den nächsten Raum führte, laut an: »Madame, Monsieur Mike Honegger ist hier, um Sie zu sehen.«

Mike hörte eine kratzige Stimme antworten. »Lassen Sie ihn herein, Irina. Aber nur in Hausfinken.«

»Folgen Sie mir bitte«, sagte Irina zu Mike und verschwand durch den Türrahmen.

Im großen Wohnzimmer verdeckte ein rötlich-brauner Perserteppich den dunklen Parkettboden bis auf einen Streifen entlang den Wänden. Im Fauteuil links vom breiten Steincheminée saß eine zierliche, zerbrechlich wirkende alte Dame mit einem gehäkelten Schal über den Schultern. Ihre fast weißen Haare leuchteten hell im Tageslicht.

»Entrez, Monsieur. Setzen Sie sich!«

Sie zeigte mit ihren von Gicht gekrümmten Fingern auf den Fauteuil rechts vom Cheminée und winkte die junge Frau weg.

»Das ist alles, Irina.«

Als Irina sich umdrehte und den Raum verließ, glaubte Mike, von ihr einen Knicks zu sehen. Er setzte sich auf den Fauteuil und bewunderte die Gobelinarbeit der Sessel im Raum. In der rechten Ecke des Zimmers fiel ihm ein Karten- und Spieltisch auf, wunderschön aus Holz geschnitzt, darin eingelassen ein Schachbrett aus Perlmutt mit Figuren aus Alabaster. In der linken Ecke, im Osten des Hauses, brannte eine Kerze unter einer orthodoxen Gebetsnische. Slawische Ikonen hingen darüber an der Wand. Durch die breite Fensterwand bewunderte er die schmalen hohen Pappeln im Garten und dahinter den Blick über den Bielersee zum gegenüberliegenden Ufer.

»Meine Eltern haben die Pappeln 1925 gepflanzt, ein Jahr nach dem Bau unseres Hauses. Sind sie nicht sogar im Winter prächtig?«, fragte die alte Frau und zeigte mit ihrer Hand zum Fenster.

»Ja, die ganze Anlage ist wunderbar. Im Sommer muss es fantastisch sein, auf der Terrasse zu sitzen«, antwortete Mike.

»Absolument. Und Sie sollten den Wein probieren, der aus meinen Reben im Garten gekeltert wird. Jedes Jahr ein ausgezeichneter Jahrgang. Ausnahmslos. Die Trauben zu lesen und zu Wein zu verarbeiten, mache ich natürlich nicht selbst, da arbeite ich mit einem Winzer im Dorf zusammen. Und zu Beginn des Jahres gibt es jeweils Treberwurst bei mir. Jedes Jahr, keine Ausnahme! Kennen Sie Treberwu… Je m'excuse, ich schweife schon jetzt ab. Doch zum eigentlichen Thema. Sie sagten mir am Telefon, Sie hätten ein Buch und einen Brief aus der Vergangen- und Vergessenheit hervorgeholt, Monsieur Honegger. Da bin ich aber gespannt.«

»Das ist tatsächlich so. Vielen Dank, dass Sie sich Zeit für mich nehmen, Frau von Webern.«

»Zeit ist das zweitwertvollste Gut, das es gibt. Wissen Sie, welches das wertvollste ist?«, unterbrach sie ihn.

Mike schüttelte den Kopf.

»Gesundheit.« Sie blickte ihm in die Augen. »Ja, Gesundheit. Mit meinen 89 Jahren bleibt mir leider von beiden nicht viel übrig, weder von der Zeit noch von der Gesundheit. Aber hier oben«, sie tippte mit dem Zeigefinger auf ihre Stirn, »hier oben, da bleibt mir noch viel übrig.« Sie lächelte, und Mike sah die Zahnlücken zwischen ihren mit den Jahren vergilbten Zähnen. »Aber genug der Philosophie. Haben Sie das Buch und den Brief dabei? Ich bin wirklich gespannt darauf. Könnte ich sie sehen?«

Mike zeigte ihr auf seinem Tablet das Bild des Briefes und bemerkte, wie ihre Augen zu strahlen begannen.

»Unglaublich, was man heute alles kann!«

Agnes von Webern nahm das Tablet auf ihren Schoß und blickte lange auf das Bild.

»Es ist ewig her, seit ich diesen Brief zum letzten Mal gesehen habe. Ich wusste nicht, dass er im Buch steckte, und glaubte seit Jahren, dass er verloren sei.«

Agnes von Weberns Blick weilte auf dem Bildschirm des Tablets, bis dieser sich automatisch abschaltete. Sie gab es ihm zurück und blickte dann nachdenklich auf eine Reihe alter Fotografien, die in silbernen Rahmen auf einer Kommode an der gegenüberliegenden Wand standen. Lange schwieg sie. Mike merkte, wie sie in Gedanken in der Vergangenheit bei ihrem Vater war. Neben den Bildern auf der Kommode zischte ein Samowar aus Silber, und aus dem Deckel unter der Teekanne entwich etwas Dampf. Das Feuer im Cheminée heizte das bereits zu warme Haus noch weiter auf. Als er schon fragen wollte, ob alles in Ordnung sei, sprach sie weiter, ohne ihn anzusehen.

»Mein Vater war ein bemerkenswerter Mann. Leider habe ich ihn viel zu früh verloren. Ich war 21, als er nie mehr zurückkehrte.«

Sie blickte weiter auf die Bilder aus der Vergangenheit und seufzte. »C'est la vie, es ist wie es ist. Ich werde Ihnen von ihm erzählen, aber dazu brauchen wir Tee, n'est-ce pas?«

Sie griff nach einer verzierten silbernen Glocke auf dem Tischchen neben ihrem Fauteuil und läutete. Gleichzeitig rief sie: »Irina, Tschai!«

Irina eilte mit zwei Gläsern herbei, die je in einem silbernen Sockel mit silbernem Griff steckten. Sie goss etwas Teekonzentrat aus der Kanne in die Gläser und füllte sie danach mit siedendem Wasser aus dem Hahn am Samowar auf. Sie servierte die beiden dampfenden Gläser auf einem Silbertablett. Frau von Webern und Mike nahmen sie, und Irina verschwand wieder aus dem Wohnzimmer.

»Sie sollten wissen, dass die Familie von Webern jahrhundertelang Berns Geschichte maßgeblich mitgestaltete. Auch im Militär haben wir eine lange Tradition. Mein Großvater Paul und mein Vater Hans dienten beide als Offiziere in der Schweizer Armee. Mein Großvater im Ersten Weltkrieg als Major im Generalstab mit General Wille. Er residierte sogar im Hotel Bellevue Palace, als der Generalstab dort untergebracht war. Sein Sohn, also mein Vater, muss die Familiengene geerbt haben. Er wurde nämlich Oberst im Generalstab und diente ab 1939 im Stab von General Guisan. Zwei Generationen, Vater und Sohn, und jeder diente im Stab eines Schweizer Generals in einem Weltkrieg. Ich denke, das ist in der Schweiz schon einzigartig, oder nicht?«

Mike nickte. »Ja, so etwas ist in der Tat sehr außergewöhnlich.«

»Exactement. Das Buch, das mein Vater geschrieben hat, und das Sie jetzt gefunden haben, habe ich viele Jahre nach seinem Tod der Militärbibliothek vermacht. Hier bei mir wäre es ja nur verstaubt, und lesen würde ich es sowieso nicht. Vom Inhalt verstehe ich zu wenig. Komplizierte Materie, nur für Historiker.«

Frau von Webern trank ihren Tee in kleinen Schlucken und stellte das Teeglas dazwischen immer wieder auf dem Tisch ab. Eine schlanke bräunliche Katze schlenderte mit elegantem Schritt aus dem Vorraum zu Agnes von Webern, sprang ihr auf den Schoß und begann, mit ihr zu schmusen. Ihr Schnurren war laut zu hören.

»Ah, ma petite. Das ist Anaya, eine meiner Abessinier Katzen.«

Agnes von Webern streichelte sie weiter. »Die anderen

sind irgendwo im Haus. Im Ganzen habe ich vier. Zwei graue und zwei braune.«

»Das ist eine wirklich schöne Katzenrasse«, bemerkte Mike.

»Ja, schon meinem Papa gefiel sie besonders gut. Also, Sie fragten nach ihm. Da drüben sehen Sie ihn im Bild, das links hängt. Wie immer trägt er seine blaue Aktentasche in der Hand. Immer beschäftigt, nie am Ruhen. Immer mit seiner blauen Aktentasche unterwegs. Als Mädchen stellte ich mir vor, sie enthielte alles, was ihm auf dieser Welt etwas bedeutete. Er war ein wirklich toller Mann. Groß gewachsen, gut gebaut, schwarze Haare. Kein Wunder verliebte sich meine Mutter sofort in ihn.«

Ohne weiterzusprechen, blickte die alte Dame lange auf die Bilder. Anaya sprang auf den Boden, streifte beim Vorgehen liebevoll Mikes Bein und verschwand wieder in den Vorraum.

Mike unterbrach Agnes von Weberns Träumen und zeigte auf die Ikonen und die Gebetsecke.

»Darf ich fragen: Sind Sie Russin?«

Sie schaute ihm freundlich in die Augen und antwortete: »Ja, natürlich dürfen Sie das. Ich bin als Schweizerin geboren, aber mein Herz und meine Seele wurden durch das Leben meiner Mutter russisch.«

Mike blickte sie verwundert an.

»Ja, das tönt zwar komisch, ist es aber nicht. Es ist eine lange Geschichte, die weit in die Vergangenheit zurückgeht. Möchten Sie sie trotzdem hören?«

Die alte Frau, die mehr in der Vergangenheit als in der Gegenwart zu verweilen schien, hatte sein Interesse geweckt, und er nickte ihr zu.

»Also gut. Mein Großvater, Paul von Webern, handelte anfangs des 20. Jahrhunderts in ganz Europa mit Schweizer Stoffen und Stickereien und wurde ein reicher Geschäftsmann, der viel reiste. Zu jener Zeit hatte ihm sein Geschäftspartner in Russland, Fjodor Wladimirowitsch Jergakow, die Türen zum russischen Adel und zum Zarenhof geöffnet, und seine Geschäfte mit dem russischen Zarenreich machten ihn noch reicher. Die enge Zusammenarbeit mit Fjodor Wladimirowitsch entwickelte sich zu einer besonderen Freundschaft zwischen den beiden Geschäftsleuten.«

Agnes von Webern blickte auf die Fotos auf der Kommode und zeigte dann auf eines der Bilder. »Dort sehen Sie meinen Großvater Paul und Fjodor Wladimirowitsch vor dem ehernen Reiter in St. Petersburg. Das ist das Denkmal von Peter dem Großen, das Katharina die Große errichten ließ.« Sie blickte auf die Fotografie und strahlte. »Irgendwo muss ein Bild meines Großvaters mit den Zarentöchtern Tatjana, Olga, Maria und Anastasia liegen. Vielleicht sollte Irina wieder mal im Estrich danach suchen. Wenn sie es findet, organisiere ich dazu einen gebührenden Rahmen und stelle es dorthin, links neben die Vase. Das würde doch gut passen, n'est-ce pas?«

»Ja, das würde es sicher. Erzählen Sie mehr von Ihrem Großvater, Frau von Webern.«

»Es tut mir leid, ich schweife schon wieder ab. Das ist im Alter so, wissen Sie? Da war er also, mein Großvater. Er belieferte und kannte die Crème de la Crème des Adels in St. Petersburg, ging im Winterpalast ein und aus, beziehungsweise im Katharinenpalast in Tsarskoje Selo, wo die Zarenfamilie ihre Sommer verbrachte.«

Frau von Webern schloss sanft ihre Augen, und Mike dachte schon, sie sei eingeschlafen, als sie, ohne die Augen zu öffnen, weiterredete. »Prunksäle, Gold, Perserteppiche, Wandmalereien, Diener, Porzellan, Glück und Freude. Hören Sie die Hofkapelle im Palast spielen? Tschaikowsky, Rimski-Korsakow, Mussorgsky. Dazwischen das unbekümmerte, unschuldige Lachen des jungen Thronfolgers Alexei, der seiner Bluterkrankheit Paroli bietet und wie jeder andere Junge umherrennt.« Eine Weile lang verblieb sie in ihrer Fantasiewelt, dann öffnete sie die Augen und blickte Mike an. »Meine Mutter, Hanna Lobsiger, befreundete sich schon als Kleinkind mit der Tochter der Jergakows, Jewgenja Fjodorowna. Beide gleich alt, Jahrgang 98. Also 1898 natürlich! 1911 dann die erste von vielen fürchterlichen Tragödien. Fjodor Wladimirowitschs Ehefrau wird am Heimweg vom Theater zurück auf offener Straße erstochen. Stellen Sie sich so etwas vor! Die arme Familie! Jewgenja Fjodorowna erst 13 Jahre alt. Nein, es ist bis heute nicht zu fassen. Ihr Vater war geschäftlich viel in Europa unterwegs und wollte Jewgenja nach dem Tod ihrer Mutter auf keinen Fall in seinem Palais ohne Familie nur mit Bediensteten aufwachsen lassen. Er lud deshalb meine Mutter Hanna ein, nach St. Petersburg in sein Haus zu ziehen, um mit Jewgenja aufzuwachsen. Mein Großvater packte die Chance und schickte sie, anfänglich noch gegen ihren Willen, in den Haushalt der Jergakows. Zur Freude von Hanna und von Jewgenja entwickelte sich zwischen den zwei Mädchen bald eine tiefe und fruchtbare Freundschaft. Hanna lernte begeistert das Leben des Adels kennen, sprach bald fließend Russisch und die

Sprache des Adels, Französisch. Beide Sprachen sind bis in meine Generation dank meiner Mutter tief verankert. Im Palast der Familie Jergakow genoss sie eine hervorragende Ausbildung durch Privatlehrer. Und sie verbrachte die Zeit in Luxus und Prunk, was ihr aber das ganze Leben lang nicht zu Kopf stieg.«

Frau von Webern ergriff die kleine silberne Glocke auf dem Tischchen neben ihr und läutete. »So, junger Mann. Für heute habe ich genug erzählt. Ich werde mich jetzt hinlegen. In meinem Alter darf ich das, ohne ein schlechtes Gewissen haben zu müssen. Wenn Sie mehr wissen möchten, kommen Sie morgen Nachmittag wieder. Vereinbaren Sie den genauen Zeitpunkt mit Irina. Au revoir, aber hoffentlich nicht adieu, Monsieur.«

Mike war von Frau von Weberns abruptem Abschied verwirrt und stutzte einen Moment.

»Besten Dank, Frau von Webern … äh … ich freue mich jetzt schon auf morgen«, stotterte er. Dann stand er auf und folgte Irina aus dem Wohnzimmer.

KAPITEL 12

Igor Alexejewitsch Popow schritt ungeduldig im Salon der großen Suite hin und her. Jedes Mal, wenn er an der Terrassentür vorbeiging, hielt er kurz an und blickte nachdenklich auf das schneebedeckte Panorama des Jungfraumassivs, das dank dem Föhn heute besonders nah schien und vor dem blauen Himmel klarer als sonst wirkte.

»Wie lange dauert es noch?«, fragte er ungeduldig.

»Wir sind fast so weit. In wenigen Augenblicken sollte die Verschlüsselung synchronisieren«, antwortete Gribkow.

Wie immer, wenn er in Bern residierte, belegte er die größte Suite des Hotels. Bei seiner Ankunft hatte ihn der Direktor persönlich empfangen und in die Suite begleitet. Seine Kommunikationsausrüstung, die er in seinem Jet mitgebracht hatte, gehörte immer zu seinem Gepäck und war im Wohnzimmer bereits eingerichtet worden. Auf dem Tisch standen drei Flachbildschirme, eine Videokamera und ein Kommunikationsgerät unter einem Verschlüsselungsgerät. An beiden blinkten farbig diverse Anzeigen, ein Wirrwarr an Leitungen verband sie. Ein Parabolspiegel in der Größe eines Regenschirms blickte am Ende eines dicken Kabels auf der Hotelterrasse in den südlichen Himmel über den Alpen zu einem nicht sichtbaren Satelliten. Er war stolz darauf, dass Armeen vieler Länder auf eine so hoch entwickelte Infrastruktur neidisch gewesen wären.

»Der Satellitenlink ist bereit, die Verbindung steht«, erklärte Gribkow und drehte sich um.

»Gut, endlich! Stell mir aus der Minibar noch ein kaltes Mineralwasser hier auf den Tisch«, befahl Igor Alexejewitsch, zog seinen Kittel an und setzte sich vor den Bildschirmen auf das Sofa, während er mit der rechten Hand seinen Krawattenknopf in die Mitte seines Kragens zurechtrückte. Auf den Bildschirmen sah er die Gesichter seiner Gesprächspartner, die bereits alle zugeschaltet waren und auf ihn warteten.

»Meine Herren, guten Tag aus der Schweiz. Unsere nächste Besprechung hätte erst in zwei Wochen auf meiner Jacht stattfinden sollen. Ihr habt jedoch eine Videokonferenz verlangt, und ich konnte erst jetzt teilnehmen. Seht ihr mich alle? Hört ihr mich?«

»Hi, Igor. Kein Problem. Hier in Virginia regnet es in Strömen, so kann ich heute nicht Golf spielen und verpasse nichts«, lachte Raymond McNagle mit seiner tiefen, lauten Stimme und lehnte sich in seinem Sessel zurück. Der 70-jährige McNagle galt neben Igor Alexejewitsch als die mächtigste Person im Bund. Ein dekorierter Army General, unterstützte er seit seiner Pensionierung weltweit tätige Konzerne in allen Branchen beim Definieren und Umsetzen von Unternehmensstrategien. Dabei nutzte er seine engen Kontakte und Beziehungen zu Kongressabgeordneten, die er über Jahre aufgebaut hatte und gut pflegte. Immer wieder tauchten Gerüchte auf, dass er seine Millionen nicht ehrlich verdient hätte, und die Presse berichtete regelmäßig von seinen Gewinnen an der Börse, die nur dank Insiderwissen möglich seien. Beweisen konnte man ihm jedoch nie etwas. In den konservativen republikanischen Wählerkreisen äußerst beliebt, wurde er von vielen Wählern als Held verehrt, und trotz seines Alters alle vier Jahre von der Partei als Kandidat für das Amt des Präsidenten vorgeschlagen.

»Du solltest auch bei Regen Golf spielen, Raymond! Wenn du bei Regen gut spielen lernst, gewinnst du bei schönem Wetter mehr Turniere! Alles klar hier in Beijing, Igor«, meldete sich Hu Zhang und grinste. Hu Zhang, den führenden Ideologen der Kommunistischen Partei Chinas in den Rat gewonnen zu haben, war einer von Igor Alexejewitschs großen Erfolgen gewesen.

»Wie sieht es bei dir aus, Yassir?«, fragte Igor.

»Du solltest zu uns fliegen, wenn es bei dir regnet, Ray. Hier in Riad regnet es heute garantiert nicht«, antwortete Yassir Abdullah. Abdullah galt in der sunnitischen Welt als *der* Verteidigungsstratege mit Einfluss auf die Regierungen arabischer Länder und war einer der wenigen Männer, die direkten Zugang zur königlichen Familie in Saudi Arabien genossen.

»Das gilt auch bei uns! Du könntest hier, außerhalb von Tel Aviv, gut golfen. Kein Tropfen Regen in Sicht«, meldete sich Aaron Frank. Nach seinem Dienst in den Israeli Defence Forces und seiner langjährigen Tätigkeit im Geheimdienst Mossad, widmete sich Aaron seit der Pensionierung seinem Amt in der Knesset und seiner Beraterfunktion im israelischen Verteidigungsministerium.

Igor Alexejewitsch blickte mit Genugtuung auf die Gesichter seines Direktionsrats. In der ersten Hälfte der 1990er-Jahre hatte er im Rahmen der Privatisierung der ehemaligen sowjetischen Rüstungsindustrie mithilfe einer Bank seine erste Firma gekauft: eine Fabrik, die Ersatzteile für Kampfjets für den gesamten ehemaligen Warschauer Pakt herstellte. Dort hatte er sich für die Modernisierung der Produktion und für die bessere Behandlung der Fabrikmitarbeiter starkgemacht. Kurz danach begann er mit dem Aufbau seines Firmenimperiums, indem er regelmäßig Fabriken übernahm und sanierte. Heute gehörte er zu den reichsten Männern Russlands. Da er die Öffentlichkeit konsequent mied und sich aus der Politik strikt heraushielt, hatte er vermieden, von der Regierung als Gefahr eingestuft zu werden. Sie ließ ihn im Gegenzug ungestört seinen Geschäften nachgehen.

Hu Zhang meldete sich als Erster zu Wort. »Igor Alexejewitsch, Gerüchte machen die Runde. Gerüchte, die uns alle verunsichern.«

»Wovon sprichst du denn?«, antwortete Igor Alexejewitsch, als ob er nicht wüsste, worum es ging.

»Gerüchte, dass auf einem Gletscher in der Schweiz etwas passiert ist, das uns schaden könnte. Gerüchte, dass dir die Situation am Entgleiten ist. Gerüchte, dass wir uns Sorgen machen sollten.«

Igor Alexejewitsch täuschte absolute Ruhe vor und nahm zu den Äußerungen Stellung. »Meine Herren, Gerüchten sollte man nie glauben. Sie sind immer gefährlich und trüben die Grundlagen für klare Entscheidungen. Gerüchte sind nun einmal keine belegten Fakten. Die ganze Angelegenheit hier in der Schweiz wird maßlos übertrieben. Fakt ist, dass auf dem Gauligletscher ein Propeller der Maschine gefunden wurde und kürzlich eine Leiche im selben Gebiet. Mehr nicht. Zwischen den beiden Ereignissen gibt es vermutlich gar keinen Zusammenhang.«

Yassir Abdullah wollte mehr wissen. »Ich habe gehört, jemand sei dabei herauszufinden, wer der Tote sein könnte, und suche auf dem Gletscher nach Beweisen. Eine Gruppe Bergtourer, die den Gletscher kennt, habe erzählt, dass das Eis immer mehr Objekte aus der Vergangenheit freigibt.«

»Wie immer bei Gerüchten stimmt das nicht ganz, Yassir. Niemand *sucht* auf dem Gletscher nach Gegenständen. Dort oben, so abgelegen von der Zivilisation, gibt es nur Schnee und Eis. Dahin schaffen es nur Alpinisten, die sportlich sehr fit sind. Unser Geheimnis ist im Eis des Gletschers sicher. Lediglich ein unbedeutender Schweizer Journalist möchte einen Artikel über den Fund des Toten schreiben. Das hat aber mit dem Propeller und der Maschine nichts zu tun. Sensationsgier der Presse, mehr nicht.«

»Bedeutet er für uns eine Gefahr?«, fragte Hu ungewohnt direkt.

»Nein, meine Herren. Seine Rolle ist unbedeutend.«

Die Gesichter auf dem Bildschirm verrieten Igor Alexejewitsch, dass er sie noch nicht überzeugt hatte.

Wieder meldete sich Yassir. »Wir werden das Gefühl nicht los, dass du die Sache auf dem Gletscher persönlich nimmst und bei deinen Entscheiden nicht objektiv bist. Wir befürchten, die Lage könnte außer Kontrolle geraten. Besonders, wenn sie die NATO-Konferenz betreffen sollte. Wir wollen unsere Beziehungen zur NATO auf keinen Fall trüben. Alle NATO-Länder sind für uns wichtige Geschäftspartner. Was sagst du dazu?«

»Macht euch keine Sorgen, meine Herren. Es geht um die Sache, nicht um meine Vergangenheit. Ich kann sehr gut zwischen beidem unterscheiden und habe die Lage unter Kontrolle. Das Problem, wenn man es eines nennen will, wird in Kürze erledigt sein. Vertrauen Sie mir. Habe ich unsere Probleme in der Vergangenheit nicht immer zu eurer vollsten Zufriedenheit gelöst?«

Der ernste Gesichtsausdruck Popows war keinem der Teilnehmer der Videokonferenz entgangen. Alle fragten sich, warum Popow in die Schweiz gereist war, wenn es sich nicht um ein ernstes Problem handelte.

KAPITEL 13

Am nächsten Nachmittag klingelte Mike erneut an der Glocke von Agnes von Weberns Villa und wurde, wie beim ersten Besuch, von Irina empfangen. Nachdem er seine Schuhe gegen Hausfinken getauscht hatte, kündigte sie ihn im Wohnzimmer an.

»Madame, Monsieur Mike Honegger ist hier, um Sie zu sehen.«

Mike hörte die kratzige Stimme aus dem Wohnzimmer. »Lassen Sie ihn herein, Irina. Aber nur in Hausfinken.«

Als er in das Wohnzimmer eintrat, bereute er, heute wieder ein warmes Hemd angezogen zu haben. Im Haus fühlte es sich genauso überheizt an wie bei seinem letzten Besuch, und die Luft war auch nicht frischer.

Frau von Webern winkte ihn zu sich. »Entrez, Monsieur. Setzen Sie sich!«

Er setzte sich rechts vom Cheminée auf den Fauteuil.

»Während er mir zuhört, trinkt Monsieur Honegger sicherlich gerne Tee. Irina, servieren Sie uns Tschai, bevor Sie gehen!«

Irina tat, wie ihr befohlen, und verabschiedete sich danach mit einem fast unbemerkbaren Knicks. Aus dem Nichts sprang eine der vier Katzen auf Mikes Schoß und schmiegte sich an ihn. Für sein Kraulen bedankte sie sich mit lautem Schnurren.

Agnes von Webern musterte Mike und strahlte. »Voilà, Monsieur Honegger. Sie sind heute wiedergekommen. Sie scheinen sich für meine Geschichte wirklich zu interessieren. Das freut mich mehr, als Sie ahnen können! Und Yama auf Ihrem Schoß scheint Sie auch zu mögen.«

»Danke, dass Sie sich wieder Zeit für mich nehmen, Frau von Webern. Ich muss zugeben, ich wollte ursprünglich lediglich mehr über das Buch Ihres Vaters erfahren und herausfinden, woher das Gedicht stammt, das ich gefunden habe, aber die Geschichte Ihrer Familie ist sehr spannend. Erzählen Sie mir doch bitte mehr.«

Frau von Webern zog ihren weißen Schal über den Schultern zusammen. »Je älter man wird, desto leichter friert man. Irgendwann werden auch Sie das feststellen. Das dauert aber noch eine Weile.« Sie lachte kurz und fuhr dann ernst weiter. »Also. Gestern waren wir beim

Aufenthalt meiner Mutter Hanna in St. Petersburg stehen geblieben. An dem Punkt knüpfen wir heute an und fahren mit der Geschichte fort. Die ersten drei Jahre, die Hanna bei den Jergakows verbrachte, prägten sie, und sie schwärmte bis an ihr Lebensende davon. Es war die glücklichste Zeit ihres Lebens, sagte sie mir immer wieder. Jewgenja und Hanna wuchsen so eng zusammen, dass viele sie sogar für Zwillinge hielten. Sie verliebte sich in jener Zeit auch allmählich in die russische Seele. Sogar mehr: Ihre Seele wurde von der russischen Welt regelrecht einverleibt. Das Resultat sehen sie bis heute. Ich bin zwar Schweizerin, meine Seele und mein Herz wuchsen jedoch russisch auf, und zwar so, als wäre ich mit den beiden jungen Mädchen im alten Russland aufgewachsen.«

Sie unterbrach ihre Erzählung kurz und seufzte. »Ja, zurück zur Geschichte. Dann folgte der nächste Schicksalsschlag. Sommer 1914: Ausbruch des Ersten Weltkriegs. Familie Lobsiger wollte Hanna zurück in die Schweiz bringen, Vater Jergakow versicherte aber immer wieder, dass es der Familie und Hanna in ihrem Palais in St. Petersburg und auf ihrer Datscha auf dem Land in der Nähe von Tsarskoje Selo bestens ginge. Es fehle ihnen an nichts, wiederholte er regelmäßig in seinen Briefen. Der Krieg hätte keine negativen Auswirkungen auf das Leben der Familie. Anfänglich ging ja alles noch gut, wenigstens für den Haushalt der Jergakows. Der Vater erkannte die Zeichen der Zeit und importierte ab 1914 Rohstoffe und Waffen aus England und Frankreich, sodass es ihm finanziell bestens ging.«

»Blieb Hanna in Russland?«, fragte Mike.

»Dank den Zusicherungen der Jergakows und den

Gefahren einer allfälligen Rückreise durch Kriegsgebiet, blieb meine Mutter in Russland. Ende 1916 merkte aber endlich auch Jergakow, dass Russland sich an den Rand des Abgrunds bewegte, und schickte Hanna und Jewgenja auf die gefährliche und lange Reise über das damals noch russische Fürstentum Finnland zur Familie Lobsiger in die Schweiz. Beide überstanden die Reise gut und trafen im März 1917 in Bern ein. Die Strapazen und Gefahren der Reise schweißten die zwei jungen Frauen noch mehr zusammen und festigten ihre ohnehin schon enge Freundschaft fürs Leben.«

»Und Jewgenjas Vater?«, wollte Mike wissen.

»Fjodor Wladimirowitsch blieb in Russland zurück, denn er wollte seine Geschäfte, Ländereien und Immobilien verkaufen. Als korrekter und guter Mensch noch alles in Ordnung bringen. Er hoffte, seinen Reichtum ins Ausland retten zu können. Naiv, wie so viele andere auch. Dazu war es nämlich bereits zu spät.«

Als sie ihre Augen senkte, glaubte Mike, in Frau von Weberns Augen Tränen zu sehen. Yama sprang von Mikes Schoß.

»Es tut mir leid, wenn Sie die Erinnerungen schmerzen. Soll ich Sie alleine lassen?«

»Nein. Es geht schon. Ich selbst war ja nicht betroffen, war damals noch nicht einmal auf der Welt. Aber meine Mutter, die hat das Geschehene nie verkraftet, und meine Tränen gelten eigentlich ihr. Aber: on ne peut pas changer l'histoire, nicht wahr?«

Mike nickte stumm.

»Also der Rest ist schnell erzählt. Jewgenjas Vater überlebte die Revolution nicht. Meine Mutter war ihr

Leben lang davon überzeugt, er sei von den Bolschewiken verhaftet und ermordet worden. Wie unzählige andere wohlhabende Russen. Anständige Leute, die Arbeitsplätze schufen, die sich für die Armen in Russland einsetzten. Alles, was die Familie erschaffen hatte, wurde vermutlich verstaatlicht und geplündert. Alles Gute an Russland hat das Bolschewikenpack zerstört. Blicken Sie doch zurück auf die 80 Jahre, die folgten!«

Aufgeregt lachte die alte Frau zynisch und hielt ihr Teeglas in die Höhe. »Es lebe der Kommunismus! Ja!«

Danach blickte sie traurig wieder auf die Sammlung der Bilder auf der Kommode. »Niemand ist nach dem Zerfall der Sowjetunion zurück nach Russland gereist, um herauszufinden, was geschehen war. Die Wunden sitzen bis heute zu tief, bis in meine Generation.«

»Hörten Jewgenja und Hanna nie mehr von Herrn Jergakow?«

»Das ist die richtige Frage, Monsieur. Die kann ich Ihnen nämlich beantworten, und damit eine Antwort auf die Frage geben, die Sie am meisten interessiert. Ein wenig müssen Sie sich noch gedulden. Für den Rest der Geschichte brauchen wir etwas Starkes.«

Frau von Webern läutete mit der kleinen Silberglocke.

»Irina? Bringen Sie uns zwei Wodkas. Eiskalt, wie immer.«

Während sie warteten, wuchs die Spannung zwischen ihnen, und Mike konnte fast nicht erwarten, dass Irina endlich zurückkehrte. Sie gab jedem ein kleines gefrorenes Glas in die Hand. Darin wirkte der Wodka vor Kälte wie dickflüssiger Sirup. Frau von Webern hob ihr Glas.

»Na zdarowje, Monsieur«, sagte sie und trank das Glas

in einem Schluck leer. Mike prostete ihr zu und trank auch sein Glas leer. Er spürte, wie der eisige Wodka langsam seinen Körper durchdrang.

Frau von Webern ließ den Wodka in sich wirken und fuhr dann fort. »Einige Monate nach dem Verschwinden von Fjodor Wladimirowitsch plötzlich die große Überraschung: Jewgenja erhält einen Brief ihres Vaters. Er hatte ihn einem Bekannten mitgegeben, der ebenfalls über Finnland nach Europa flüchtete, und ihn dann an Jewgenja weiterleitete. Voller Freude, Hoffnung und Begeisterung muss Jewgenja den Brief geöffnet haben, um dann fürchterlich enttäuscht zu werden. Es handelte sich um das Gedicht, das Sie im Buch meines Vaters gefunden haben. Nur das eine Blatt Papier. Kein Begleitschreiben, nichts.«

»Hat sie je herausgefunden, was ihr Vater ihr damit mitteilen wollte?«

»Malheureusement, non. Lange hat sie gerätselt, was das Gedicht bedeutete, gab aber irgendwann auf. Sie kam zum Schluss, dass ihr Vater wirres Zeug auf Deutsch geschrieben hatte. Vielleicht durcheinander vor Angst, als die Bolschewiken ihn umzubringen drohten.«

»So weiß bis heute niemand, was der Brief bedeuten soll?«

»Ah, das ist eben der Punkt. Es gab jemanden, der das Rätsel – denn es ist ja ein Rätsel – löste.«

Mike staunte und freute sich, nach so langem Zuhören endlich die Bedeutung des Briefs zu erfahren. »Wunderbar! Was bedeutet der Brief?«

»Nicht so schnell, Monsieur. Ich muss Ihnen zuerst von meinem Vater erzählen. Er hat ja schließlich das Buch geschrieben, das Sie in der Bibliothek gefunden haben.

Mein Vater heiratete mehr als nur meine Mutter. Er heiratete unsere Familie, die innige Freundschaft mit Jewgenja und die Russifizierung, die unsere Familie mit dem Aufenthalt meiner Mutter in St. Petersburg durchlebt hatte. Er lernte schnell Russisch, er war ja ein so begabter Mann, lernte die Kultur und die Traditionen lieben und konnte Wodka trinken wie kein anderer.« Bei diesem Gedanken musste Frau von Webern lächeln. »Sein Interesse an den schweizerisch-russischen Beziehungen krönte er mit dem Schreiben des Buchs, das Sie bereits kennen. Sehr bald, nachdem er meine Mutter heiratete, begann er sich auch für den Brief mit dem Gedicht des Jergakows zu interessieren. Alle hielten ihn für verrückt, aber er ließ sich nicht davon abbringen. Lange Jahre versuchte er hartnäckig, das Rätsel zu lösen. Irgendwann einmal, als er im Aktivdienst im Stab General Guisans diente, muss er es geknackt haben. Meiner Mutter sagte er damals, er glaube zu wissen, was Vater Jergakow Jewgenja hatte mitteilen wollen. Er war aber wegen des Aktivdienstes andauernd weg und hat seine Erkenntnisse nie mit der Familie teilen können.«

»Sie sagten, er sei nicht zurückgekehrt. Ist ihm denn im Aktivdienst etwas zugestoßen?«

»Nein, der Krieg war bereits vorbei. Wir haben nie herausgefunden, was geschehen ist. Wir wissen nur, dass er 1946 dienstlich nach Moskau reiste und auf der Rückreise verunfallt ist. Die sterblichen Überreste wurden nie gefunden. Es war eine schreckliche Zeit für die Familie.«

»Haben Sie denn auch später nicht nachgefragt, was geschehen ist?«

»Wir haben es mehrmals versucht. Obwohl der Krieg vorbei war, war im Militär alles weiterhin geheim. Die Reise meines Vaters war sogar als ›streng geheim‹ klassifiziert worden, und wir erfuhren vom Militärdepartement nie, was geschehen ist. Wir wussten nur, dass er während des Kriegs mit Vertretern verschiedener Länder Kontakt hatte. So zum Beispiel mit Allen Dulles, dem späteren Chef der amerikanischen CIA, der während des Kriegs hier in Bern an der Herrengasse lebte. Worüber mein Vater mit ihm und anderen Geheimdienstlern sprach, erfuhren wir natürlich nie. Später wollten wir die Wunden nicht mehr öffnen und hörten auf zu fragen, was geschehen war. Wir haben in unserer tiefen Trauer resigniert. Wir mussten versuchen, ohne Antworten auf unsere Fragen irgendwie weiterzuleben.«

»Das muss für die ganze Familie schrecklich gewesen sein«, sagte Mike.

»Ja, das war es. Absolument une torture. Besonders weil wir sein Leben nie wirklich abschließen konnten. Er reiste ab und kehrte nie zurück.«

Frau von Webern ließ sich und Mike von Irina ein weiteres Glas eiskalten Wodkas servieren.

»Na zdarowje, Gospodin Chonegger«, prostete sie ihm auf Russisch zu und trank auch dieses Glas in einem Schluck leer.

»Zum Wohl, Frau von Webern«, antwortete Mike und trank seines ebenfalls leer.

Sie stellte das Glas auf den Tisch neben ihr ab und fuhr mit der Geschichte fort. »Das traurige Ende ist schnell erzählt. Jewgenja Fjodorowna Jergakowa starb 1964 mit nur 66 Jahren. Meine Mutter Hanna war danach nie mehr dieselbe. Sie starb 1988 im Alter von 90 Jahren. Beide hatten es in ihren Leben zu beträchtlichem Reichtum gebracht mit Immobilien und mit einer guten Nase an der Börse. Jewgenja vererbte meiner Mutter alles, was sie hatte, und ich habe danach alles von meiner Mutter geerbt. Wie Sie sehen, geht es mir nicht schlecht.« Sie lächelte Mike an und zeigte mit ihrer rechten Hand zur Gebetsecke. »Da sehen Sie, wie ich ihrer und der Vergangenheit gedenke. Was mich angeht, bin ich mit meinem Leben zufrieden. Ich habe daraus gemacht, was ich konnte, immer das Beste versucht, das Positive gesehen und über die dunklen Seiten des Lebens hinweggeschaut. Von denen gibt es ja mehr als nur genug.«

Agnes von Webern senkte kurz ihren Blick und schaute danach Mike wieder in die Augen. »Monsieur Honegger, Sie sind der Einzige, der mir helfen kann, dieses Kapitel abzuschließen. Suchen Sie bitte weiter nach meinem Vater! Sie sind ein moderner Mensch mit Zugang zur Welt. Finden Sie heraus, wo er auf der Rückreise aus Moskau ums Leben gekommen ist. Finden Sie heraus, was aus ihm geworden ist. Bringen Sie ihn bitte nach Hause! Er hat ein anständiges Grab in der Schweiz verdient!«

Den letzten Satz hatte sie fast laut gerufen. Sie atmete schneller und war sichtlich aufgewühlt.

»Ich habe meine eigenen Gründe, mehr über Ihren Vater und über das Gedicht, das ich in seinem Buch gefunden habe, herauszufinden. Sollte ich etwas über das Schicksal Ihres Vaters erfahren, melde ich mich gerne bei Ihnen. Versprechen kann ich allerdings leider nichts.«

KAPITEL 14

Mike dachte zurück an seine zwei Nachmittage in Ligerz bei Agnes von Webern und an die spannende Geschichte der Familien Lobsiger, von Webern und Jergakow. Er fragte sich, wie die Schicksale der Familien mit seinem Vater verstrickt sein könnten. Hatte er aus historischem Interesse nach den Familien geforscht? Außer dass sie mit Russland verbunden waren, hatten Mikes Vater und die Familien ja nichts gemeinsam. Was war an den Geschichten denn heute noch relevant? Was war daran so wichtig, dass sie Leben gefährden konnten?

»Hallo, Mike, hier spricht Nina. Ich musste unbedingt mir dir sprechen, so habe ich deine Handynummer im Büro verlangt. Hast du Zeit für mich?«

Nina Sommers unerwarteter Anruf überraschte und freute Mike. Er hatte nicht mehr mit ihr gesprochen, seit er sie in der Nähe des Hotels nach Matthews' Tod getroffen hatte.

»Ja klar. Ich bin noch im Zug unterwegs zurück aus Biel, treffe aber schon in wenigen Minuten in Bern ein. Dort können wir uns sehen. Wo bist du?«

»Ich verlasse soeben das Hotel. Ich warte im Café am Bahnhof auf dich.«

Im voll besetzten Café verzehrten Mike und Nina je eine Portion Vermicelles mit Meringue und Schlagrahm mit einem Kaffee.

»Du bist so ernst, Nina. Was ist geschehen?«

»Gestern behauptete ein Mann im Hotel, er vertrete

die Gepäckversicherung der Fluglinie. Für die Rückerstattung der Kosten der Spätzustellung von Matthews' Gepäck müsse er einen Bericht abliefern. Für mich klang die Erklärung äußerst merkwürdig, aber mein Chef wies mich trotzdem an, seine Fragen zu beantworten. Er fragte mich über Professor Matthews aus und wollte unter anderem wissen, welches Gepäck er bei seiner Ankunft dabeihatte, welches nachgeschickt wurde und was er darin mitgebracht hatte. Es fiel mir auf, dass er dieselben Fragen stellte, die bereits du mir stelltest, als wir das erste Mal zusammen sprachen. Die Verspätung und die Zustellung interessierten ihn viel zu wenig. Ich hatte das Gefühl, dass er nach etwas suchte, das Matthews hätte mitbringen sollen. Was soll denn am Gepäck des Professors so wichtig sein, dass ihr beide danach fragt?«

»Hat der Mann eine Visitenkarte hinterlassen, oder hat er sich ausgewiesen?«, fragte Mike beunruhigt.

»Weiß ich nicht. Mein Chef hat mit ihm gesprochen. Er hat mich gebeten, die Fragen zu beantworten, da ich für Matthews' Zimmer verantwortlich war und ich ihn tot auffand. Ich glaube nicht, dass der Mann wirklich eine Versicherung vertrat.«

»Kannst du ihn beschreiben?«

Nina überlegte kurz. »Er wirkte irgendwie gespenstisch. Es muss an seinen schwarzen Augen und der hellen, fast weißen Haut liegen. Und einen Akzent hatte er auch, irgendwo aus dem Osten.«

Mike erschrak. Er wusste sofort, dass es sich nicht um einen Zufall handeln konnte. Es musste sich um Christians Angreifer in Interlaken handeln. Wegen der Bilder der Leiche in den Bergen hatte er Danielas Handy gestohlen und Christian und sie bedroht. Jetzt hatte er Nina über Matthews ausgefragt. Damit war sie ab sofort in Gefahr. Was hatte der Mann im Fall Matthews zu suchen? Zwischen dem Toten auf dem Gletscher und Professor Matthews konnte es doch keinen Zusammenhang geben. Allmählich wich der Schreck einem Gefühl der Wut. Sie durfte nicht in die Angelegenheit verwickelt werden. Mike würde es nicht zulassen. Er musste unter allen Umständen verhindern, dass sie ihr Leben in Gefahr brachte.

»Du machst plötzlich einen sehr besorgten Eindruck. Was ist los mit dir?«, wollte Nina wissen.

»Nina, ich weiß inzwischen mehr über den Tod des Professors.«

Er erzählte ihr, dass Matthews vergiftet worden war. Seinen Besuch im Spital Interlaken behielt er für sich.

Um das Thema zu wechseln, berichtete er ihr von seinen zwei Nachmittagen bei Agnes von Webern und hielt ihr sein Tablet mit dem Bild von Jergakows Brief hin.

»Was meinst du? Ist doch ein komisches Gedicht, oder?«, fragte er.

Sie las es konzentriert durch und sagte: »Es erinnert mich an ein Rätsel. Als Kind liebte ich alle Arten von Rätsel.«

Er wollte das Tablet bereits zurückziehen, als sie es ihm aus der Hand nahm.

»Warte, lass mich es noch ein wenig studieren. Ich bin nämlich gut im Lösen von Rätseln.«

Reglos betrachtete sie lange das Bild und sagte dann nur: »Aha.«

Mike hob die Augenbrauen, entschloss sich aber, ihre

Konzentration nicht zu unterbrechen. Er blickte sie gespannt an, bis sie weiterredete.

»Wenn ich dich richtig verstanden habe, ist das ein Brief von Fjodor Wladimirowitsch Jergakow an seine Tochter Jewgenja. Er richtet ihn an seine allerliebste Schenja. Ist das eine Kurzform von Jewgenja?«

»Ja, so ist es.«

»Und der Brief stammt aus dem Jahr 1917?«

»Ja.«

Wieder sagte Nina nur: »Aha.«

Mike lächelte Nina an. »Komm, mach's nicht so spannend!«

Sie legte das Tablet auf den Tisch und zeigte mit dem Finger auf den Text des Gedichts.

»Lies mal die erste Zeile: *Brücken vereinen von Flüssen geteilte Leben*. Da muss es sich um die geteilten Leben von Vater und Tochter Jergakow handeln. Von welchen Brücken schreibt er wohl? Handelt es sich um ein Symbol, so wie ein Brief eine Brücke sein kann, oder spricht er wortwörtlich von Brücken? Welcher Fluss hat die beiden Leben geteilt? Die Newa in St. Petersburg? Das Schicksal als Fluss? Der Lauf der Geschichte? Die Russische Revolution?«

»Keine Ahnung, Nina.«

»Und dann die nächste Zeile: … *ewig dauern sie und überleben Beben*. Er will damit sagen, dass Brücken selbst Erdbeben überleben und sie für die Ewigkeit gebaut sind.«

»Erdbeben … wie das Erdbeben einer Revolution«, fügte Mike nachdenklich hinzu. »Brücken überdauern Revolutionen und Kriege.«

»Ja, das kann er damit gemeint haben!«, stimmte ihm Nina begeistert zu. »Eine Brücke von Vater zu Tochter, die die Revolution überdauern wird. Das Gedicht ist eine Brücke, eine Verbindung!«

Mike schüttelte den Kopf. »Da bin ich mir nicht ganz sicher. Das Gedicht fährt fort mit: … *in die Sockel und die Schächte dring ich ein, um als funkelndes Licht bei dir zu sein*. Er spricht davon, in die Sockel und in die Schächte der Brücken einzudringen, um in Zukunft bei ihr zu sein.«

»Wollte er etwa über eine Brücke zu ihr fliehen? Oder sich in einer Brücke verstecken?«

»Das macht einfach keinen Sinn. Als er das schrieb, weilte er ja noch in St. Petersburg, also Petrograd, wie man es damals nannte, während Jewgenja bereits in die Schweiz geflohen war.«

Gemeinsam blickten sie auf das Gedicht. Nina war ihre Begeisterung darüber anzusehen, dass sie ihm beim Entziffern des Rätsels helfen konnte.

»Schauen wir die zweite Strophe an, Mike. *Den Schlüssel sollst du haben und immer bei dir tragen*. Der Brief muss der Schlüssel sein, mit dem er ihr etwas verraten will. Er ist nur für sie gedacht, und sie soll ihn immer präsent haben.«

»… *bis hoffentlich die Zukunft die Welt bringt zur Vernunft*«, las Mike weiter und folgerte: »Er glaubte noch an seine Flucht oder an einen friedlichen Ausgang der Revolution. Bis dann sollte Jewgenja den Brief als Schlüssel behalten. Aber Schlüssel wozu?«

»Die nächsten zwei Zeilen passen dann wieder nicht mehr. *Steig hinab zur Aare und blicke hoch, die Korn-*

hausbrücke steht ja noch. Warum die Aare? Ist er gedanklich in Bern oder in Petrograd? Verwechselt er die beiden Städte?«

»Die beiden Zeilen machen wirklich keinen Sinn.«

Nina blickte auf die Karte auf dem Tisch.

»Ich bekomme langsam Hunger. Nimmst du auch einen Toast Hawaii?«

Mike blickte auf seine Uhr. »Die Zeit mit dir ist so schnell vergangen! Ja, ich bin mit einem Toast Hawaii dabei. Machen wir aber weiter! Vielleicht finden wir gemeinsam noch mehr heraus.«

Nachdem sie bestellt hatten, fuhr Mike fort. »Also mit den ersten zwei Zeilen der Strophe ist etwas komisch. Da sind wir uns einig. Dann aber macht das Ganze wieder Sinn: ... *an den Fundamenten sollst du suchen und mit Schlüssel Tore öffnen zu versuchen*. Das ist doch ein Tipp für Jewgenja! Das Gedicht wird ihr verraten, wo im Fundament der Brücke sie suchen soll.«

»Ja, genau«, stimmte Nina ihm zu. »Dann folgen die Details zum wo: *In der Tiefe sollst du finden, was uns für immer soll verbinden*, und dann zum was: ... *denn heute hinterlasse ich dort für dich alles, was ich habe, außer mich*. In der Tiefe eines Brückenpfeilers, so interpretiere ich wenigstens das Wort ›Fundament‹, hat er ihr alles versteckt, was er besaß.«

Mike runzelte die Stirn. »Alles, was er besaß? Was soll denn das heißen?«

Während sie überlegten, wurde ihr Toast Hawaii auf brennend heißen Tellern direkt aus dem Ofen serviert. Eine Weile lang aßen sie, ohne zu sprechen, dann las Nina die letzte Strophe des Gedichts laut vor.

»*Hebe deine Augen bis zum Rathaus Bern, bleibe dort der Kirche doch nicht fern, denn der erste Heilige soll dir helfen, die Kornhausbrücke zu verwerfen.* Das ist ein besonders wirrer Teil. Plötzlich ist Jergakow gedanklich wieder in Bern. Er spricht vom Rathaus und von einer Kirche. Am Schluss sagt er, die Kornhausbrücke als Tipp soll man verwerfen. Als ob er beim Schreiben verwirrt war.«

»Heißt das, es handelt sich eben nicht um die Kornhausbrücke?«, fragte Mike.

Ohne eine Antwort auf die Frage zu finden, aßen sie weiter. Beide kamen den Antworten auf ihre eigenen Fragen nicht näher. Nach dem Essen schaute Nina Mike in die Augen und sagte: »Es hat Spaß gemacht. Ich sollte aber langsam gehen, denn ich muss morgen früh arbeiten.«

Mike lächelte zurück. »Ja, es hat echt Spaß gemacht. Arbeitest du Vollzeit im Hotel?«

»Nein, es ist nur eine temporäre Teilzeitstelle. Ich habe einige Wochen Pause an der Pädagogischen Hochschule. Ich werde nämlich Lehrerin. Im Hotel verdiene ich etwas Geld fürs Studium. Vielleicht können wir in den nächsten Tagen weiterrätseln.«

»Das würde mich freuen. Passe bitte gut auf dich auf. Du musst mich sofort anrufen, falls du dem Mann erneut begegnest, der behauptete, er vertrete die Versicherung.«

Nina schaute ihn besorgt an. »Muss ich mich vor ihm fürchten?«

Sie sah die Antwort auf ihre Frage in Mikes Augen geschrieben.

KAPITEL 15

»Immer mit der Ruhe, Herr Honegger. Bitte erzählen Sie mir die ganze Geschichte. Beginnen Sie dabei am Anfang«, bat Jürg Kunz Mike am Telefon.

Mike seufzte. »Also noch einmal. Nina Sommer, die Frau, die Matthews im Hotel tot entdeckt hat, wurde gestern von einem Mann zu Professor Matthews' Gepäck befragt. Er gab vor, die Versicherungsgesellschaft der Fluglinie zu vertreten. Er sprach Deutsch mit einem Akzent, und die Fragen, die er stellte, schienen ihr nicht nur unpassend, sondern verdächtig. Frau Sommer hat ihn mir beschrieben. Sein Aussehen passt genau zu dem eines Mannes, der vor einigen Tagen jemandem mit dem Tod drohte, der in den Fall der Leiche auf dem Gletscher verwickelt ist. Ich bin mir sicher, dass es sich bei beiden Vorkommnissen um denselben Mann handelt, und dass er nicht für eine Versicherungsgesellschaft arbeitet. Der Mann scheint zu allem bereit, und ich fürchte, dass Ninas Leben in Gefahr ist.«

Mike war selbst überrascht, wie er sich aufregte, wenn es um Ninas Sicherheit ging. Unbewusst lief er im Wohnzimmer hin und her.

»Ein Mann, der jemandem mit dem Tod gedroht hat, sagen Sie? Wer ist denn der Mann?«, fragte Kunz.

»Ich weiß nur, dass er schwarze Augen hat, auffallend blasse Haut und schwarze Haare. Er soll gespenstisch wirken und spricht Deutsch mit russischem Akzent. Ich habe keine Ahnung, um wen es sich handelt und welche Rolle er im Ganzen spielt.«

»Mit Ihrer Beschreibung können wir nicht viel anfangen. Viele Männer sehen so aus. Da brauchen wir schon Genaueres, um ihn identifizieren zu können.«

»Suchen Sie bitte trotzdem nach ihm. Geben Sie die Beschreibung an alle Polizeipatrouillen in der Stadt Bern durch. Setzen Sie ihn auf eine Fahndungsliste. Egal, was. Bevor es zu spät ist! Besonders, bevor es für Nina Sommer zu spät ist!«

»Das ist nicht so einfach, wie Sie denken, Herr Honegger. Sie erwähnten, dass der Mann jemanden mit dem Tod bedroht hat. Hat diese Person Anzeige erstattet?«

»Nein, hat er nicht.«

»Wer war das Opfer?«

»Ich habe versprochen, keine Namen zu nennen.«

»Wenn er sich meldet und Anzeige erstattet, können wir den Fall untersuchen. Dann haben wir etwas Konkretes.«

»Ich habe versprochen, dass er anonym bleibt. Er hat Angst vor dem Mann und getraut sich nicht, Anzeige zu erstatten. Suchen Sie bitte trotzdem nach ihm!«

»Sie wissen genau, dass wir das nicht tun können. Es liegt gegen ihn keine Anzeige vor, Sie kennen seine Identität nicht, er hat vor dem Gesetz kein Verbrechen begangen und sieht aus wie viele andere. Ich habe nur Ihre Aussagen und Verdachte. Sie verstehen sicherlich, dass das nicht reicht, um etwas zu unternehmen. Es tut mir wirklich leid, ich helfe Ihnen immer gerne weiter, aber Sie müssen mir mehr liefern.«

»Rufen Sie doch Herrenstein an. Der Mann, von dem ich spreche, könnte sehr wohl Matthews' Mörder sein.«

»Jetzt übertreiben Sie aber, oder? Ein Mann, der einen

Ihrer Bekannten bedroht, der Nina Sommer gefährden soll, weil er sie ausgefragt hat, soll Professor Matthews ermordet haben? Ist das nicht etwas viel? Wo sind die konkreten Beweise?«

»Ich weiß, wie das tönt, aber glauben Sie mir, der Mann ist gefährlich!«

»Ich kann trotzdem nichts in der Sache unternehmen. Es tut mir leid. Ich werde aber Herrenstein anrufen und ihn ins Bild setzen. Vielleicht kommt uns ja noch eine Idee, wie wir den Mann suchen und dann gesetzlich gegen ihn vorgehen können.«

Mike war eher verärgert als enttäuscht. Für ihn war klar, dass der Mann äußerst gefährlich war. Es tat ihm leid, dass er Kunz nicht von Christian und Daniela hatte erzählen können, den beiden hatte er aber versprochen, nichts vom Angriff im Spital Interlaken zu erwähnen. Langsam verwandelte sich sein Ärger in Hilflosigkeit. Ungeduldig, mit dem Telefon in der Hand, ging er nach dem Gespräch in seinem Wohnzimmer weiter hin und her. Er musste irgendwie herausfinden, wer der Mann war und wie er ihn aufhalten konnte. Oder mindestens, wie er Nina vor ihm schützen konnte. Sein Blick fiel auf das Tablet, das er von den Amerikanern erhalten hatte. Er setzte sich, zog die Kopfhörer auf und drückte auf die entsprechende Kachel auf dem Bildschirm. Es klingelte einmal, dann stand die verschlüsselte Verbindung bereits.

»Hello?«

»Hi, mein Name ist Mike Honegger. Ich suche David Reynolds oder Rick Perez.«

»Ein Moment bitte, Mr. Honegger, ich verbinde.«

Die Amerikanerin am anderen Ende schien genau zu wissen, wer Mike war.

»Hi, Mike, hier spricht Dave. Was gibt's?«

»Hi, Dave. Sorry, dass ich dich störe, aber ich habe hier ein kleines Problem, das mit deinem Problem zusammenhängen könnte.«

»Was ist denn, Mike?«

Mike schilderte David, was er über den Unbekannten wusste, ohne Details zu Christian und Daniela zu nennen.

»Ich weiß, dass dieser Mann Ärger bedeutet. Ich bin mir sicher, dass es sich um denselben Mann handelt, der meine Bekannten bedroht und Nina befragt hat.«

»Wie willst du das beweisen?«

Mike wusste auf die Frage keine Antwort und blickte ratlos auf sein Pult. Als sein Blick auf sein Handy fiel, sagte er: »Warte mal, ich habe eine Idee. Ich rufe dich bald wieder an.«

Mike rief erneut Kunz an.

»Herr Kunz? Ich habe eine Idee, wie ich beweisen kann, dass es derselbe Mann war.«

»Und wie wollen Sie das tun?«

»Nehmen wir an, er trägt ein Handy auf sich.«

»Kann ja sein. Tut er vermutlich.«

»Wenn wir beweisen können, dass sich dieses Handy zum Zeitpunkt, als meine Bekannten angegriffen wurden, in Interlaken befand, und zum Zeitpunkt, als er Nina befragte, im Hotel in Bern, so würde das beweisen, dass meine Theorie stimmt.«

Kunz dachte kurz nach. »Ja, das ist grundsätzlich richtig.«

»Grundsätzlich?«

»Ja, in der Theorie tönt das einfach. In der Praxis ist alles komplizierter. Wir müssten im Rahmen eines Strafverfahrens einen Richter überzeugen, einen Überwachungsauftrag zu unterschreiben. Damit müssten dann die Mobiltelefonanbieter in ihren gespeicherten Daten nach genau dem Handy suchen, das sich zu den richtigen Zeitpunkten an den zwei Orten befand.«

»Ja, genau! So finden wir den Mann!«, freute sich Mike.

»Ich muss Sie leider wieder enttäuschen. Wir können nicht vorsorglich, nur auf Verdacht, jemanden überwachen lassen. Kein Richter würde den Auftrag unterschreiben. Wie schon vorher besprochen, ist die Suppe ohne Anzeige zu dünn.«

Mike schüttelte enttäuscht den Kopf und verabschiedete sich von Kunz.

Als Nächstes wählte er Christians Nummer.

»Wie geht es deinem Knie, Christian?«

»Ich habe Glück gehabt, es wird arthroskopisch operiert, und ich sollte bald wieder schmerzfrei gehen können. Die Skisaison ist jedoch für mich zu Ende, daran ändert sich nichts.«

»Es freut mich zu hören, dass es dir besser geht. Ich rufe dich an, um dich und Daniela zu bitten, Anzeige gegen unbekannt zu erstatten. Wegen des Angriffs und der Drohungen im Spital Interlaken. Nur mit einer Anzeige kann das Gesetz gegen den Mann vorgehen.«

Christian antwortete sofort und tönte entschlossen. »Nein, Mike. Es tut mir wirklich leid. Ich habe die Augen des Mannes gesehen. So etwas vergisst du nie im Leben. Er wird seine Drohung wahr machen, da bin ich mir 100-prozentig sicher. Ich werde mein Leben nicht aufs

Spiel setzen, das von Daniela noch weniger. Sorry. Echt. Ich hoffe, du verstehst mich.«

Enttäuscht legte Mike das Handy weg und nahm das Tablet wieder in die Hand, um David zurückzurufen. Er erklärte ihm, wie er vorgehen wollte und dass ihn die Behörden ihn nicht unterstützen konnten.

»Du meinst, wir sollen dir dabei helfen?«

»Ja.«

»Weißt du, was du da verlangst? Außerhalb der USA an diese Daten zu gelangen, ist für uns eine komplexe Übung.«

»Ich weiß aber, dass ihr es könnt.«

»Ja, das schon. Aber es muss sich um ein Ziel mit genügend hoher Priorität handeln, das den Aufwand auch rechtfertigt.«

Mike hoffte, mit Bluffen zu gewinnen. »Der Mann, den ich suche, plant einen Anschlag auf die NATO-Konferenz. Erhöht das die Priorität des Ziels?«

David musste nicht lange überlegen. »Da hast du recht, Mike. Ich werde schauen, was ich hinkriege, und rufe später wieder an.«

Nach einer Stunde meldete sich David zurück.

»Ich hab's geschafft. Da es um die Sicherheit der NATO-Konferenz geht, hat Washington meinen Antrag genehmigt.«

»Das ist super, Dave!«, freute sich Mike. »Wie gehen wir vor?«

»Suche die Koordinaten der beiden Orte heraus, an denen sich der Mann, um den es sich handelt, aufgehalten hat, und notiere dazu noch die Daten und Zeiten möglichst genau. Ich schalte währenddessen die Schichtleiterin in Washington zum Gespräch zu.«

»Wen schaltest du zu? Die NSA?«, wagte Mike zu fragen.

»Die Frage darfst du nicht stellen, das weißt du. Warte einen Moment.«

Mike legte das Tablet zur Seite und suchte mit seinem Computer im Web nach den Koordinaten des Spitals Interlaken und des Hotels am Bärenplatz in Bern. Er notierte alles zusammen mit dem Datum und der geschätzten Zeit, an denen der Mann Christian und Daniela bedroht und Nina im Hotel befragt hatte. Dann drückte er sich die beiden Kopfhörer tiefer in die Ohren und blickte gespannt auf das Tablet. Ein Pop-up-Fenster benachrichtigte ihn, dass ein weiterer Teilnehmer dem Konferenzgespräch beigetreten war.

»Hallo, Moskau, hören Sie mich?« Die Stimme der Schichtleiterin in Washington tönte so klar, als ob sie im selben Raum mit Mike säße.

»Ja, Washington, hier spricht David Reynolds. Mike Honegger ist als Zivilist in der Schweiz zugeschaltet.«

»Ein Zivilist im Ausland? Das ist doch sehr unüblich!«

»Das ist es, ja. Die Sondergenehmigung dazu liegt vor«, erklärte David.

»Ah ja, hier habe ich sie. Also dann ist alles klar, um vorzugehen. Ich schalte mein Team zu, einen Moment bitte.«

Nach einer Minute Stille hörte Mike Davids Stimme. »Mike?«

»Ja, Dave?«

»In Washington sind sie jetzt dran, den Zugriff auf die

Mobiltelefonanbieter der Schweiz vorzubereiten. Sobald die Verbindungen stehen, meldet sich die Schichtleiterin wieder.«

»Die greifen einfach so auf die gespeicherten Daten zu?«

»Mike, nicht fragen! Was wir hier tun, fand nie statt. Du weißt ja, wie das geht.«

»Ja, sorry«, entschuldigte sich Mike. Er wollte die Operation nicht durch dumme Fragen gefährden, denn ihr Erfolg war schließlich in seinem Interesse. Trotzdem war er überrascht, wie man aus Washington auf die Daten in der Schweiz zugreifen konnte.

»David, hier Washington. Wir sind bereit, mein Team ist zugeschaltet. Alle zuhören! Wir benötigen IMEI und IMSI Datenkorrelation zwischen zwei Standorten und zwei Zeitpunkten. Herr Honegger in der Schweiz, hören Sie mich?«

Mike wollte fragen, was IMEI und IMSI bedeuteten, antwortete stattdessen auf ihre Frage. »Ja, hier ist Mike Honegger in der Schweiz.«

»Gut. Meine Damen und Herren, die Operation beginnt. Bitte geben Sie uns den Zeitpunkt und die Koordinaten an, nach denen wir im Datenbestand suchen sollen.«

Mike las die beiden Koordinaten und Zeitangaben vor, die die Frau in Washington quittierte.

»Danke, Herr Honegger. Wir beginnen mit der Suche und melden uns, sobald Ergebnisse vorliegen. Schließen Sie diese Verbindung bitte nicht. Wir haben vielleicht noch Fragen an Sie.«

»Was geschieht jetzt, Dave?«, wollte Mike wissen.

»Washington lädt die Daten von den verschiedenen

Mobiltelefonanbietern der Schweiz herunter. Diese geben an, welches Telefon sich wann in welcher Mobilfunkzelle angemeldet hat. Danach werden sie prüfen, ob ein und dasselbe Telefongerät sich an den richtigen Zeitpunkten an deinen zwei Standorten befunden hat.«

»Wow, das ist ziemlich beeindruckend, was die machen können.«

»Es sind die Besten, Mike.«

»Ja, das scheint tatsächlich so zu sein. Eine Frage habe ich noch. Was ist denn IMEI und IMSI?«

»Ich muss zugeben, dass ich das bis heute auch nicht wusste. IMEI ist die International Mobile Equipment Identity, eine weltweit eindeutige Seriennummer jedes mobilen Geräts. IMSI ist die International Mobile Subscriber Identity, eine eindeutige Seriennummer des Abonnenten, die auf der SIM-Karte gespeichert ist. Mit den zwei Nummern kann man jedes Gerät und jeden Anschluss eindeutig erkennen.«

»Gentlemen, ich unterbreche sie«, meldete sich die Schichtleiterin. »Wir waren erfolgreich. Ein Gerät war tatsächlich zu den angegebenen Zeiten an beiden Standorten angemeldet. Sie erhalten die IMEI und IMSI Nummern jetzt zugestellt.«

Mikes Tablet piepste, und die langen Nummern erschienen in einem Chatfenster. Diese Nummern identifizierten das Handy und den Anschluss des Mannes, den er suchte. Mike speicherte sie sofort.

»Können wir Ihnen sonst noch mit etwas dienen?«, fragte die Frau.

David bedankte sich. »Danke, Washington. Sie haben uns weitergeholfen. Auf ein nächstes Mal!«

Ein Pop-up-Fenster meldete den Austritt des Partners aus dem Konferenzgespräch.

»So, was meinst du, Mike?«

»Ich kann nur staunen. Es ist super! Die Ergebnisse bestätigen meine Vermutung: Es war tatsächlich derselbe Mann an beiden Orten. Vielen Dank für die Hilfe, Dave. Jetzt, da wir sein Handy identifiziert haben, können und müssen wir ihn überwachen. Wo steckt er? Mit wem spricht er? Kannst du die Überwachung organisieren?«

»Ich befürchte, das wird schwierig. Für die heutige Operation musste ich hart kämpfen, und sie wurde nur wegen des Zusammenhangs mit der NATO-Konferenz genehmigt. Um Washington dazu zu bringen, das Telefon hier in der Schweiz in Echtzeit zu überwachen, brauche ich Beweise, dass US-Interessen in unmittelbarer Gefahr sind. Nur anhand des Verdachts, den du hegst, kriege ich das nie hin. Es tut mir leid.«

Mike konnte seine Enttäuschung nicht verbergen. »Aber wir müssen etwas tun, bevor er zuschlägt, verstehe das doch!«

»Ich weiß, mir ist das klar. Ich werde mich trotzdem dafür einsetzen. Mal schauen, ob ich etwas bewegen kann. Dass die NATO-Konferenz ohne Zwischenfälle durchgeführt wird, ist ja in unserem Interesse. Gib mir etwas Zeit.«

»Ich habe die IMEI und die IMSI Nummern des Handys des Mannes, den wir suchen.«

»Ich verstehe nicht, von welchen Nummern Sie sprechen.«

Mike erklärte Kunz, was die beiden Abkürzungen bedeuteten.

Dieser fragte erstaunt: »Woher haben Sie diese Informationen?«

»Fragen Sie lieber nicht, Her Kunz.«

»An die können Sie gar nicht gelangen!«

»Ich habe da so meine Quellen. Mehr darf ich dazu nicht sagen.«

»Und was wollen Sie jetzt von mir?«

»Kontaktieren Sie Herrenstein mit der Information und organisieren Sie die Überwachung des Handys. Wenn wir den Standort des Handys und die Gespräche überwachen, werden wir den Mann schnell finden. Einen Mann, der in zwei Fälle involviert ist: den Mord an Professor Matthews, und der ein zu großes Interesse zeigt für die Leiche, die auf dem Gletscher gefunden wurde. Mindestens für den Fall Matthews und für die Sicherheit der NATO-Konferenz sollte Herrenstein ein Interesse zeigen, den Mann zu überwachen. Oder braucht es einen weiteren Mord, bis er sich bewegt?«

»Ich werde tun, was ich kann, Herr Honegger. Ich setze mich für Sie ein, das wissen Sie. Ich bin ja Ihrer Meinung.«

Bevor Mike das Handy wieder auf sein Pult legen konnte, klingelte es. Die Nummer auf dem Display erkannte er nicht. Trotzdem nahm er den Anruf an.

»Grüessech, Herr Honegger, hier spricht Stefan Gmünder. Haben Sie Lust auf einen Besuch in Meiringen? Er wird sich für Sie lohnen.«

KAPITEL 16

Mike atmete den leckeren Geruch in der Küche ein. Sie musste kürzlich renoviert worden sein, denn sie sah aus wie neu im Gegensatz zum Äußeren des Bauernhauses. Über dem Hauseingang war ihm das in eine Steintafel eingravierte Baujahr aufgefallen. Es war über 100 Jahre alt.

»Bleiben Sie zum Mittagessen?«, fragte Maria Lüthi.

»Es riecht wirklich herrlich in Ihrer Küche, ich möchte Sie aber nicht stören«, antwortete er.

»Sie stören überhaupt nicht, und ich koche mehr als genug. Heute gibt es bei mir Suure Mocke. Das Fleisch habe ich eine Woche lang in einer Beize aus Rotwein, Gewürzen, Kräutern und Gemüse eingelegt. Mein Geheimrezept.«

Die dickliche Frau mit der speckigen Küchenschürze drehte sich von Mike ab und rührte in einem Topf. Ohne zurückzublicken, sprach sie weiter. »Wie immer, mit Kartoffelstock und Gemüse. Aber nicht mit dem Kartoffelstock, den man in der Packung kauft. Nein, bei mir wird alles von Hand zubereitet, mit frischen Zutaten entweder aus unserem eigenen Bauernhof oder von einem der Nachbarbetriebe. Alles ganz bio, sagt man ja heute. Meine Männer haben nämlich Hunger und brauchen auch im Winter etwas Nahrhaftes, obwohl sie dann nicht draußen arbeiten.«

Durch das Küchenfenster genoss Mike die Aussicht auf das verschneite Meiringen. Von den Kaminen der

Häuser stieg langsam weißer Rauch in den Himmel. Stefan Gmünder holte eine Flasche Mineralwasser aus einem Harass, setzte sich neben Mike an den Tisch und füllte Mikes Glas auf.

»Also, Tante Maria. Seit du vom Toten auf dem Gletscher weißt, willst du unbedingt mit Herrn Honegger sprechen. Ich habe ihn gefragt, ob er sich für deine Geschichte interessiere, und nun ist er hier. Jetzt kannst du endlich erzählen. Er wird dir zuhören und dich, im Gegensatz zu vielen anderen hier im Dorf, hoffentlich nicht für verrückt halten.«

Frau Lüthi widmete sich weiterhin den Töpfen auf dem Herd und antwortete Gmünder nicht. Dieser machte einen zweiten Anlauf. »Von deinem Schwiegervater Florian weißt du mehr über den Flugzeugabsturz als jeder andere hier im Tal. Jahrelang hast du dich beklagt, niemand hätte ihm damals zugehört, als er noch lebte, und heute interessiere sich niemand dafür. Alle im Dorf hätten ihn ausgelacht. Komm schon, jetzt hast du ein Publikum, das dir interessiert zuhören wird. Nicht wahr, Herr Honegger?«

Mike nickte. »Ja, selbstverständlich. Ich recherchiere in diesem Fall und bin auf alle Informationen angewiesen, die mich weiterbringen. Worum geht es denn?«

Frau Lüthi drehte sich um. Unter der Küchenschürze bemerkte er ihre geschwollenen Beine und Knöchel. Ihre Füße passten nur knapp in ihre Hausschlappen.

»Wissen Sie, irgendwann mal verliert man den Glauben an die Menschheit. Alle möchten, dass man ihnen genau das erzählt, was sie hören wollen. Wenn eine Geschichte nicht in ihr Konzept passt, so wird sie ignoriert und ihr Erzähler ausgegrenzt. So ging es meinem armen Schwiegervater Florian. Er hat immer geschworen, die Wahrheit zu sagen, aber niemand glaubte ihm. Entscheiden Sie selbst, Herr Honegger, welcher Seite Sie glauben möchten.«

»Es tut mir leid, Frau Lüthi, aber ich begreife immer noch nicht, worum es geht und was Ihr Schwiegervater mit dem Toten auf dem Gletscher zu tun haben soll.«

Frau Lüthi hantierte noch an der Keramikplatte des Herds und schaltete den Abzug darüber ein, der laut zu rauschen begann. Dann hinkte sie an den Tisch und setzte sich mit einem Seufzer auf den Holzstuhl am Kopfende. Mike bemerkte die Schweißperlen unterhalb ihres farbigen Kopftuchs auf ihrer Stirn, die langsam über ihr leicht gerötetes rundliches Gesicht rollten. Sie wischte sie mit einem Taschentuch weg.

»Alle wissen inzwischen, dass Stefan eine Leiche auf dem Gletscher geborgen hat. Sie wissen ja, wie schnell sich Neuigkeiten im Dorf verbreiten. Niemand verbindet sie aber mit der Geschichte, die Florian erzählte. Ich sage Ihnen eines: Ich weiß, dass die Leiche mit seinen Erlebnissen zu tun hat. Sie muss es!«

Sie streichelte die dreifarbige Kätzin, die laut miauend auf ihren Schoß sprang und es sich dort bequem machte. Dann blickte sie Mike in die Augen und sagte leise: »Nämlich mit dem Flugzeugabsturz anno 1946 auf dem Gauligletscher.«

Mike erinnerte sich, dass Christian und Daniela etwas von einer Sommertour zum Absturzort erzählt hatten.

»Mein Schwiegervater, eben dieser Florian, war auf unserem Hof Bauer, wie alle in seiner Familie es seit

Generationen sind. Er liebte die Berner Alpen und die Natur über alles und kannte das Haslital und die angrenzende Region wie seine Hosentasche. Um die Finanzen aufzubessern – Bauern hatten es ja damals schon schwer – verband er seine Leidenschaft mit Arbeit und bot seine Dienste nebenamtlich als Bergführer an. Als die amerikanische Dakota im November 1946 auf dem Gletscher abstürzte und sie endlich gefunden wurde, meldete er sich freiwillig, um mit den Soldaten an der Rettungsaktion teilzunehmen. Er war also mit der Gruppe auf dem Berg, die von der Rosenlaui her das Wrack fand.«

Gmünder unterbrach seine Tante. »Du musst etwas ausholen und Herrn Honegger zuerst mehr über den Absturz erzählen. Er kennt die Geschichte nicht so gut wie du, Tante Maria. Niemand tut das. Fange doch mal am Anfang der Geschichte an.«

Maria fühlte sich geschmeichelt, lächelte und sagte: »Also, *so* viel weiß ich auch wieder nicht. Nur das, was Florian uns zu Hause immer wieder erzählte. Gib mir bitte das alte Notizbuch dort auf dem Möbel.«

Gmünder holte es und legte es vor Maria auf den Tisch. Sie blickte es ehrfürchtig an und öffnete es feierlich. »Das sind die Notizen, die Florian damals niedergeschrieben hat. Da stehen die Details, die ich immer wieder vergesse. Also von Anfang an. Es geschah im November 1946. Eine amerikanische Maschine, eine zweimotorige Dakota, das ist eine militärische Ausführung der DC-3, war am Tag davor von Wien nach München geflogen, um dann am …«, sie setzte ihre Lesebrille auf, suchte nach einem Eintrag im Notizheft, und fuhr fort, »… ja da, am Dienstag, dem 19. November 1946 nach Marseille in Frankreich und am Tag danach nach Pisa in Italien zu fliegen. Geplant war, die Schweiz weiträumig zu umfliegen. An Bord befanden sich hochrangige amerikanische Militärs sowie deren Frauen und sogar ein elfjähriges Mädchen. Der Flugkapitän, ein Captain Tate, startete erst spät am Dienstag, dem 19. November, in München und änderte dann die geplante Flugroute.« Frau Lüthi blickte immer wieder konzentriert in das Notizbuch vor ihr, um bei den Details keine Fehler zu machen. »Anstatt von München über Straßburg und Lyon nach Marseille, flog er über Innsbruck in Richtung Brenner und dann in westlicher Richtung nach Marseille. Als er dabei die Orientierung verlor, lokalisierte er nach einer Schlaufe Chur, wo das Flugzeug von der Bevölkerung noch gesehen wurde. Danach flog er im Blindflug auf 3.350 Metern Höhe quer durch die Schweizer Alpenregion in Richtung Funkfeuer von Lyon. Denkt mal darüber nach: auf 3.350 Metern Höhe quer durchs Gebirge! Die Maschine geriet irgendwann in einen Schneesturm und stürzte am Nachmittag nicht weit von hier entfernt, aber doch sehr abgelegen, auf dem Gauligletscher ab. Wie durch ein Wunder überlebten alle Passagiere an Bord, einige jedoch verletzt. Das ist ein Riesenglück: Das Flugzeug fliegt im Blindflug durch die Alpen an Bergspitzen vorbei, die höher sind als seine Flughöhe, ohne an ihnen zu zerschellen. Dann schlägt es zwischen Gletscherspalten so auf dem Gauligletscher auf, dass alle Passagiere überleben. Ist das nicht eine unglaubliche Geschichte? Sie fasziniert mich schon, seit ich ein kleines Mädchen war und erstmals davon hörte.«

Maria blickte in Mikes und Gmünders Gesichter, und beide bemerkten ihre vor Begeisterung strahlenden

Augen. Die Katze auf ihrem Schoß hörte auf zu schnurren, sprang auf den Küchenboden, und Maria nutzte die Gelegenheit, um auf dem Kochherd nachzuschauen. »Das kommt gut mit meinem Suure Mocke. Es geht aber noch eine Weile.« Sie setzte sich erneut an den Tisch. »Ja, wo war ich. Ah ja ... Am Nachmittag dann die Funkmeldung des Captains, sie wären abgestürzt, alle am Leben, es gebe jedoch Verletzte. Hier hat Florian notiert, einer sei sogar schwer verletzt gewesen.« Sie zeigte mit ihrem Finger auf die Stelle in den Notizen. »Die amerikanische Luftwaffe startete sofort eine aufwendige Suchaktion aus der Luft, aber am falschen Ort, denn sie vermutete den Absturz in den französischen Alpen. Der Chef des Militärflugplatzes Meiringen war damals ein Viktor Hug.« Maria Lüthi schaute von den Notizen auf und lächelte stolz. »Florian kannte ihn sogar persönlich! Er hörte die Funkmeldung und vermutete anhand der Funksignale der Dakota, dass sie in der Nähe liegen musste. Dank den Funksprüchen, die der Pilot der Dakota absetzte, merkte man mit der Zeit, dass die Maschine in den Schweizer Alpen lag und nicht in den französischen Alpen. Die Temperaturen sanken nachts tief unter null, es war ja November, und die Überlebenden verbrachten verzweifelt eiskalte Nächte im Wrack der Maschine, ohne zu wissen, ob man sie je finden würde. Erst am Freitag, dem 22. November, also am dritten Tag nach dem Absturz, wurde das Wrack von einem amerikanischen Bomber auf dem Gauligletscher entdeckt. Zum zweiten Mal hatten die Überlebenden also großes Glück. Florian wurde noch am selben Tag gefragt, ob er an der Rettungsaktion teilnehmen würde, was er selbstverständlich tat. Das Schweizer Militär organisierte die

Aktion und fuhr die inzwischen vom Zeughaus ausgerüsteten Retter mit Soldaten, Bergführern, Ärzten und weiteren Helfern noch am selben Abend ins Rosenlaui, wo der Kommandoposten für die Aktion im Hotel eingerichtet wurde. Kennen Sie das Hotel?«

Mike schüttelte seinen Kopf. »Nein, ich war noch nie dort.«

»Eine wunderschöne Gegend mit einer Gletscherschlucht, die sie besuchen sollten. Am nächsten Morgen marschierten die Retter ganz früh los und stiegen über den Rosenlauigletscher auf bis unterhalb des Rosenhorns. Eine großartige Leistung!«

Sie unterbrach ihre Ausführungen und blickte Mike und Gmünder in die Augen.

»Sagen Sie mir, falls ich Sie langweile. Ich konnte schon immer stundenlang über diese faszinierenden Ereignissen berichten.«

Gmünder lächelte zurück und sagte: »Wir sind beide ganz bei dir. Erzähle nur weiter!«

Frau Lüthi nickte erleichtert und fuhr fort.

»Also stellt euch mal vor: Die heldenhaften Retter riskieren ihre Leben und klettern mit ungenügender Ausrüstung den ganzen Tag höher und höher, in bitterer Kälte. Als sie dachten, sie wären endlich in der Nähe des Wracks, erhielten sie die Nachricht, dass das Wrack nicht auf dem Rosenlauigletscher im Wetterkessel lag, sondern auf dem Gauligletscher. Florian berichtete immer wieder vom Schock, als er und die anderen erschöpften Retter erfuhren, dass sie über die Wätterlimi mehrere Stunden weiter aufsteigen mussten. Die armen Männer! Eine solche Strapaze! Am Nachmittag dann, ausgelaugt und zum Teil am

Limit ihrer Kräfte, gelangten sie endlich zum Flugzeugwrack. An eine Rettung der Passagiere war an jenem Tag natürlich nicht mehr zu denken, so verbrachten sie eine eiskalte, fürchterliche Nacht an der Absturzstelle. Dann geht das Wunder weiter. Die Bergung der Überlebenden zurück ins Tal, insbesondere der Verletzten, hätte einen lebensgefährlichen Kraftakt bedeutet, den nicht alle überlebt hätten. Dazu kommt noch, dass das Wetter sich verschlechterte.« Sie blätterte in den Notizen ihres Schwiegervaters und zeigte auf eine der Seiten. »Da! Tag für Tag hat Florian sich Notizen zum Wetter gemacht. Luftdruck, Feuchtigkeit, Temperatur. Das Wetter drohte, sich ganz eindeutig zu verschlechtern. Dann folgte eine weitere heldenhafte Aktion. Viktor Hug und ein zweiter Pilot, die Erfahrung hatten mit dem Landen und Starten im Schnee, wagten die Landung auf dem Gauligletscher und flogen in mehreren Flügen alle Überlebenden nach Unterbach aus. Starten und Landen im Schnee auf einem Gletscher! So etwas hatte es noch nie gegeben. Das war die erste Rettung mit Flugzeugen in den Bergen. Sozusagen der Anfang der späteren Rettungsflugwacht Rega.«

Frau Lüthi ging zum Herd, wo sie das Essen überprüfte, und kehrte danach zufrieden zurück an den Tisch. »Ich sage Ihnen eines: Die Leiche, die Stefan geborgen hat, stammt ganz klar aus jener Zeit. Die hat etwas mit dem Flugzeugabsturz zu tun.«

»Aber Tante Maria, du weißt ja, dass alle Passagiere überlebten und ausgeflogen wurden«, konterte Gmünder.

»Siehst du, jetzt fängst du auch schon an, der Geschichte von Florian nicht zu glauben. So wie alle im Dorf ihm nie glaubten, was er dort oben erlebt hat.«

»Was hat er denn dort oben erlebt?« Mike versuchte, die Spannung zwischen Tante und Neffe mit seiner Frage zu lösen.

»Er half den Passagieren, zu den Rettungsflugzeugen zu gelangen. Zwei Fieseler Storch Flugzeuge waren es, das ist mir bis heute geblieben. Als alle ausgeflogen waren, blieb ein Detachement Soldaten über Nacht auf dem Gletscher, um am nächsten Tag das Gepäck der Passagiere aus dem Flugzeug zu bergen und abzutransportieren. Wenn ich mich richtig erinnere, übernachteten sie in der Gaulihütte. Bevor die Passagiere gerettet werden konnten, hatten ihnen amerikanische Flugzeuge eine Menge Hilfsgüter aus der Luft abgeworfen. Zum Teil musste die Aktion von den Schweizern sogar gestoppt werden, da die Abwürfe so ungenau erfolgten, dass sie befürchteten, das Wrack könnte getroffen werden. Es lag alles Mögliche im Schnee umher, das eingesammelt und weggeräumt werden musste. Florian war in einer Gruppe eingeteilt, die aufräumte. Er behielt einige Fundgegenstände vom Gletscher und brachte sie nach Hause. Sogar eine volle blaue lederne Aktentasche, die er auf dem Eis gefunden hatte, brachte er zurück. Das war natürlich nicht erlaubt, und er tat es im Geheimen, so wie sicherlich viele seiner Kollegen auch. Später verbot das Militärdepartement die Jagd nach Gegenständen. Deshalb musste ich versprechen, nicht darüber zu reden. Er hat seine Ami-Trophäe, wie er die blaue Aktentasche nannte, danach im Stöckli da draußen versteckt. Meines Wissens hat er sie seitdem nicht geöffnet. Gesprochen hat er darüber jedenfalls nie mehr.«

Frau Lüthi blickte auf Mikes leeres Glas: »Stefan! Herr Honegger hat Durst. Schenke ihm doch Mineral nach!«

Dann fragte sie Mike: »Ich rede etwas viel, aber es ist halt eine lange Geschichte. Langweile ich Sie immer noch nicht?«

»Nein, natürlich nicht. Die Geschichte ist spannend, und es interessiert mich zu wissen, was die Leiche mit dem Flugzeugabsturz zu tun haben könnte.«

»Also dann fahre ich fort. Wenn ich zu viel geredet habe, sagen Sie es einfach, dann höre ich auf damit. Am Nachmittag nach der Rettung der Passagiere suchte Florian im Auftrag des Gruppenchefs nach Gegenständen in der Nähe des Flugzeugwracks, als er einen Schuss hörte. Ja, Sie haben richtig gehört. Einen Schuss. Er meldete das sofort seinem Vorgesetzten, der aber entgegnete, er hätte nichts gehört, und wahrscheinlich sei es das Krachen des Eises im Gletscher gewesen. Kein Schuss sei gefallen, sagte er ihm entschlossen, und setzte dem Gespräch ein Ende. Florian behauptete bis an sein Lebensende, dass es anders gewesen sei. Er war davon überzeugt, einen Schuss gehört zu haben. Niemand hat ihm je geglaubt.«

»Es tut mir leid, Tante Maria, aber das war wirklich Florians Hirngespinst«, unterbrach Gmünder die Erzählung und schüttelte heftig den Kopf. »Wer hätte da oben nach der Rettung schon schießen sollen? Also wirklich!«

Frau Lüthi stand verärgert auf und widmete sich wieder dem Kochen. Mike beobachtete Gmünder. Warum verheimlichte er die Tatsache, dass der Tote auf dem Gletscher eine Schusswunde am Kopf aufwies? Sie würde nämlich Florians Geschichte untermauern. Hatte Mike Danielas Bild falsch interpretiert? Gab es doch keine Schusswunde?

»Da habt ihr es. Nie hat man Florian geglaubt, immer

hat man ihn ausgelacht, wenn er vom Gletscher erzählte. Meine beiden Söhne interessieren sich schon gar nicht mehr für die Zeit. Ich bin die einzige Person, die ihm immer geglaubt hat und seit damals versucht, die Geschichte vor dem Vergessen zu retten. Also lassen wir das Thema einfach ruhen.«

»Mich interessiert es sehr, Frau Lüthi. Erzählen Sie bitte weiter.«

Frau Lüthi warf Gmünder einen bösen Blick zu und sagte: »Es freut mich, dass wenigstens jemand hier an diesem Tisch sich für die Wahrheit interessiert.«

»Wer, meinen Sie, ist die Leiche, die Ihr Neffe geborgen hat?«, fragte Mike gespannt.

»Ist doch klar. Das ist der, den sie erschossen haben. Florian hat eben doch recht gehabt. Vielleicht wollte jemand etwas aus dem Flugzeug stehlen, amerikanische Geheimgeräte oder so. Oder vielleicht wollte jemand geheime Unterlagen der amerikanischen Offiziere klauen. Die Besatzung hat ja selbst versucht, Geräte im Flugzeug zu zerstören, bis sie von den Schweizern gestoppt wurden. Irgendetwas ist da oben passiert, glauben Sie mir. Ich bin mir sicher. Die Leiche des Erschossenen wurde dann vom Schnee verdeckt, wie das Wrack des Flugzeugs ja auch, und verschwand im Gletschereis. Nun gibt der Gletscher Schritt für Schritt Spuren wieder preis. Warten Sie nur, eines Tages taucht auch das Wrack wieder auf. Mit der Gletscherschmelze, wie wir sie heute schon beobachten, wird das gar nicht so lange dauern, bis es so weit ist.«

Gmünder schüttelte den Kopf über Lüthis Verschwörungstheorie. Anders als Gmünder glaubte Mike jedoch an sie. Die alten Kleider und die Schusswunde des Toten passten zu gut.

Nach dem Besuch bei Maria Lüthi sprach Mike Gmünder wegen der Schusswunde an. Der Polizist weigerte sich jedoch, darüber zu sprechen, angeblich wegen der Vertraulichkeit der laufenden Untersuchungen. Mike glaubte eher, Gmünder wollte damit vermeiden, dass Florians und Marias Verschwörungstheorien erneut für Aufregung im Dorf sorgten.

Auf der Rückfahrt aus Meiringen rief er aus dem Zug die Bibliothek am Guisanplatz an und fragte nach Literatur zum Absturz auf dem Gauligletscher.

Zurück in Bern, holte er die bereitgestellten Unterlagen in der Bibliothek ab und eilte dann gespannt in seine Wohnung, um sich in diese zu vertiefen.

KAPITEL 17

In seinem Wohnzimmer legte Mike die umfangreiche Dokumentation zum Absturz der Dakota auf den Tisch vor der Couch. Er holte sich eine Flasche Eistee aus dem Kühlschrank und richtete sich für einen gemütlichen Leseabend ein. Auf der Couch las er mit Spannung die

Broschüren, Bücher und Kopien von Zeitungs- und Zeitschriftenartikeln zum Absturz. Zwischendurch machte er sich in seinem Tablet Notizen und fotografierte immer wieder Kartenausschnitte. Er war so in die Ereignisse von 1946 vertieft, dass er sein Handy zuerst nicht klingeln hörte.

»Hallo, Mike! Ich dachte schon, du wärst nicht erreichbar, und wollte gerade auflegen. Was machst du?«, fragte Nina.

»Ich bin zurück aus Meiringen und lese Dokumentationen zum Flugzeugabsturz auf dem Gauligletscher.«

»Flugzeugabsturz auf dem Gauligletscher? Ich habe noch gar nichts davon gehört. Ist das heute Nachmittag geschehen?«

Mike schmunzelte. »Nein, 1946 ist dort ein Flugzeug abgestürzt. Die Leiche, die auf dem Gletscher gefunden wurde, könnte damit zu tun haben. Ist eine lange Geschichte.«

»Dann bist du heute Abend beschäftigt. Ich frage dich aber trotzdem mal ganz spontan: Hast du schon gegessen?«

»Nein, in der Küche wartet ein Sandwich auf mich, das ich am Bahnhof gekauft habe.«

»Magst du Sushi?«

»Ja, sicher.«

»Kann das Studium der Unterlagen zu deinem Flugzeug warten?«

Mike lächelte vor sich hin. »Natürlich kann das warten.«

»Also dann bin ich in 30 Minuten bei dir. Wenn du willst, können wir noch etwas am Gedicht weiterrätseln, es hat mich wirklich gepackt. Und dann erzählst du mir von diesem Flugzeugabsturz. Ah und … vergiss das Sandwich in der Küche!«

»Eine Auswahl an California Rolls, Nigiris mit Lachs und Makis. Ich habe dich nicht einmal gefragt, welche du magst. Hoffentlich habe ich richtig ausgewählt.«

»Ich mag Sushi allgemein, das passt schon«, freute sich Mike.

Sie legten die Plastikbehälter mit den Sushirollen auf den kleinen Tisch in der Küche, gossen Soja in die Schalen, drückten die Wasabipaste auf die Deckel der Behälter und begannen zu essen.

»Wo hast du denn gelernt, mit Stäbchen zu essen, Mike?«

»In den USA. Vor vielen Jahren verbrachte ich mit meinen Eltern ein Jahr in Kalifornien, und wir aßen öfters bei einem Chinesen in der Nähe des Arbeitsplatzes meines Vaters.«

»Ein Jahr in Kalifornien! Du Glückspilz.«

»Ja, das war eine wirklich tolle Erfahrung. Mein Vater verbrachte ein Austauschjahr in San Diego, und meine Mutter und ich reisten natürlich mit.«

»Wo wohnen deine Eltern jetzt?«

»Sie sind bei einem Autounfall gestorben.«

Nina legte ihre Stäbchen ab und ihre rechte Hand auf Mikes. »Oh, das tut mir aber echt leid.«

»Schon gut. Das konntest du ja nicht wissen.«

Er blickte in ihre Augen, seine Hand zog er nicht weg. »Der Unfall wurde nie geklärt. Sie waren auf der Reise nach London, wo sie unter anderem Professor Matthews besuchen wollten, als sich ihr Auto unterwegs zum Flughafen Bern-Belp zweimal überschlug. Sie waren auf der Stelle tot.«

»Das ist ja schrecklich!«

»Ja, das ist es. Für mich folgte danach eine schwierige Zeit. Ich versuche bis heute, mit dem Unfall klarzukommen. Was genau geschah an jenem Morgen? Wie konnte der Unfall bei so wenig Verkehr geschehen? Warum mussten sie sterben? Fragen, die wahrscheinlich nie beantwortet werden. Die Antworten würden ja auch nicht ändern, was geschehen ist.«

Eine Weile lang schwiegen beide. Dann nahm Mike eine Sushirolle zwischen die Stäbchen und sagte: »Komm, lassen wir uns den Abend nicht verderben. Ich bin froh, dass du angerufen hast.«

»Ich auch. Wollen wir am Gedicht weiterrätseln? Vielleicht finden wir noch etwas heraus, das uns letztes Mal entgangen ist.«

Ein Piepsen unterbrach Nina. »Was klingelt?«

Mike antwortete beim Aufstehen: »Das ist das Tablet, das ich von den Amerikanern erhalten habe.«

Er holte es in die Küche, beantwortete den Anruf und steckte sich gleichzeitig die Kopfhörer an.

»Dave, bist du das?«, fragte er.

»Hi, Mike. Ich hoffe, ich störe nicht, aber ich muss mit dir etwas Wichtiges besprechen.«

Mike blickte zu Nina, die nicht verstand, warum Mike über ein Tablet mit jemandem auf Englisch telefonierte. »Schieß los, Dave. Was gibt's?«

»Was ich dir sagen werde, ist eigentlich streng geheim.«

»Wie immer, oder?« Mike schmunzelte.

»Ja. Wegen der bevorstehenden NATO-Konferenz und der Hinweise, dass Teilnehmer oder der Anlass selbst in Gefahr sein können, haben wir seit einer Woche unsere Überwachung von der Botschaft in Bern aus in verschiedenen Bereichen intensiviert.«

»Was heißt das, in verschiedenen Bereichen?«

»Wie gesagt, das Ganze ist geheim, und ich erzähle dir so schon zu viel. Bei der Überwachung von Funksignalen ist uns eine unübliche und alarmierende Erhöhung des Funkverkehrs aufgefallen, die verschlüsselt vom Zentrum der Stadt kommt. Die Quelle muss ganz in der Nähe der Botschaft liegen. Wir vermuten Sie in einem Gebäude östlich des Bundeshauses.«

»Östlich des Bundeshauses?«

»Ja, in unmittelbarer Nähe.«

»Könnten die Signale vielleicht aus dem Bundeshaus selbst stammen? Es besteht ja aus mehreren Gebäuden. Das Hauptgebäude, das Bundeshaus Ost und das Bundeshaus West. Dort sind sicherlich Funkgeräte der Sicherheitskräfte im Einsatz, oder vielleicht betreibt das Militär dort einen Teil seiner Kommunikationsinfrastruktur.«

»Nein, unsere Abhörspezialisten haben eine erste Ortung vorgenommen und sind zu dem Ergebnis gekommen, dass die Quelle des Signals mit hoher Wahrscheinlichkeit etwas weiter entfernt liegt.«

Mike überlegte kurz. »Östlich vom Bundeshaus Ost ist doch nur noch das Hotel Bellevue Palace und das Casino Parking. Dann folgt das Kasinogebäude, aber das ist auf der gegenüberliegenden Seite des Platzes, etwas weiter weg.«

»Du hast recht. Das Hotel kenne ich gut. Als Rick und ich noch in Bern stationiert waren, nahmen wir dort regelmäßig an Anlässen und Empfängen mit Diplomaten teil.«

»Warum sollte denn ein Hotel verdächtige Funksignale senden? Kann es sich um defekte WLAN-Router handeln oder um eine defekte Handy Antenne?«

»Nein. Sie sind uns aufgefallen, weil es sich um verschlüsselte Kommunikation handelt, vermutlich mit einem Satelliten. Die Signalart deutet auf eine hochmoderne Hightechlösung hin, vermutlich eine militärische. Es ist sicherlich kein Satellitentelefon, das man kommerziell nutzt. Deshalb ging bei uns ein Alarm los.«

»Militärische Kommunikation aus einem Hotel? Das hat doch höchstens Funkgeräte, um das Personal im Haus erreichen zu können. Wenn jemand dringend Zimmerservice verlangt und so.«

»Vielleicht stammen die Signale ja nicht von der Hotelinfrastruktur.«

Mike dachte über diese Möglichkeit nach. »Das kann schon sein. Wisst ihr denn, mit wem über diese Geräte kommuniziert wird? Handelt es sich um verschlüsselte Datenverbindungen, vielleicht Videokonferenzen, oder sind es fixe Punkt-Punkt-Verbindungen?«

»Das festzustellen, ist unmöglich.«

»Ihr habt doch Abhörsatelliten, die jedes Gespräch aufzeichnen können, und Satelliten, die auf der Erde Objekte in der Größe einer Münze finden können. Da könnt ihr doch sicherlich herausfinden, wer dahintersteckt und ob er eine Bedrohung darstellt.«

»Offiziell haben wir solche Satelliten natürlich nicht, Mike. Du weißt, wie das ist.«

Mike verdrehte die Augen. »Alles klar.«

Dave sprach weiter. »Aber auch wenn wir solche Satelliten hätten, es liegen keine konkreten Hinweise auf eine unmittelbare Bedrohung vor. Die ganze Angelegenheit in Bern ist weiterhin nicht auf dem Radarschirm in Washington. Die Priorität ist niedrig. Wir erhalten keine Überwachungsressourcen dieses Kalibers zugesprochen.«

»Das ist für euch auch mühsam, oder nicht? Ihr sollt sicherstellen, dass hier nichts geschieht, habt Hinweise auf mögliche Gefahren und erhaltet dann doch keine Unterstützung.«

David seufzte. »Ja, so ist es halt in diesem Business.«

»Heißt das, wir müssen vor Ort suchen?«

»Ich hoffte, du könntest uns helfen.«

»Ich? Warum nicht eure Nachfolger in der Botschaft in Bern? Schickt doch die mal vorbei!«

»Um ehrlich zu sein, wird es schwierig, von Moskau aus einen Auftrag in Bern bewilligen zu lassen ohne konkretere Hinweise. Zum Zweiten wäre es verdächtig, wenn Amerikaner mit schlechtem Deutsch im Hotel oder der Garage nebenan nach Funkanlagen suchen.«

Mike war von der Idee nicht begeistert, nickte aber trotzdem. »Ich werde überlegen, was ich tun kann, und mich morgen wieder melden.«

»Danke, Mike. Bis dann.«

Mike zog die Kopfhörer ab und bemerkte erst jetzt, wie Nina ihn mit großen fragenden Augen anstarrte.

»Was war denn das?«, fragte sie entsetzt.

»Komm, setzen wir uns dort auf die Couch. Ich muss dir etwas erzählen.«

Mike erzählte ihr alles, was er über den Tod von Matthews und von der Leiche auf dem Gletscher wusste. Er berichtete ihr von den beiden amerikanischen Agenten und vom Tablet, das sie ihm organisiert hatten.

Nina staunte ihn mit offenem Mund an. »Das ist ja unglaublich! Zuerst dachte ich, Matthews sei eines natürlichen Todes gestorben. Dann hast du mich unsicher gemacht, als du behauptetest, du glaubtest nicht daran. Jetzt bist du mitten in einen Agentenkrimi verwickelt, als ob du für einen Geheimdienst arbeitest. Und die Amerikaner sind irgendwie auch noch darin verwickelt. Ich kann es kaum fassen. Was soll denn das Ganze?«

Mike musste zugeben, dass seine Geschichte für Nina wohl überwältigend klang und sie sie erst verarbeiten musste. Er beobachtete ihren Gesichtsausdruck genauestens. Als ihr Schock sich langsam in Bewunderung umwandelte, fühlte er große Erleichterung.

»Das ist wirklich mutig, was du da tust, Mike«, sagte sie und nickte zustimmend. Sie überlegte kurz und fragte: »Meinst du, dieser Funkverkehr könnte irgendwie mit den beiden Fällen zu tun haben, die dich beschäftigen?«

»Ich weiß es nicht. Verdächtig ist jedoch, dass die Amerikaner mir diese Information weitergeben. Sie sind ja an der Sicherheit der NATO-Konferenz interessiert. Es ist durchaus möglich, dass es einen Zusammenhang gibt.«

»Wie willst du aber herausfinden, wer im Hotel dahintersteckt, wenn die Signale überhaupt aus dem Hotel stammen?«

Mike überlegte einen Moment. »Das weiß ich noch nicht. Ich nehme an, ich gehe morgen im Hotel vorbei und schaue mich mal um. Vielleicht stammen die Signale ja gar nicht aus dem Hotel, sondern aus der Parkgarage nebenan.«

Nina schüttelte den Kopf. »So einfach geht das doch nicht. Jemand, der nicht in diese Hotelkategorie passt – sorry, nimm es nicht persönlich – und einfach so herumschnuppert? Dann noch ein Journalist? Das wird den Hotelangestellten auffallen. Nein, das ist zu riskant.«

»Ich muss herausfinden, ob an der erhöhten Funkaktivität wirklich etwas dran ist.«

»Die Aufgabe muss jemand übernehmen, der sich als Hotelangestellter ausgeben kann, weil er nämlich tatsächlich einer ist. Nur in einem anderen Hotel.«

Langsam ahnte Mike, was Nina im Sinn hatte. Jetzt war er es, der den Kopf schüttelte. »Nein, auf keinen Fall. Ich werde nicht zulassen, dass du dich in Gefahr bringst. Der Besuch des Mannes, der sich als Versicherungsvertreter ausgab, war schon gefährlich genug. Nein, das geht nicht.«

»Ich schätze es, dass du auf mich aufpassen willst, Mike. Du weißt aber, dass mein Vorschlag Sinn macht. In meinen Arbeitskleidern werde ich im Hotel niemandem auffallen. Es ist groß genug, dass sich nicht alle Mitarbeiterinnen kennen. Den Gästen wird sowieso nichts auffallen. Mit einem Badge mit Namen auf der Brust werde ich perfekt in die Umgebung passen. Es ist entschieden. Morgen früh gehe ich hin.«

Mike versuchte noch lange, Nina von ihrem Vorhaben abzuhalten, obwohl er ihr zustimmen musste, dass der Vorschlag Sinn machte. Vergebens.

KAPITEL 18

Kurz vor 9 Uhr bog Nina nach dem Bundeshaus Ost in die schmale Gasse entlang der Seite des Hotelgebäudes. Sie blickte auf die parkierten Autos der Gäste. Zwei davon waren mit Kunststoffhüllen verdeckt, um sie vor dem Winterwetter zu schützen. Trotz der Abdeckung waren sie vom darüberliegenden Schnee befreit worden. Sind wohl besonders schützenswert, wenn das Hotelpersonal so darauf achtet, dachte Nina. Daneben ein Bentley und ein Mercedes. Beide auch bereits vom Schnee befreit. Rechts von den Autos sah sie die Tür für die Warenannahme. Sie wollte bereits auf diese zugehen, als sie die Tafel bemerkte, die über die Videoüberwachung informierte. Schnell nahm Nina einen Schritt zurück und ging unauffällig weiter. Sie ärgerte sich, nicht an diese Sicherheitsvorkehrungen gedacht zu haben. Sie hätte wissen sollen, dass ein Hotel dieser Kategorie sämtliche Eingänge mit Videokameras überwacht und dass Hintertüren nicht für jedermann offen standen. Wenigstens hatte sie den grauen langen Mantel einer Kollegin angezogen, eine Mütze auf den Kopf gezogen, um ihr Gesicht möglichst zu verstecken, und sogar eine dunkle Brille aufgesetzt. Als sie sich zu Hause im Spiegel betrachtet hatte, war sie sich blöd vorgekommen, hoffte jetzt aber, damit verhindert zu haben, dass ihr Gesicht auf den Videoaufnahmen vor dem Gebäude erkennbar war. Am Ende der Gasse ging sie der Südfassade des Gebäudes unter dem Vordach entlang, ohne ihren Blick zu heben. Weitere Eingänge in das Gebäude mit Schildern, die über die Videoüberwachung informierten. Sie glaubte, aus dem Augenwinkel eine Tastatur neben der Tür zu sehen. Wahrscheinlich, um den Zugangscode einzugeben. Vielleicht war es auch nur ein Kartenleser. Sie wagte nicht, genauer hinzuschauen. Am Ende des Gebäudes ging sie links wieder zurück zur Bundesgasse. Über eine offene Seitentür würde sie das Gebäude nicht betreten können. Das war ihr inzwischen klar geworden.

Ein Kleinbus fuhr in die gedeckte halbmondförmige Zufahrt des Hotels. Bevor der Fahrer die Seitentür des Fahrzeugs erreicht hatte, stiegen bereits mehrere Männer und Frauen aus dem Bus, alle elegant geschäftlich gekleidet mit teuren Ledermappen in den Händen. Nina nutzte die Gunst der Stunde und gesellte sich unauffällig zu ihnen. Mit einer Dame, die gerade an ihrem Handy hantierte und nach einer äußerst großzügigen Portion Parfum duftete, trat sie durch die Drehtür in die Eingangshalle des Hotels. Ninas Puls beschleunigte sich. Ihr grauer Mantel und ihre Kappe passten nicht zur Gruppe, mit der sie eingetreten war. Sie hoffte, das Hotelpersonal würde sie nicht bemerken. Die Rezeption auf der rechten Seite ignorierte sie und sie drehte ihren Blick nach links. Ein Schild zeigte zur Bar und zur Garderobe. In Glasvitrinen blitzten teure Accessoires. Hastig ging sie zur Treppe mit dem roten Teppich und verschwand in den ersten Stock, wo der Weg zu verschiedenen Konferenzräumen klar angezeigt wurde. Sie blickte in den Gang und sah lauter breite verschlossene Türen. Keine Gästezimmer auf diesem Stockwerk.

Sie folgte der Wand, ging um die Ecke und versuchte, die Türen zu den Konferenzräumen zu öffnen. Alle waren verschlossen. Erst die letzte Tür war nicht ganz zugezogen worden. Etwas Tageslicht drang durch einen schmalen Spalt in den Gang. Vorsichtig stieß sie die Tür auf und blickte in den leeren Saal. Links von ihr fand sie eine unscheinbare, leicht geöffnete Schranktür in der Wand. Nina öffnete sie ganz und blickte auf die Elektroinstallation: Sicherungen, Lichtschalter, Dimmer, Netzwerkanschluss. Schnell verstaute sie ihren Mantel, Winterkappe, Handschuhe und Schal darin. Aus einer Tasche nahm sie schwarze Lederschuhe, die sie gegen ihre Winterstiefel tauschte. In einer der Spiegelwände kontrollierte sie ihr Aussehen. Die hohen Absätze ließen sie größer erscheinen, als sie wirklich war. Damit fühlte sie sich strenger, geschäftlicher. Leider beruhigten diese Gefühle heute Morgen ihre Nerven nicht. Ihre blonden Haare hatte sie konservativ zu einem Dutt zusammengebunden. Sie fand, dass das Make-up, das sie zu Hause aufgetragen hatte, nicht zu ihr passte. Sie schätzte das natürliche Aussehen ihrer ungeschminkten Haut, aber mit der Schminke wirkte sie für ihr heutiges Vorhaben älter und seriöser. Auf ihrem schwarzen Arbeitskleid rückte sie ein Namensschild zurecht, das sie sich in der Nacht in ihrer Wohnung selbst gebastelt hatte. Darauf erschienen das Logo des Hotels und der Name »Regula Winter«. Sie hatte lachen müssen, als sie entschieden hatte, sich anstatt »Sommer« heute »Winter« zu nennen. Sie warf einen letzten kritischen Blick in den Spiegel und atmete tief durch. Das musste genügen. »Selbstsicher musst du wirken«, sagte sie leise und schloss die Schranktür.

Über die Treppe um den Liftschacht gelangte sie in den zweiten Stock. Die Türen der Gästezimmer in den dicken Mauern des alten Gebäudes waren alle mit Kartenlesern gesichert. Der fensterlose Gang hell beleuchtet, mit flauschigem Teppich am Boden, mit Bildern elegant dekoriert. Langsam ging sie an den Wänden entlang und lauschte durch die geschlossenen Zimmertüren. In den meisten Zimmern war es still. Zwischendurch einzelne Stimmen, in einem Zimmer ein Streitgespräch auf Italienisch. Nichts Außergewöhnliches.

Im dritten Stock fiel durch eine offene Zimmertür seitwärts Licht in den Gang und beleuchtete einen parkierten Putzwagen mit sauberer Bettwäsche, Seifen, Shampoofläschchen und anderen Utensilien für die Zimmerreinigung. Der Lärm eines Staubsaugers hinderte Nina daran, durch die Türen etwas zu hören. Als sie durch die offene Zimmertür blicken wollte, erschreckte sie die forsche Stimme eines Mannes hinter ihr.

»Hey, Zimmermädchen. Sie arbeiten doch hier, oder? Organisieren Sie mir ein zusätzliches Badetuch und legen Sie es ins Zimmer 248, während ich frühstücke. Aber jetzt gleich!«

Bevor Nina antworten konnte, drehte er sich um und stampfte mit lauten Schritten zur Treppe. Instinktiv betrat sie das offene Zimmer. Die ältere Frau hörte Nina nicht und bemerkte sie erst einige Augenblicke später. Sie schaltete den Staubsauger aus und blickte Nina fragend an.

Nina schluckte und improvisierte: »Guten Morgen. Ich bin Regula Winter und kontrolliere die Zimmer. Legen Sie dem Gast im 248 bitte noch ein zusätzliches

Badetuch auf sein Bett. Gleich jetzt, er ist beim Frühstück.«

Ihre Kleidung und ihr Auftreten schienen ihre Unsicherheit erfolgreich zu verbergen. Die Frau nickte und verließ das Zimmer. Nina drehte im Gang links ab und verschwand um die Ecke.

Sie arbeitete sich hoch bis in den fünften Stock. Außer einigen Gästen war sie niemandem begegnet. Sie hatte alle freundlich gegrüßt und versucht, so zu wirken, als ob sie tatsächlich auf einem Kontrollgang wäre, um die Qualität des Hotels sicherzustellen.

Im 5. Stock fiel ihr auf, dass einige der Türen mit Fischaugen versehen waren, und die Türen nicht so regelmäßig angeordnet waren wie in den unteren Stockwerken. Es musste sich in diesem letzten Stock um die Suiten des Hotels handeln. Vorsichtig ging sie über den weichen Teppich bis zu einer Doppeltür, hinter der sie gedämpfte Stimmen hörte. Nina stand still und lauschte. Zwei Männer diskutierten immer lauter. Langsam wurde ihr Streitgespräch verständlicher. Sie ging ganz nah an die Tür heran und schloss die Augen, um sich besser zu konzentrieren. Die Stimmen sprachen … Russisch. Im selben Moment öffnete jemand die Tür von innen mit so viel Kraft, dass sie gegen die Zimmerwand schlug. Nina erschrak und erstarrte vor Angst. Ein Mann in einem Trainer stürmte heraus und krachte fast in sie hinein. Er roch nach Zigarettenrauch und Alkohol. Der Mann fluchte etwas Unverständliches auf Russisch, stieß sie grob aus dem Weg und verschwand in Richtung Lift. Von innen wurde die Tür wieder zugeschmettert.

Nina rannte den Gang entlang um die Ecke und setzte sich auf einen Sessel. Sie hielt ihre zitternden Hände vor den Mund. Der Mann im Zimmer musste sie nicht bemerkt haben, sonst hätte er sie angesprochen. Ahnte der Mann im Trainer, dass sie an der Tür gelauscht hatte? War ihm vor Wut nichts aufgefallen? Nina konnte das nur hoffen. Sie dachte zurück an den Besuch des angeblichen Versicherungsvertreters im Hotel, der sie wegen des Gepäcks von Matthews befragt hatte, und an Mikes Warnung, dass sie möglicherweise in Gefahr sei. Ihr schauderte.

Eine Hotelangestellte durfte sich nicht in einem Sessel für Gäste aufhalten. Sie atmete zweimal tief durch und ging zurück zur Treppe. Als sie den dritten Stock erreichte, hatte sie sich genügend beruhigt, um doch noch zu versuchen, etwas mehr über die Gäste in der Suite zu erfahren.

Die offene Zimmertür neben dem parkierten Wagen verriet Nina, dass die Frau mit ihren Reinigungsarbeiten inzwischen zwei Zimmer weiter war.

»Haben Sie das Badetuch ins Zimmer 248 gebracht?«, fragte Nina mit freundlicher Stimme und hoffte damit, ruhiger zu wirken, als sie sich fühlte.

Die Frau, die gerade daran war, die Kissen auf das frisch gemachte Doppelbett zu legen, blickte auf. »Ja, bereits erledigt. Wie Sie angeordnet haben.«

»Danke. Mein Kontrollgang ist fast beendet. Es geht um unsere interne Qualitätskontrolle, nach ISO Standard.«

Die Frau nickte, obwohl sie davon nichts verstanden hatte.

»Nur im fünften Stock muss ich noch einige Details in der belegten Suite überprüfen.«

Nina sah, wie die Frau fast unscheinbar grinste, und pokerte. »Sie wissen ja, wie es dort läuft.«

Die Frau nickte. »Ja, eine Sauerei ist es. So etwas hätten wir uns auf Reisen nie erlaubt. Wenn man genügend Geld hat, darf man das anscheinend heute.«

»Wie meinen Sie?«

»So, wie der Gast uns behandelt, würde man denken, wir seien Leibeigene. Und dann die Sonderwünsche! Unglaublich!«

»Sonderwünsche?«

»Es tut mir leid. Ich sollte vor Ihnen nicht über unsere Gäste schimpfen. Das mache ich sonst nie. Bitte verzeihen Sie!«

Nina rückte etwas näher, setzte ihr wärmstes Lächeln auf und sagte leise: »Das ist schon in Ordnung. Bei solchen Gästen ist Schimpfen gerechtfertigt. Wir müssen uns ja nicht alles bieten lassen, oder? Sprechen Sie nur weiter, es bleibt alles zwischen uns.«

Die Frau war erleichtert, dass Nina ihre Meinung teilte. »Das ist wirklich ein merkwürdiger Gast. Er verlässt die Suite nie und lässt niemanden hinein außer seinen Männern. Ich glaube, es sind seine Bodyguards. Alles so muskulöse, primitive, tätowierte Halbaffen. Wenn man einmal reinigen oder die Betten machen will, wird man grob weggejagt. Der Gast bestellt seine Mahlzeiten immer ins Zimmer. Wenn diese dann nicht innert wenigen Minuten heiß geliefert werden, beschimpft er gleich telefonisch die Rezeption. Fürchterlich! Nimmt mich schon wunder, was der mit seiner Elektronik so tut. Aber janu, er bezahlt ja ein Vermögen für die Suite, so darf er tun, was er will.«

Nina horchte auf. »Was meinen Sie mit Elektronik?«

»Eine Kollegin musste mal Getränke von der Bar ins Zimmer liefern. Aus Versehen fiel dem Bodyguard, der sie in Empfang nahm, das Tablett aus den Händen. Da bückte sich meine Kollegin, um ihm zu helfen, die Gläser vom Boden aufzunehmen, und bemerkte eine Reihe dicker Kabel und so Elektronikgeräte auf den Möbeln.«

»Was waren das denn für Geräte? Wissen Sie das?«

»Nein, keine Ahnung. Vielleicht ein Heimkino-System. Mein Neffe hat eines in seinem Haus. Der liebt es, Filme zu schauen, und geht deshalb nicht mehr gerne auswärts ins Kino. Dass dabei seine Nachbarn vor Lärm nicht schlafen können, kümmert ihn überhaupt nicht.«

»Sie haben recht, da ist schon etwas komisch. Die Suite verfügt nämlich über modernste Unterhaltungselektronik. Können Sie den Gast beschreiben?«

»Nein. Das ist ja auch so etwas. Ihn sieht man nie. Nur seine Bodyguards kriegen ihn zu Gesicht, oder wer diese Männer auch immer sein mögen.«

Die Frau nahm die Kissen wieder in die Hand, schüttelte sie und legte sie zurück auf das Bett.

Nina bedankte sich und verließ das Zimmer. Sie holte im ersten Stock noch ihre Winterkleider aus dem Schrank und eilte dann aus dem Hotel. Beim Verlassen des Gebäudes musterte sie ein Portier mit fragendem Blick, sprach sie aber nicht an. Als sie wieder zurück auf der Bundesgasse war, rannte sie zum Bärenplatz, wo sie sich in ein Restaurant setzte und einen Tee bestellte. Immer wieder blickte sie durch das Fenster auf den Platz vor dem Restaurant. Sie befürchtete, einer der Bodyguards des Gastes in der Suite würde jeden Moment erscheinen, um sie aus dem Restaurant zu zerren.

Sie wartete, bis sie sich halbwegs beruhigt hatte, bevor sie Mike anrief und ihm schilderte, was sie im Hotel erlebt hatte.

»Bist du wahnsinnig geworden?«, ärgerte sich Mike. »Was, wenn dich jemand erkannt hätte? Das Hotel hätte dich wegen Hausfriedensbruch anzeigen können. Die Russen wären weniger zimperlich mit dir umgegangen, wenn sie dich erkannt hätten!«

»Es ist alles gut gegangen, Mike, beruhige dich. Ich hatte dir gestern bereits angekündigt, dass ich heute im Hotel etwas unternehmen würde.«

»Ja, das hast du. Aber jetzt wird mir erst richtig bewusst, in welche Gefahr du dich für mich gebracht hast.«

»War doch nur eine Kleinigkeit, und es ist alles gut gegangen«, entgegnete Nina, um Mike zu beruhigen.

»Das glaubst du ja selbst nicht. Ich höre es in deiner Stimme. Ein Mann bedroht Christian und Daniela in Interlaken. Derselbe Mann gibt sich als Versicherungsvertreter aus und befragt dich wegen Matthews' Gepäck. Matthews schickt mir einen geheimen Tipp, der zu einer Frau führt, die eine lange Geschichte mit einer Familie Jergakow aus St. Petersburg verbindet. Den Amerikanern fällt unübliche Funkaktivität aus dem Hotel auf, in dem du einen sehr speziellen russischen Gast in der Suite entdeckst. Das sind doch keine Zufälle! Das muss alles zusammenhängen. Aber wie? Was sehe ich in dem Ganzen nicht?«

Nina teilte Mikes Frust. »Ich befürchte, dass wir etwas Wichtiges übersehen.«

Beide schwiegen eine Weile und überlegten, dann sagte Mike: »Wo bist du jetzt?«

»Ich sitze in einem Restaurant am Bärenplatz an meinem dritten Tee und blicke hinüber zum Bundeshaus.«

»Vielleicht brauchen wir eine Pause. Einen freien Abend, ohne an das Ganze zu denken. Morgen werden wir dann sicherlich alles klarer sehen. Was meinst du? Kommst du zu mir?«

»Das ist eine prima Idee. Ja, ich komme gerne. Ich bringe etwas mit, dann können wir gemeinsam kochen.«

»Gemeinsam? Ich bin im Zuschauen besser, Nina.«

»Komm schon. Kochen ist doch nicht so schwierig. Du wirst sehen, zu zweit macht das Spaß. Dann schauen wir noch einen guten Film. Was läuft heute Abend?«

»Warte einen Moment … da, ich hab's gleich. Dokumentarfilm, Serie, da, ein Film: ›Jagd auf Roter Oktober‹. Kennst du den Film?«

»Ja, der ist Klasse. Alec Baldwin und natürlich Sean Connery. Super. Das passt zu unseren russischen …« Nina konnte den Satz nicht beenden.

»Nina!«, unterbrach sie Mike. »Ich hab's! Das Leibchen! Mensch, warum dauerte das so lange, bis ich es erkannte!«

»Mike? Ich verstehe kein Wort. Von welchem Leibchen sprichst du?«

»Das Leibchen, das die Leiche auf dem Gletscher trug. Das schmal gestreifte Leibchen. Das tragen russische Marinesoldaten. Sieht man in jedem Film! Waagrecht gestreift, schmale weiße und schwarze oder blaue Streifen. Mann, warum fiel mir das nicht früher auf? Warte einen Moment, ich suche mal im Internet danach.«

»Ich weiß nicht, so Leibchen kann jeder kaufen. Die sind doch nicht wirklich speziell.«

Mike sprach aufgeregt weiter. »Da, ich hab's. So ein Hemd nennt sich auf Russisch ›Telnjaschka‹ und wird von russischen Seeleuten bis heute getragen, und zwar seit der Zarenzeit. Weißt du, was das bedeutet, Nina?«

Bevor Nina antworten konnte, beantwortete Mike seine Frage selbst. »Die Leiche auf dem Gletscher war möglicherweise ein sowjetischer Marinesoldat. Die Russen waren auf dem Gletscher. Stell dir so etwas vor!«

»Das ist etwas weit hergeholt, Mike. Tut mir leid, aber das ist wirklich ein Produkt deiner Fantasie. Auch wenn es so wäre, irgendjemand wüsste davon und hätte darüber berichtet. Es waren doch nur Amerikaner und Schweizer am Absturz und an der Rettung der Passagiere beteiligt. Was würden denn Russen dort oben wollen?«

»Ich weiß es nicht, Nina. Es tönt wirklich nach einer erfundenen Geschichte, aber mein Gefühl täuscht mich nicht. Es tut mir leid, ich muss jemanden anrufen. Bis später.«

Nina ärgerte sich nicht über das abrupte Gesprächsende, sondern schüttelte ungläubig ihren Kopf.

Mike nahm das amerikanische Tablet hervor und stellte die Verbindung zu David in der Botschaft in Moskau her, der sofort antwortete. Aufgeregt schilderte Mike die Erkenntnisse aus dem Hotel und sprach von seiner Vermutung, die Leiche auf dem Gletscher könnte die eines Angehörigen sowjetischer Streitkräfte sein.

»Das ist sehr unwahrscheinlich, Mike!«

»Ja das ist es tatsächlich, ich weiß.«

»Dass in der Suite des Hotels Gäste einquartiert sind, die sich geheimnisvoll verhalten und möglicherweise exotische Elektronikgeräte dabeihaben, passt zu unserer Feststellung über die Funkverbindungen. Da gibt es einen möglichen Zusammenhang. Aber das mit dem Marinesoldaten auf dem Gletscher – da bin ich nicht bei dir. Kannst du deinem Kontakt bei der Polizei melden, was du herausgefunden hast? Es wäre gut, wenn sie sich den Gast in der Suite mal vornehmen würden, besonders seine Funkanlage.«

Mike schüttelte den Kopf. »Ich habe nichts Konkretes, nur Indizien und Verdachte. Auch wenn der Mann eine besondere Funkanlage im Zimmer hat, das ist doch noch nichts Illegales. Was genau soll ich denn den Behörden melden?«

»Ich sehe das Problem, Mike. Lass mich mal überlegen. Ich melde mich später wieder.«

»Danke. Kannst du mir noch einen Gefallen tun, Dave?«

»Klar, was brauchst du?«

»Ihr habt sicherlich gute Kontakte in Moskau. Könnt ihr herausfinden, ob die Rote Armee oder die Geheimdienste 1946 Agenten in die Schweiz schickten, und zwar zum Zeitpunkt des Absturzes der Dakota? Oder ob sie bereits Agenten vor Ort hatten, die einen Sonderauftrag erhielten? Eine Fahrt ins Oberland? Wenn in den Archiven noch irgendwelche Informationen darüber zu finden sind, würde mir das sehr helfen, die Ereignisse in den Bergen zu verstehen.«

»Mit deinem Toten auf dem Gletscher lässt du nicht locker, was? Wir können nicht einfach in den geheimen

Archiven der Roten Armee etwas recherchieren, so ohne Weiteres geht das nicht. Das wird uns einige Gefallen kosten.«

»Hör mal zu: Du und Rick findet immer einen Weg. Ich vertraue darauf.«

»Also gut, Mike. Ich sehe mal, was wir erreichen. Aber ich glaube weiterhin nicht, dass deine Theorie stimmt.«

Kaum hatte Mike das Gespräch beendet, klingelte sein Handy.

»Mike, hier spricht Ruedi Moser, dein Ressortleiter. Kannst du dich an mich erinnern?«, begrüßte ihn Moser sarkastisch. »Als ich dir den Artikel über den Toten auf dem Gletscher in Auftrag gab, hatte ich dir Freiraum versprochen. Seither habe ich auch viel Geduld gezeigt, und du hast das von mir Verlangte geliefert. Aber jetzt ist es wirklich an der Zeit, die Recherchen abzuschließen. Ein Mann ist unter nicht geklärten Umständen gestorben, du hast darüber geschrieben. Jetzt müssen wir die Berichterstattung beenden, denn ich brauche dich für weitere Aufträge. Mehr wird die Geschichte nicht hergeben.«

»Doch, Ruedi. Ich weiß, dass viel mehr dahintersteckt. Gerade heute Morgen habe ich entdeckt, dass es sich bei der Leiche um einen Russen handelt. Ich bin daran, mehr herauszufinden. Bitte, ich brauche Zeit.«

»Einen Russen? Auf dem Gauligletscher? Das glaubst du ja selbst nicht!«

»Bitte vertraue mir, Ruedi. Ich brauche noch etwas Zeit. Wenn es dir lieber ist, kann ich mir auch ein paar Urlaubstage nehmen.«

»Du meinst es wirklich so ernst?«

»Ja, du wirst es nicht bereuen. Glaube mir!«

Moser überlegte lange und sprach dann zögerlich weiter. »Also gut. Einmal noch bekommst du mehr Zeit. Ich hoffe aber schwer, dass du recht hast. Ich kann mir keinen Abenteurer im Team leisten und brauche meine Leute für Wichtigeres.«

Als es an der Haustür klingelte, fragte Mike mit der Gegensprechanlage, wer da war.

»Ich bin es, Nina. Ich muss erst später arbeiten gehen und konnte nicht bis am Abend warten vorbeizukommen, so kam ich vom Bärenplatz direkt zu dir. Einen Snack zum Mittagessen habe ich auch dabei.«

Mike lächelt und drückte auf den Knopf, um die Haustür zu öffnen.

KAPITEL 19

»Hi, Dave, ich bin gerade am Essen.«

Mike drückte die Kopfhörer in seine Ohren, legte das Tablet neben den Teller und kaute weiter. Nina blickte ihn fragend an.

»Sorry, Mike, aber es ist dringend. Der Hinweis auf den verdächtigen Gast in der Suite, der den Funkverkehr verursachen könnte, wurde in Washington zur Kenntnis genommen. Das weitere Vorgehen lautet: die Situation beobachten und melden, wenn sich etwas ändert. Für Rick und mich ist das nicht zufriedenstellend, denn wir trauen deinem und unserem Instinkt. Insbesondere interessiert uns natürlich die Identität des Gastes.«

»Mir geht es genauso. Ich komme nicht weiter, bin aber überzeugt, dass wir auf der richtigen Spur sind.«

»Wir müssen herausfinden, ob er am Mord an Professor Matthews beteiligt ist und ob er die NATO-Konferenz zu stören gedenkt.«

»Das ist ja das Problem, Dave. Wir haben keine Beweise, und ich weiß nicht, wie ich an sie gelangen soll. Wenn ich sie hätte, dann würde auch unsere Polizei sofort einschreiten.«

»Rick und ich haben uns lange überlegt, was wir unternehmen können, trotz der Einschränkungen, die man uns auferlegt.«

Mike richtete sich auf und fragte: »Wenn ihr etwas ausdenkt, kommt es immer gut. Sag schon, was habt ihr im Sinn?«

»Wir haben einen Plan ausgeheckt und ihn mit der Botschaft in Bern bereits abgesprochen. Das brauchte natürlich einiges an Verhandlungsgeschick, er ist nämlich etwas … wie soll ich sagen … unüblich.«

Jetzt legte Mike sein Besteck ab und konzentrierte sich nur noch auf das Gespräch. »Ich denke, wir haben keine andere Möglichkeit. Was planst du?«

»Wahrscheinlich verderbe ich dir damit dein Mittagessen, du musst nämlich sofort los.«

»Los? Wohin denn? Ist doch kein Problem.«

»Im untersten Stock des Bahnhofs, beim Ausgang Richtung Bollwerk, können Reisende ihr Gepäck in Schließfächern aufbewahren. Auf dem letzten Schrank der Schließfächer, zuhinterst im Raum, findest du oben aufgeklebt den Schlüssel zu einem der Fächer. Die Nummer ist auf dem Schlüssel eingraviert. Geh jetzt sofort zum Bahnhof, suche den Schlüssel und rufe mich mit dem Tablet zurück, wenn du das Fach geöffnet hast. Du musst aber gleich los. Unser Team in Bern ist bereit für die nächsten Schritte. Ich kann es nicht lange warten lassen.«

Mike kratzte sich am Kopf. »Team bereit für die nächsten Schritte? Was genau habt ihr mit mir vor?«

»Verliere jetzt bitte keine Zeit. Ich höre von dir, wenn du am Bahnhof bist. Los, mach dich auf den Weg!«

Mike und Nina starrten sich an, bis Nina fragte: »Was war das denn Komisches?«

Mike stand hastig auf und sagte: »Ich muss etwas erledigen. Es tut mir leid wegen des Essens. Bis später.«

Er war bereits an der Haustür und zog seine Winterjacke an, als Nina zu ihm trat und ebenfalls ihre Jacke anzog. »Was auch immer du jetzt tust, ich komme mit.«

»Nein, unter keinen Umständen. Du hast dich im Hotel bereits in Gefahr gebracht. Ich will nicht, dass dir etwas zustößt.«

»Keine Diskussion, Mike. Ich bin jetzt mit im Boot und werde nicht in deiner Wohnung zurückbleiben und auf dich warten. Ich komme mit, und unterwegs erzählst du mir alles.«

Anstatt auf seinen Einwand zu warten, öffnete sie die Tür und ging zur Treppe. Mike realisierte, dass er keine Chance gegen sie hatte. Nina hatte ihm tatsächlich schon mehrmals geholfen, und sie war jetzt mit ihm in den Fall involviert. Er seufzte laut, schüttelte hilflos den Kopf und folgte ihr aus dem Haus.

Mike suchte mit den Händen auf den Schließfächern nach dem Schlüssel, den die Amerikaner versteckt hatten. Seine Hände wurden dabei rußig und schwarz. Der Dreck ekelte ihn an, und er vermied nachzudenken, wie lange es her war, seit jemand dort geputzt hatte. Im hintersten Teil des Raums waren er und Nina zwischen den Schrankreihen alleine, so fiel er bei seiner Suche nicht auf. Er blickte zur Decke und in die Ecken. Keine Überwachungskameras. Er hoffte, in diesem Teil des Raums unbemerkt zu bleiben. Etwa in der Mitte des großen Schranks fand er endlich den mit Klebeband festgemachten Schlüssel. Er riss ihn weg und entfernte das breite Klebeband vom Schlüssel. Die Nummer des Schließfachs war in seinem roten Griff eingestanzt: 072. Er gab ihn Nina, und gemeinsam suchten sie das dazugehörende Schließfach. Es war in derselben Reihe, zuhinterst an der Wand. Nina setzte den Schlüssel ein und drehte daran. Mit einem lauten Klick öffnete es sich. Gespannt blickten sie in das dunkle Fach.

»Was ist denn das?«, fragte Nina und holte aus dem Inneren eine hellbraune kurzärmlige Weste hervor. Sie hielt sie an den beiden Schultern vor Mike hoch.

»Das tragen doch Jäger oder Fischer, oder nicht? In den vielen kleinen Taschen verstauen sie das Zubehör, das sie brauchen«, antwortete Mike.

Nina drehte die Weste um. »Die Taschen auf der Vorderseite sind leer, aber hier am Rücken hat es eine große

Tasche.« Sie versuchte, den Klettverschluss zu öffnen. »Man kann sie nicht öffnen, sie ist zugenäht.«

Beide drückten an der Rückseite der Weste herum.

»Etwas ist aber in der Tasche drin.«

»Es ist eine Box, etwa in der Größe eines großen Handys, aber viel dicker«, stellte Mike fest. »Und schau mal hier, neben der Box hat es eine weitere kleine Tasche.«

Mike öffnete den Klettverschluss der zweiten Tasche und zog daraus ein winziges Headset heraus. Er zuckte mit den Achseln. »Mal sehen, was das soll.« Er drückte es in sein rechtes Ohr und sagte zaghaft: »Hallo? Ist da jemand?«

»Na endlich, Mike. Was machst du so lange? Bist du so weit? Wir warten alle auf dich.« Davids Stimme verriet seine Anspannung.

Nina hörte hinter der gegenüberliegenden Schließfachreihe Schritte, die sich näherten. Sie packte ihn am Arm und zeigte mit einer Kopfbewegung in die Richtung des Geräuschs. Beide waren erleichtert, als ein junges Paar mit drei Kleinkindern und zwei großen Koffern um die Ecke blickte und nach einem freien Schließfach suchte. Mike und Nina entspannten sich und drehten ihnen den Rücken zu, um die Weste zu verstecken. Die Familie verschwand wieder hinter der nächsten Schrankgruppe.

»Wir sind so weit, Dave.«

»Wir?«, fragte David überrascht.

»Lange Geschichte. Was soll denn die Weste?«

»Hör gut zu, Mike. Zieh die Weste unter deinem Hemd so an, dass man sie nicht sieht. Im Rücken ist ein IMSI-Catcher eingebaut, den du möglichst nahe an das

Hotel tragen musst. Am besten gehst du damit gleich ins Innere des Hotels. Unter deinen Kleidern wird ihn niemand bemerken.«

»Was ist da im Rücken eingebaut?«

»Sorry, Mike. Lass mich erklären. Ein IMSI-Catcher ist ein Gerät, das sich als Mobilfunkstation ausgibt, sodass Telefone sich damit verbinden, im Glauben, es handle sich um die Antenne eines Telefonieanbieters. Sobald dies erfolgt ist, können wir die IMSI sämtlicher verbundenen Handys überprüfen. Weißt du noch, was IMSI bedeutet?«

»Ja, das habe ich von euch gelernt, als ihr anhand seines Handys beweisen konntet, dass der Mann in Interlaken derselbe war wie derjenige bei Nina.«

»Genau. Zieh die Weste an und begib dich damit ins Hotel. Wir werden die IMSI sämtlicher Handys, die sich über unseren Catcher verbinden, überprüfen und nach derjenigen des Mannes suchen. Wenn wir die Nummer finden, haben wir den Beweis.«

»Das ist wirklich clever, Dave!«, lobte Mike.

»Es war ursprünglich Ricks Idee. Aber fertig jetzt, geh los! Ich alarmiere unsere Leute in Bern.«

Nina half Mike, die Weste unter seinem Hemd anzuziehen. Im ungeheizten Gepäckraum begann er sofort zu frieren. Als er die Knöpfe seines Hemds über der Weste wieder geschlossen hatte, drehte er sich vor Nina um. »Siehst du etwas von der Weste oder vom Gerät?«

»Nein, niemand wird vermuten, dass du unter der Kleidung noch etwas trägst.«

»Also gib mir meine Jacke, und dann gehen wir los.«

Obwohl er wusste, dass die Weste unter seinem Hemd nicht sichtbar war, wurde Mike ein mulmiges Gefühl nicht los, während er mit Nina auf der Terrasse im Wintergarten saß und mit ihr ein Coupe Dänemark und ein Stück Kuchen teilte. Durch das Headset hörte er Davids Stimme.

»Vergiss nicht, dass wir alles mithören, Mike. Also nicht zu heftig flirten!« David lachte.

»Hör auf, Dave. Sucht lieber nach der richtigen IMSI.«

»Was hat er gesagt?«, fragte Nina.

»Nichts Wichtiges. Dave versucht nur, vom Thema abzuschweifen.« Er lächelte sie an und stopfte sich einen Löffel Eis mit Schokoladensauce in den Mund.

Nach einer halben Stunde wurde Nina langsam ungeduldig. »Immer noch nichts?«, fragte sie.

David antwortete gleich. »Ich habe die Frage gehört. Du kannst ihr sagen, dass es noch lange dauern kann. Es kann auch sein, dass der Mann nichts mit dem Gast in der Suite zu tun hat. Falsche Fährte, anderer Mann, ausgeschaltetes Handy. Oder er ist heute den ganzen Tag weg. Ihr braucht viel Geduld.«

»Er sagt, es könne dauern. Komm, wir bestellen noch zwei Tassen Kaffee, sonst fallen wir auf«, sagte Mike zu Nina.

Noch bevor der Kaffee serviert wurde, meldete sich David aufgeregt bei Mike.

»Bingo! Wir haben ihn. Ein Handy mit der richtigen IMSI auf der SIM-Karte hat sich soeben über unseren Catcher im Netz angemeldet. Es ist dieselbe Nummer wie die im Spital Interlaken und bei Nina im Hotel. Garantiert. Gut gemacht, ihr zwei. Fast wie Profis. So, und jetzt warten wir mal ab.«

Mike freute sich über ihren Erfolg. »Das ist super, Dave. Der Mann muss in der Suite sein. Es wäre ein unglaublicher Zufall, wenn er sonst hier im Hotel wäre.«

»Das ist so, Mike. Warte kurz ... da bin ich wieder. Ich habe soeben Details zur IMSI-Nummer erhalten. Sie ist eine Schweizer Mobilnummer, und den Namen des Anbieters habe ich auch schon. Gut möglich, dass es sich dabei um eine Prepaidkarte handelt. Der Mann hat sie jedenfalls nicht aus Russland mitgebracht, so viel steht inzwischen fest.«

»Warum hat der Mann ein Handy mit einer Schweizer SIM-Karte und einer Schweizer Nummer?«

»Keine Ahnung. Aber das ist für uns ein Glücksfall.«

Mike blickte um sich und wandte sich an Nina. »Hier im Wintergarten ist der Mann nicht. Er ist entweder in der Suite oder er hält sich vorübergehend im öffentlichen Bereich des Hotels auf. Kannst du durch das Restaurant gehen und in der Eingangshalle, Rezeption und Bar nach ihm suchen? Sei dabei äußerst vorsichtig. Er darf dich unter keinen Umständen sehen. Er würde dich sofort wiedererkennen.«

Nina nickte ernst und verließ ihn. Ungeduldig klopfte er mit den Fingern auf den Tisch und blickte immer wieder auf seine Uhr.

Als sie endlich zurückkehrte, war er sichtlich erleichtert.

Sie schüttelte den Kopf. »Ich habe ihn nirgends gesehen.«

»Dann muss er sich in der Suite aufhalten. Alles andere ist unwahrscheinlich«, freute sich David.

»Dieser Meinung bin ich auch. Ich werde sofort Kunz und Herrenstein kontaktieren. Dieser Beweis muss genügen, um sie aktiv werden zu lassen. Jetzt müssen sie uns helfen.«

»Zuerst gibst du uns die Weste zurück, Mike. Lege sie zurück in das Schließfach im Bahnhof und wirf den Schlüssel weg.«

»Wie wollt ihr das Schließfach ohne Schlüssel leeren?«

»Wir benutzen die Schließfächer öfters als tote Briefkästen und haben eine ganze Reihe Schlüssel kopiert. Heute Abend wird das Schließfach von unseren Leuten geleert und sämtliche Fingerabdrücke entfernt.«

Mike schüttelte erstaunt den Kopf und murmelte: »Es ist kaum zu glauben, was in dieser Stadt so abläuft.«

Da Nina arbeiten musste, übernahm sie die Rückgabe der Weste mit dem IMSI-Catcher auf dem Weg zur Arbeit, während Mike Kunz kontaktierte. Herrenstein rief ihn innert Minuten zurück und vereinbarte, ihn vor dem Polizeigebäude am Waisenhausplatz zu treffen. Wenige Minuten später saßen sie mit Kunz zu dritt in seinem kleinen Büro.

»Also los, Honegger. Was haben Sie herausgefunden, das wichtig genug ist, um uns zwei hierher zu kriegen?«, fragte Herrenstein und blickte provokativ auf seine Uhr.

»Ich weiß, dass es zwischen dem Mord an Professor Matthews und der Leiche auf dem Gauligletscher einen Zusammenhang gibt, dass es sich bei der Leiche vermutlich um einen Angehörigen der Roten Armee handelt und dass eine Gruppe Männer an beiden Fällen genügend interessiert ist, um hier in Bern aktiv zu sein. Einer von der Gruppe, wahrscheinlich ihr Anführer, residiert in der großen Suite des Hotels, keinen Kilometer von diesem Büro entfernt. Zusätzlich habe ich die Handynummer eines seiner Schergen.«

Herrenstein verlor kurz seine Überheblichkeit und blickte Mike erstaunt an. »Sie haben all das herausgefunden? Als Journalist?«

Kunz schmunzelte und bemerkte: »Ich habe bereits mehrmals gesagt, dass Herr Honegger mehr als *nur* Journalist ist. Sein letzter Fall war sehr spektakulär.«

Herrenstein ignorierte Kunz und fragte weiter. »Wie gelangten Sie denn an diese Informationen?«

Mike fasste zusammen, was in den letzten Tagen geschehen war. Als er über den Einsatz des amerikanischen IMSI-Catchers berichtete, sprang Herrenstein auf.

»Das ist ja unerhört! Wissen Sie, gegen wie viele Gesetze Sie heute Nachmittag verstoßen haben?« Er ging schnaubend zum Fenster und sprach aufgeregt weiter. »Ich sollte Sie an Ort und Stelle verhaften. Ja, das sollte ich eigentlich.«

Kunz verdrehte die Augen.

Mike gab sich Mühe, absolute Ruhe zu bewahren. »Herr Herrenstein, ich versuche, bei der Aufklärung von zwei Morden zu helfen. Einer davon betrifft einen guten Bekannten von mir. Dazu versuche ich herauszufinden, was Gäste aus Russland hier tun, kurz vor einer prestigeträchtigen NATO-Konferenz. Wollen Sie meine Informationen oder wollen Sie mich verhaften?«

Lange antwortete Herrenstein nicht, dann drehte er sich am Fenster um und setzte sich auf den Heizkörper davor.

»Also gut, Honegger. Ich gebe zu, dass wir für Ihre Hilfe dankbar sind. Sie haben sich Informationen beschafft, an die wir nicht hätten gelangen können. Wenigstens nicht so schnell und so unkompliziert. Die Leiche auf dem Gletscher ist nicht mein Problem, die interessiert mich nicht. Im Fall Matthews jedoch ist es anders. Wir sind weiterhin unter Druck, ihn zu lösen, denn London drängt auf einen Bericht. Was wollen Sie von mir?«

»Suchen Sie die Leute in der Suite des Hotels auf. Finden Sie heraus, wer das ist, halten Sie sie fest, bis sie ihre Unschuld beweisen können. Ich weiß nicht, was sie vorhaben, aber jetzt ist der Zeitpunkt, sie davon abzuhalten. Wenn Sie nichts gegen sie unternehmen, werden wir es alle bereuen.«

»Wieso wissen Sie das? Was genau werden wir damit verhindern?«

»Das kann ich Ihnen noch nicht sagen. Ich vermute aber, dass etwas läuft, das uns noch viel Ärger einbringen wird.«

Herrenstein setzte sich wieder an den Tisch und wirkte nun ruhiger. »Gut. Ich werde das intern vortragen. Bei uns sowie bei den anderen involvierten Behörden. Ich kann mir vorstellen, dass das Verteidigungsdepartement und das Außendepartement auch noch ein Wort mitreden wollen. Es handelt sich ja um die Sicherheit der NATO-Konferenz und der ausländischen Gäste. Ich werde mich einsetzen, dass wir die Leute im Hotel befragen. Ich melde mich bei Ihnen so schnell als möglich.«

KAPITEL 20

Unterwegs in seine Wohnung schrieb Mike Nina in einer SMS, wie sehr er sich auf den Abend und auf ein erstes gemeinsames Kochen mit ihr freute. Erneut warnte er sie jedoch vor seinen nicht vorhandenen Kochkünsten.

Noch bevor er in seiner Wohnung seine Überkleider ausgezogen hatte, klingelte das Handy. Mike erkannte Herrensteins Nummer.

»Honegger, ich muss zugeben, dass Ihre Erkenntnisse und Ihre Informationen über die Männer, die im Hotel residieren, wertvoller und hilfreicher sind, als ich zuerst angenommen hatte. Trotzdem konnten wir bisher nichts gegen die Männer unternehmen. Wir können doch nicht einfach Hotelgäste verhaften, weil ein Journalist illegal an Informationen zu einem Handy gelangt ist! Eines, das vielleicht jemandem gehört, der möglicherweise an etwas beteiligt ist. Da sind uns zum Glück die Hände von Gesetzes wegen gebunden. Stellen Sie sich vor, wohin das sonst führen würde! Verstehen Sie mich aber nicht falsch, ich arbeite weiterhin intensiv daran, offiziell gegen die Männer vorgehen zu können. Selbstverständlich werden wir sie beobachten, ganz diskret natürlich. Ich denke, dass es nur eine Frage der Zeit ist, bis wir weitere Schritte unternehmen können. Wie bereits gesagt, Ihre Informationen erleichtern mir das Vorgehen.«

Mike musste sich beherrschen, um Herrenstein vor Enttäuschung nicht persönlich anzugreifen. »Ich kann es kaum glauben! Was braucht es denn noch, dass Sie eingreifen? Merken Sie nicht, wie uns die Zeit davonläuft? Wie sieht es mit dem Nachrichtendienst aus? Warum tun die nichts? Für die sollte es doch einfacher sein, anhand der verfügbaren Informationen etwas zu unternehmen!«

»Ich teile Ihren Ärger, Herr Honegger, und verstehe Ihren Frust sehr wohl. Wie schon gesagt, wir werden dafür sorgen, dass diese Männer näher überprüft werden, und wir werden sie überwachen. Sie müssen bis dann leider noch etwas Geduld aufbringen. Wenn an den Herren etwas ist, werden wir es herausfinden, wie immer.«

»Und wie lange soll es dauern, bis etwas geht?«

»Wir haben bereits begonnen, ein Konzept auszuarbeiten. Ich musste mich dazu bei meinem Vorgesetzten weit aus dem Fenster lehnen, denn wir haben zu diesem Fall lediglich Ihre Aussagen. Offiziell und juristisch verwendbar wissen wir ja eigentlich noch nichts. Aber trotzdem beginnen sich die Räder zu drehen. Sie werden schon bald erste Ergebnisse erhalten. Haben Sie bitte noch etwas Geduld. Ich arbeite wirklich daran, etwas zu bewegen.«

Nichts Offizielles und juristisch Verwendbares! Und was war mit der Angst, die Christian und Daniela im Spital gespürt hatten, als Christian angegriffen wurde? Mike hätte Herrenstein gerne davon erzählt und gefragt, ab wann etwas als offiziell und juristisch verwendbar galt, hielt aber sein Versprechen, nicht darüber zu reden.

Frustriert holte er eine Flasche Eistee aus dem Kühlschrank und legte sich auf die Couch. Wenn die Russen nicht weitere Aktionen in der Schweiz planten, wären sie nach dem Mord an Matthews nicht in Bern geblieben, sondern wären sicherlich schon längst abgereist. Mike spürte, dass sie etwas planten, hatte aber keine Ahnung, was das sein konnte. Zu seinem großen Ärger, musste er sich eingestehen. Planten sie tatsächlich, gegen die NATO-Konferenz vorzugehen, wie die Amerikaner befürchteten? War nach Professor Matthews jemand anderer ihr Ziel? Was hatten sie vor? War Mike womöglich auf der falschen Fährte? Mike schüttelte verärgert den Kopf. Nein. Was auch immer sie planten, er nahm sich vor, es zu verhindern. Um jeden Preis. Nach dem Mord an Professor Matthews erst recht. Er würde nicht passiv bleiben und zuschauen, sondern die Initiative ergreifen. Die Schweizer Behörden konnten nicht gegen sie vorgehen, das war ärgerlich, aber verständlich. Für die Amerikaner waren sie noch nicht gefährlich genug, um etwas zu unternehmen. Auch das war zu akzeptieren. Er musste selbst einen Weg finden. Als Erstes galt es, mehr über die Männer zu erfahren, ihre Identität herauszufinden. Mindestens die des geheimnisvollen Anführers, der sich nie blicken ließ, dachte Mike. Entschlossen ging er an seinen PC und kontaktierte spider, der sich nach wenigen Minuten in einem Chatfenster meldete.

»Wieder hinter Steganografie her, Mike?«

»Nein. Ein reicher Mann und seine Bodyguards verschanzen sich in der Suite eines Hotels in Bern. Sie sind an Matthews' Mord beteiligt. Muss herausfinden, wer sie sind, und Beweise sammeln, um die Justiz gegen sie anzusetzen.«

»Was weißt du über sie?«, wollte spider wissen.

»Die haben irgendwelche elektronischen Geräte installiert. Sie verfügen über Funkgeräte militärischer Bauart. Und PCs oder Tablets haben sie sicherlich auch dabei.«

»Was soll ich tun?«

»Kannst du in ihre IT eindringen? Vielleicht findest du etwas für mich.«

Spider antwortete einen Moment lang nicht, dann musste er Mike enttäuschen. »Nicht so einfach, Mike. Funk kann ich nicht aufklären. Ohne Details zu Internetanbindung, PCs oder Tablets habe ich kein angreifbares Ziel.«

»Es muss doch einen Weg geben, mehr über die Leute zu erfahren! Bitte!«

»Kann jemand in ihr Zimmer eindringen? Infos zu Infrastruktur sammeln? Trojaner oder Keylogger installieren?«

Mike war nicht sicher, was ein Keylogger genau machte, wollte aber nicht vom Thema abschweifen. »Geht nicht. Gast verlässt Suite nicht. Lässt niemanden hinein.«

»:-(Wer hält sich dort auf? Was geht dort vor?«

»Fragen, auf die ich Antworten suche.«

»Schwierige Aufgabe. Gefällt mir. :-) Muss überlegen. Melde mich, wenn mir was einfällt.«

Kaum hatte spider die Chatverbindung beendet, kündigte Mikes Tablet einen eingehenden Anruf von David an. Mike nahm ihn an und blickte auf das Bild von David und Rick, die beide zufrieden in die Kamera grinsten.

David zeigte auf die Papiere in Ricks Hand und sagte: »Ich habe eine große Überraschung für dich, Mike.«

»Die kann ich gut gebrauchen. Ich bin über den fehlenden Fortschritt hier recht frustriert. Was habt ihr denn?«

»Wir haben vor einer Stunde Dokumente aus dem Geheimarchiv der Tscheka hier in Moskau erhalten, der Vorgängerin des KGB. Es handelt sich um den Bericht eines Einsatzes in Moskau im November 1946, der dich sehr interessieren wird. Rate mal, welcher Name darin erscheint?«

»Keine Ahnung. Spanne mich nicht auf die Folter, Dave. Nicht heute.«

»Hans von Webern.«

»Was sagst du?«

»Ja, du hast richtig gehört.«

»Hans von Webern? In einem Bericht der Tscheka in Moskau?«

»Unsere Sprachprofis arbeiten mit Hochdruck daran, ihn zu übersetzen. Wir erhalten laufend fertiggestellte Teile.« Er zeigte dabei erneut auf die Papiere, die Rick in der Hand hielt. »Ich werde sie scannen lassen und sie dir auf dein Tablet kopieren, sobald sie fertig übersetzt sind. Nach dem, was ich bisher gelesen habe, war von Webern 1946 mit einer Schweizer Delegation in Moskau, um mit der sowjetischen Regierung über etwas zu verhandeln. Wir wissen noch nicht, worum es dabei ging. Die Schweizer Delegation wurde vom Geheimdienst streng überwacht, und ihre Zimmer wurden abgehört. Wie immer. Ein Tscheka-Agent namens … warte, lass mich den Namen noch einmal suchen … da, namens Kiril Jergakow folgte dem Schweizer Offizier während seines Aufenthalts in Moskau auf Schritt und Tritt.«

Mike stand auf und unterbrach David aufgeregt. »Wie heißt er? Kiril Jergakow?«

»Ja, sagt dir der Name etwas?«

»Sehr wohl. Die Familie Jergakow ist mit der Familie von Webern eng verbunden. Ich habe mit einer Nachfahrin des von Webern gesprochen. Einen Kiril Jergakow hat sie aber nicht erwähnt. Wer ist denn das? Und wie kommt es, dass ausgerechnet er Hans von Webern in Moskau beschattete?«

»Das wissen wir nicht, Mike. Im Bericht steht, dass die Tscheka von Webern verdächtigte, einen Schatz oder Juwelen aus der Sowjetunion stehlen und in den Westen bringen zu wollen. Er wurde auch verdächtigt, während eines Ausflugs nach Leningrad einen Brückenpfeiler sabotiert zu haben. Kiril Jergakow gab zu Protokoll, von Webern hätte die Brücke in die Luft sprengen wollen, beweisen konnte er es jedoch nicht.«

»Halt, warte kurz, Dave! Jergakow und Schatz oder Juwelen? Hatte der Vater Jergakow vor seinem Tod den Schmuck und die Juwelen der Familie retten und irgendwo verstecken können, wie sein Gedicht andeutet? Gab es einen Jergakow-Schatz?«

»Ich weiß nicht, Mike. Hier steht lediglich, dass die Tscheka darauf die Überwachung intensivierte und damit rechnete, bald über Beweise für subversive Tätigkeiten von Weberns zu verfügen. Der Bericht ist ziemlich unklar. Unsere Analysten haben aber auch erst Teile davon ausgewertet. Als von Webern merkte, dass der sowjetische Geheimdienst hinter ihm her war, scheint er schnellstens abgereist zu sein. Gemäß dem Bericht reiste er … warte kurz, das steht da irgendwo … ja hier, mit dem Zug von Moskau nach Wien. Außerhalb Wiens konnte er dank seiner Kontakte zu den Amerikanern noch einen Sitz in einer Militärmaschine für einen Flug über Deutschland nach Frankreich und Italien ergattern. Er scheint den Sowjets in letzter Minute davongeflogen zu sein.«

»Außerhalb Wiens, über Frankreich nach Italien …«, flüsterte Mike. Dann lächelte er in die Kamera des Tablets und wurde lauter. »Die Dakota! Von Webern war auf der Dakota, die auf dem Gauligletscher abgestürzt ist! Das muss es sein! Stellt euch das mal vor!«

Rick schüttelte den Kopf. »Ich kenne die Geschichte der Dakota, Mike. Das ist unmöglich, es waren keine Schweizer an Bord!«

»Aber es muss so gewesen sein. Es muss stimmen! Vieles beginnt jetzt, Sinn zu machen.«

David las ein Papier, das ihm jemand soeben überreicht hatte, und setzte dann fort. »Ich habe die Übersetzung des letzten Teils im Entwurf vor mir. Jergakow schreibt, der Schweizer sei entkommen, ohne dass die Tscheka genügend Beweise hatte, um ihn festzuhalten. Sie konnten es sich nicht leisten, einen ausländischen offiziellen Gast ohne Beweise in Gewahrsam zu nehmen, wie sie das mit den eigenen Bürgern taten. Bevor sie es realisierten, war er bereits abgereist. Im Klartext: Er ist ihnen entwischt.«

»Steht im Bericht etwas über einen Agenten oder Soldaten, der in der Schweiz auf dem Gletscher im Einsatz war?«, wollte Mike aufgeregt wissen.

»Nein, darüber wird im Text, den wir bisher übersetzt haben, nichts erwähnt.«

»Es muss aber einer da gewesen sein. Jetzt bin ich mir nämlich ganz sicher: Es war ein sowjetischer Marinesoldat, der auf dem Gletscher ums Leben gekommen ist! Von Webern saß tatsächlich im Flugzeug, und der Soldat musste nach dem Absturz nach ihm gesucht haben. Genauer gesagt nach dem Schatz, den er nach den Vermutungen der Tscheka dabeihatte. Florian Lüthi hatte mit seiner Geschichte doch recht!« Mike machte eine Pause, trank einen Schluck Eistee und runzelte seine Stirn. »Das wirft aber weitere Fragen auf. Wir wissen immer noch nicht, warum er erschossen wurde. Und vor allem nicht, von wem.«

»Falls deine Theorie stimmt, wirft das tatsächlich viele Fragen auf. Wir melden uns, falls wir an weitere Dokumente aus der Zeit gelangen, die uns hoffentlich weiterhelfen.«

Nach dem Gespräch mit David rief Mike gleich Agnes von Webern an.

»Irina? Hier spricht Mike Honegger. Ich muss dringend Frau von Webern sprechen.«

»Es tut mir leid, Herr Honegger. Frau von Webern führt nicht gerne Gespräche am Telefon. Sie zieht persönliche Gespräche im Haus vor, natürlich nach Terminvereinbarung.«

Mike schüttelte verzweifelt den Kopf. »Es ist wichtig, Irina. Es geht um die Vergangenheit der Familie. Würden Sie Frau von Webern bitte fragen, ob sie ans Telefon käme?«

Irina zögerte einen Moment. Sie wollte von Frau von Webern nicht getadelt werden, wenn sie sie fragte, willigte zum Schluss jedoch ein. Einige Minuten später hörte Mike die kratzige Stimme von Agnes von Webern am Telefon.

»Das ist ein wenig irrégulière, Monsieur Honegger. Ich spreche nicht gerne am Telefon. Alte Schule, wissen Sie? Ich bevorzuge den persönlichen Kontakt. Mais je fais une exception pour vous.«

»Besten Dank, ich schätze das. Es geht um Ihren Vater Hans und seine Reise nach Moskau 1946. Ich habe herausgefunden, dass er mit einer Schweizer Delegation unterwegs war, die mit der sowjetischen Regierung irgendwelche Verhandlungen führte. Wissen Sie vielleicht Genaueres darüber?«

»Nein. Ich habe Ihnen bereits erzählt, dass das Militärdepartement damals besonders geheimnisvoll arbeitete. Es war nach dem Krieg, und da waren wir es gewohnt, nichts zu erfahren und keine Fragen zu stellen. Feind hört mit und so, wissen Sie?«

»Kann es sein, dass die Schweiz und die Sowjetunion damals über die Wiederaufnahme ihrer Beziehungen verhandelten?«

»Moment, lassen Sie mich mal überlegen, es ist ja schon so lange her. Nein, die Beziehungen wurden irgendwann anfangs Frühling 1946 wiederhergestellt. Ich kann mich noch gut daran erinnern, denn mein Vater organisierte bei uns zu Hause ein Fest, um dieses Ereignis zu feiern. Trotz der Kälte im großen Garten am See, unter den Pappeln, die Sie gesehen haben. Wir haben alle angestoßen und gehofft, die neuen Beziehungen würden uns ermöglichen herauszufinden, was aus Vater Jergakow geworden war. Das war natürlich nicht der Fall. Die Kommunisten weigerten sich standhaft, irgendwelche Informationen darüber preiszugeben. Beziehungen hin oder her.«

»Sagt Ihnen der Name Kiril Jergakow etwas?«

Agnes von Webern zögerte einen Moment und antwortete dann mit verärgerter Stimme: »Nein, den Namen habe ich noch nie gehört. Jamais!«

Mike war sich sofort sicher, dass sie den Namen sehr wohl kannte. »Sind Sie sicher, Frau von Webern? Es ist wichtig.«

»Wie gesagt, den Namen kenne ich nicht«, bestätigte sie entschieden.

Mike glaubte ihr nicht, ließ aber trotzdem vom Thema ab. »Können Sie sich an den Absturz einer Dakota auf dem Gauligletscher im November 1946 und an die darauffolgende Rettung der Passagiere erinnern?«

Frau von Webern dachte einen Moment nach. »Nein, das sagt mir nichts. Damals hatten wir ja auch keine Tagesschau wie heute. 1946 war für uns ein besonders schweres Jahr, nicht nur wegen des Todes meines Vaters.«

»Was geschah denn sonst noch, wenn ich fragen darf?«

»Mein Onkel starb kurz nach meinem Vater. Stellen Sie sich das vor. Zwei Todesfälle in der Familie innert 30 Tagen.«

»Erzählen Sie mir bitte von Ihrem Onkel, Frau von Webern.«

Sie seufzte und sagte: »Also gut, wenn es sein muss. Aber es ist heute noch schmerzhaft, darüber zu berichten. Wie Sie bereits wissen, war meine Mutter Hanna eine geborene Lobsiger. Ihr Bruder Karl arbeitete für die Stadtverwaltung in Bern. Als Architekt war er an vielen Bauvorhaben der Stadt beteiligt und leitete zu jener Zeit viele wichtige Projekte. Alles Mögliche hat er gebaut, Plätze, Brunnen und anderes mehr. Wie ich Ihnen bereits erzählte, haben unsere beiden Familien, die von Weberns und die Lobsigers, die Geschichte Berns über Jahrhunderte mitgestaltet. Dann für Karl die traurige Gewissheit: Mit 45 Jahren bricht unheilbarer Krebs aus. Kaum war der Krieg zu Ende, reiste er voller Hoffnung zu einem führenden Krebsspezialisten nach München. Monatelang versuchte dieser alles Mögliche, um die Krankheit zu besiegen. Neueste Therapien und Medikamente. Vergebens. Als Karl realisierte, dass er den Kampf verlieren würde, kehrte er im November 1946 zurück in die Schweiz, wo er bald danach starb. Und das Ganze so kurz nach dem Tod meines Vaters im Ausland. Schlimm. Wirklich schlimm.«

Mike schwieg aus Respekt, bis Frau von Webern weitersprach. »Erinnerungen, die heute noch schmerzen, aber mit denen man mit der Zeit zu leben lernt. Aber was soll denn der Flugzeugabsturz mit meinem Vater zu tun haben?«

»Ich habe Gründe zu vermuten, dass Ihr Vater auf der Rückreise aus der Sowjetunion in einem amerikanischen Flugzeug in den Schweizer Alpen abgestürzt ist.«

»Attendez, Monsieur! Was behaupten Sie?«

Mike wiederholte seine Behauptung.

Frau von Webern schwieg mehrere Minuten, bevor sie weitersprach. »Glauben Sie wirklich, mein Vater sei beim Absturz in den Alpen ums Leben gekommen? Bei uns in der Schweiz? Warum wurden wir nicht informiert? C'est horrible, ça. Vraiment.«

»Ich weiß es noch nicht. Wie Sie sagten, Geheimhaltung hatte damals einen besonderen Stellenwert.«

»Ja, so war es nach dem Krieg.«

»Eine Frage würde ich Ihnen gerne noch stellen. Gab es einen Schatz der Familie Jergakow, von dem Sie mir bisher noch nichts erzählt haben?«

Wieder zögerte Frau von Webern einen Moment zu lange mit ihrer Antwort. »Äääh … also … es gab da so Gerüchte, dass Vater Jergakow den Schmuck seiner Frau und Juwelen, die er über Jahre gekauft hatte, retten wollte. Es soll sich um eine äußerst kostbare Sammlung gehandelt haben. Wir haben dem aber … äääh … nicht so viel Beachtung geschenkt. Sie wissen ja, wie oft in so Fällen Gerüchte die Runde machen. Vielleicht handelt es sich lediglich um eine Legende.«

»Kann es sein, dass Ihr Vater seine Reise in die Sowjetunion nutzte, um nach dem Schmuck zu suchen, und versuchte, ihn aus dem Land zu schmuggeln?«

Frau von Webern kreischte ins Telefon: »Bezeichnen Sie meinen Vater als Schmuggler? Als Dieb? Monsieur Honegger! Was erlauben Sie sich? Mein Vater war ein ehrenhafter Mann, der im Dienst seines Landes gestorben ist. C'est clair?«

»Es tut mir leid, Frau von Webern. Ich wollte Ihren Vater nicht beleidigen. Ich versuche herauszufinden, was vor vielen Jahren geschehen ist.«

Mike wurde das Gefühl nicht los, dass Frau von Webern in ihren Gesprächen nicht immer ganz ehrlich gewesen war und ihm einiges vorenthielt.

KAPITEL 21

Mike freute sich, als Nina an der Tür klingelte und, mit einer Tasche Lebensmittel in der Hand, früher als erwartet nach der Arbeit bei ihm auftauchte. Während sie sich gemeinsam daranmachten, einen großen gemischten Salat mit Tomaten, Avocado, Mozzarella und Schinken zuzubereiten, erzählte ihr Mike, was er inzwischen herausgefunden hatte.

»Von Webern ist also 1946 in offizieller Mission in die Sowjetunion gereist und muss den Aufenthalt für seine eigenen Zwecke genutzt haben, da er das Rätsel im Gedicht bereits gelöst hatte. Gemäß dem Bericht der Tscheka, suchte er nach dem Schmuck, den Vater Jergakow während der Revolution nicht hatte aus dem Land schmuggeln können. Die Tscheka war ihm dicht auf den Fersen. Er konnte dann nach Wien fliehen und stieg in die Dakota, mit der er abgestürzt ist«, fasste Mike seine Erkenntnisse zusammen.

»Warum erscheint er nicht auf der Liste der Passagiere? Warum hat niemand von einem weiteren Passagier an Bord berichtet?«, wollte Nina wissen.

»Die Tatsache muss verheimlicht worden sein. Vielleicht, um ihn vor der Tscheka zu schützen. Ich kann es mir nur so erklären.«

»Was ist aus Hans von Webern geworden? Wurde er beim Absturz verletzt? Überlebte er ihn nicht im Unterschied zu den restlichen Passagieren? Haben sie ihn vielleicht im Eis begraben?«

»Nein, ich denke, dass alle Passagiere überlebt haben. Er muss nach dem Absturz noch gelebt haben. Es kann aber sein, dass …« Mikes Augen strahlten. »Warte, ich habe eine Idee.«

Er holte die Literatur zum Flugzeugabsturz und breitete sie auf dem Küchentisch aus. Er suchte nach der richtigen Seite in einem der Bücher und zeigte mit dem Finger auf die Stelle.

»Da, schau mal. Das Flugzeug ist am 19. November 1946 abgestürzt. Am nächsten Tag verließen zwei der Passagiere, Harvey und Matthews, das Wrack, um nach einer vermuteten Siedlung in der Nähe zu suchen.«

»Matthews?«

»Ja, der hat aber nichts mit dem Professor zu tun. Der Name ist reiner Zufall. Die beiden versuchten das Unmögliche: ohne Gebirgsausrüstung vom Gletscher zu klettern, um Hilfe zu holen, denn sie glaubten, Lichter gesehen zu haben. Alles, was sie dabeihatten, waren aus Fallschirmen selbst gebastelte Seile. Stell dir das mal vor. Tiefer Winter, überall nur Eis und Schnee und Kälte, und die beiden sind ohne Gebirgsausrüstung auf einem Gletscher unterwegs. Da steht, dass einer von ihnen in eine Gletscherspalte fiel und sie darauf ihr Vorhaben aufgaben. Sie kehrten enttäuscht zum Wrack zurück. Dort kamen sie völlig erschöpft und unterkühlt an, und ihr Misserfolg muss die Stimmung der Passagiere sehr gedrückt haben. Du kannst dir ja vorstellen …«

Nina unterbrach ihn aufgeregt. »Warte mal. Was, wenn nicht nur Harvey und Matthews versuchten, Hilfe zu holen, sondern wenn von Webern dabei war. Vielleicht ist er in die Gletscherspalte geraten und konnte sich nicht mehr retten. Das hätte das Umkehren der anderen zwei Männer erzwungen.«

Mike führte Ninas Theorie weiter. »Nehmen wir an, am zweiten Tag, früh am Morgen nach einer äußerst kalten Nacht, planen die verängstigten und verzweifelten Passagiere die Rettungsaktion. Harvey und Matthews melden sich freiwillig, daran teilzunehmen. Von Webern hat den Schmuck der Jergakows bei sich. Er ist als Schweizer Offizier mit Winterbedingungen vertraut. Wenn er sich nicht freiwillig gemeldet hat, so haben ihn die Passagiere sicherlich gebeten, mitzugehen.«

Nina nickte. »Ja genau, das denke ich auch. So starten sie also zu dritt. Von Webern wird vom Willen getrieben, zu überleben und den Schmuck der Familie Jergakow zu retten. Er weiß, dass der Schatz der Familie für immer verloren ist, wenn das Flugzeug nicht gefunden wird. Sie stapfen durch den tiefen Schnee und erfrieren fast. Einige Stunden später verschwindet er in einer Gletscherspalte, und seine zwei Kollegen realisieren, dass sie es nie schaffen werden, vom Gletscher abzusteigen. Sie kehren um. Ich frage aber erneut: Warum haben die Passagiere von Webern nie erwähnt?«

Mike dachte darüber nach und antwortete: »Ich kann nur spekulieren. Als er an Bord kam, kannten ihn die Amerikaner nicht. Wenn er für die Schweiz in einer geheimen Mission in Moskau unterwegs war und vor der Tscheka fliehen musste, wird er sichergestellt haben, anonym zu bleiben. Alle Passagiere sind Angehörige der US-Streitkräfte oder deren Familienangehörige. Sie sind gewohnt, keine Fragen zu stellen und Geheimhaltung zu wahren.«

»Ja, kann sein. Es ist also nicht Matthews, der in eine Gletscherspalte fällt und wieder herausgeklettert, sondern von Webern verliert in der Spalte sein Leben. Das zwingt die beiden, umzukehren und keine weiteren Rettungsversuche zu unternehmen.«

»So kann es gewesen sein. Was ist aber aus dem Schatz geworden? Er hat ihn sicherlich auf sich getragen, als er verunfallte.«

Nach einer nachdenklichen Pause sprach Mike weiter. »Ich weiß, was geschehen sein könnte. Als das Flugzeug gefunden wurde, muss die Tscheka die sowjetische Botschaft in Bern benachrichtigt haben, dass von Webern mit dem Schatz abgehauen war und sich an Bord des Fliegers befand. Entweder die Tscheka oder die Botschaft hat dann einen Agenten auf den Gletscher befohlen, um den Schatz zu bergen.«

Nina strahlte. »Du kannst recht haben. Der Agent weiß nicht, worauf er sich einlässt, und wird von den menschenfeindlichen Wetterbedingungen auf dem Gletscher überfordert. Er ist nicht ausgerüstet für seine Mission. Woher auch. Die sowjetische Botschaft in Bern verfügt ja wohl kaum über Gebirgsspezialisten. Um nicht zu erfrieren, bindet er seine Hände und Schuhe ein.«

»Ja, und irgendwann fällt auch er in eine Gletscherspalte oder stürzt und bricht sich sein Bein. Verzweifelt und am Ende seiner Kräfte weiß er, dass er nicht überleben wird. Er erschießt sich.«

Nina sprach von einer zweiten Variante der Geschichte: »Wenn er nicht allein unterwegs war, erschießt ihn sein Kollege, um ihn loszuwerden. Dieser geht weiter seinem Auftrag nach, schafft es aber nicht zurück.«

»Kann so gewesen sein, ja.«

»Zeig noch einmal das Gedicht von Vater Jergakow an seine Tochter«, bat Nina.

Während Mike sein Tablet holte und das Bild des Gedichts suchte, servierte Nina beiden Salat aus der Schüssel. Dazu Knoblauchbrot, das sie aus dem heißen Ofen holte. Während sie das Gedicht studierten, begannen sie zu essen.

Nina sprach zuerst. »Jetzt verstehe ich das Gedicht langsam besser. In der ersten Strophe schreibt er: *Brücken vereinen von Flüssen geteilte Leben, ewig dauern sie und überleben Beben, in die Sockel und die Schächte dring ich ein, um als funkelndes Licht bei dir zu sein.* Vater Jergakow weiß, dass die Revolution alles zerstören wird, die Brücken über die Flüsse aber verschont bleiben werden, denn sie sind wichtig für die Zukunft des Landes. Die Wirtschaft hängt von Transportwegen ab, und so werden die Revolutionäre sie nicht beschädigen. Er entscheidet deshalb, den Schmuck im Sockel einer der Brücken in St. Petersburg zu verstecken, und begibt sich dorthin, in Gedanken immer bei seiner Tochter. Dann folgt: *Den Schlüssel sollst du haben und immer bei dir tragen, bis hoffentlich die Zukunft, die Welt bringt zur Vernunft.* Die Lösung des Rätsels ist der Schlüssel. In der Hoffnung, dass sie mit der Lösung den Schmuck nach der Revolution finden wird, schickt er ihr das Gedicht. *Steig hinab zur Aare und blicke hoch, die Kornhausbrücke steht ja noch, an den Fundamenten sollst du suchen, und mit Schlüssel Tore öffnen zu versuchen.* Um zu vermeiden, dass die Tscheka in einer Brücke in St. Petersburg sucht, schreibt er von der Aare und von der Kornhausbrücke. Er meint dabei aber immer eine Brücke in St. Petersburg. Einen Schacht soll sie suchen, den man mit einem Schlüssel öffnet. *In der Tiefe sollst du finden, was uns für immer soll verbinden, denn heute hinterlasse ich dort für dich alles was ich habe außer mich.* Es muss sich um eine Art Tunnel oder Schacht handeln, in dessen Tiefe er alles versteckt, was die Familie noch besitzt. Es muss sich also um mehr als nur Schmuck handeln. Wie wir inzwischen vermuten, handelt es sich um den Familienschatz. In der letzten Strophe finden wir noch einen Hinweis, dass es sich nicht um die Kornhausbrücke in Bern handelt. *Hebe deine Augen bis zum Rathaus Bern, bleibe dort der Kirche doch nicht fern, denn der erste Heilige soll dir helfen, die Kornhausbrücke zu verwerfen.* Wir sollen die Kornhausbrücke verwerfen und aufschauen. Was sieht man, wenn man von der Kornhausbrücke die Augen in Richtung Rathaus richtet?«

Mike öffnete auf seinem Tablet einen Stadtplan. »Da, gleich neben dem Rathaus steht die Kirche St. Peter und Paul!«

»Ja genau, das muss es sein! Zwei Heilige. Vater Jergakow schreibt, der erste Heilige soll helfen, die Brücke in Bern zu verwerfen. Suche nach Brücken in St. Petersburg!«

Mike durchsuchte verschiedene Einträge im Web und rief plötzlich aufgeregt: »Da! Ich hab's! Es muss sich um die Bolscheochtinski-Brücke handeln. Schau, da steht, dass 1909 mit dem Bau begonnen wurde, und die Brücke zuerst nach Zar Peter dem Großen benannt wurde: *Most Imperatora Petra Welikowo*. Peter, wie der erste der beiden Namen Peter und Paul!«

Nina klatschte in die Hände. »Wir haben das Rätsel gelöst, so wie Hans von Webern es vor Jahrzehnten löste. Nachdem er herausfand, dass sich der Schatz im Pfeiler der Bolscheochtinski-Brücke befand, muss er während seines Aufenthalts in der Sowjetunion einen Abstecher nach St. Petersburg, dann Leningrad, organisiert haben, und irgendwie in den Schacht der Brücke eingedrungen sein. Wie er das hinkriegte, werden wir nie erfahren. Dort fand er den Schatz, den sein Schwiegervater vor vielen Jahren versteckt hatte, und schmuggelte ihn aus dem Land, bis er im Flugzeug abstürzte.«

Mike grinste vor sich hin. »Und dieser Kiril Jergakow und seine Tscheka wussten, dass er hinter dem Schatz her war. Sie behaupteten, er hätte die Brücke in die Luft sprengen wollen. Das genügte, um den Staatsapparat über die Grenzen hinaus auf ihn zu hetzen.«

»Aber wo ist der Schatz heute? Ist er mit der Leiche von Weberns auf dem Gletscher verschollen oder hat ihn der Marinesoldat gefunden, bevor er starb?«

Das Gespräch wurde von Herrensteins Anruf unterbrochen.

»Herr Honegger, ich habe zwei gute Nachrichten. Wir sind schneller als erwartet weitergekommen. Es hat einiges gebraucht, aber wir haben herausgefunden, wer die von Ihnen gemeldete Handynummer gelöst hat. Es handelt sich um eine Prepaid-SIM-Karte, die von einem Walodja Arkagin aus Kasachstan gekauft wurde. Er hat sich beim Kauf ausgewiesen, wie es das Gesetz in der Schweiz verlangt.«

Mike freute sich, dem Schergen nun endlich einen Namen zuordnen zu können. »Das ist wirklich eine gute Nachricht. Sie sagten, sie hätten *zwei* gute Nachrichten?«

»Ja, es kommt noch besser. Wir haben die Überwachung der Handynummer angeordnet und hatten Glück. Zwei Gespräche von der Nummer wurden bereits aufgezeichnet. Ich habe das Gesprächsprotokoll vor mir. Zwei Anrufe an eine Nummer in Russland.«

»Und was steht in den Protokollen?«

»Es ist natürlich die Übersetzung der Gespräche vom Russischen ins Deutsche. Der Mann spricht mit einer Natascha, und sie nennt den Mann mehrmals bei seinen Vornamen: Wjatscheslaw Denisowitsch. Einmal nennt sie ihn einfach Menschtschikow. Vermutlich ist Walodja Arkagin eine gefälschte Identität.«

»Und worüber sprechen die zwei?«, wollte Mike ungeduldig wissen.

»Sie werden es nicht glauben, aber das Gespräch hört sich an wie ein kitschiger Liebesfilm. Er nennt sie manchmal Natascha, dann auch meine geliebte kleine Nataschenka, meine allerliebste Nataschka und noch vieles mehr. Kitschig, klebrig, doof. Er vermisse sie über alles, sie bedeute ihm die Welt. Die Frau sehnt sich nach seiner Rückkehr, liebt niemanden mehr als ihn. Und so geht das hin und her.«

»Das ist ja nicht zu glauben! Kann es sein, dass dieser Menschtschikow die SIM-Karte mit einem gefälschten Ausweis als Arkagin gekauft hat, um mit seiner Geliebten telefonieren zu können?«

»So sieht es jedenfalls aus.«

»Dass ein gewalttätiger Scherge so eine weiche Seite haben kann, ist fast undenkbar.«

»Das ist schon sehr eigenartig, ja.«

Beide dachten über diesen Gegensatz nach, als Mikes PC mit einem Piepsen eine eingehende Mail von spider ankündigte. Kaum hatte Mike sie gelesen, verabschiedete er sich von Herrenstein.

KAPITEL 22

Während der vergangenen zehn Minuten war die Frau in der Dunkelheit ohne Licht gefahren, denn sie durfte nicht gesehen werden. Unterhalb des Bundeshauses stieg sie auf der Aarestrasse von ihrem Fahrrad ab und holte aus dem speziell umgebauten Kinderanhänger vorsichtig eine große Holzkiste hervor.

Noch vor wenigen Stunden hatte sie ihr Büro als erfolgreiche, aufstrebende Kadermitarbeiterin einer Bank verlassen. Gepflegt, elegant, gebildet. Eine Frau, die wusste, was sie wollte, und die ihre Ziele auch erreichte. Heute Nacht war sie jemand anders. Sie übte ihr besonderes Hobby aus, von dem niemand wusste. In Trainerhosen und in einem T-Shirt unter ihrer dicken Winterjacke hätten ihre Arbeitskolleginnen sie nicht erkannt. Eine schwarze gestrickte Kappe schützte ihren Kopf vor der Kälte der Winternacht.

Sie wählte auf ihrem Handy eine Nummer und verstaute es in ihrer Jackentasche. In das Headset rapportierte sie leise und konzentriert: »Bin unterhalb des Bundeshauses an der Aare in Position. Habe ich grünes Licht?«

Als ihr Gesprächspartner die Frage mit »Ja« beantwortet hatte, bestätigte sie: »Alles klar. In fünf Minuten startbereit.«

Um ihre Arbeit fortzusetzen, benötigte sie kein Licht. Die dazu nötigen Handgriffe konnte sie mit verbundenen Augen ausführen. Gewandt bereitete sie den Inhalt der Kiste am Boden auf seinen bevorstehenden Einsatz vor.

»Unglaublich! Das musst du sehen!«, rief Mike. Nina setzte sich neben ihn und las spiders Nachricht zweimal durch: »Habe was organisiert. Anleitung unten. Gruß, spider.«

Mike befolgte die Anleitung genau. Er lud die Datei herunter, die spider ihm angegeben hatte, und installierte die Software auf seinem PC. Sie startete automatisch. Vor Mike und Nina öffnete sich ein Fenster, dessen linke Hälfte noch schwarz war, und deren rechte Hälfte sie an einen Flugsimulator erinnerte. Unten fragte spider in einem Chatbereich, ob die Installation erfolgreich war.

»Alles okay, danke«, tippte Mike ein.

»Werde überprüfen, wie weit wir sind. Melde mich in fünf Minuten.«

Während sie warteten, machte Nina Tee und brachte zwei dampfende Tassen mit einer Schachtel Kekse zurück.

»Schau mal das rechte Fenster an«, staunte Mike.

Auf der rechten Bildschirmhälfte bewegten sich Instrumente, Anzeigen, Messwerte. Der künstliche Horizont pendelte sich horizontal ein, der Höhenmeter zeigte 502 Meter über Meer an, die Temperatur -2 Grad Celsius. Plötzlich wechselten mehrere Anzeigen von Rot auf Grün.

Spider meldete sich im Chatfenster. »Drohne zum Start bereit. Ich steuere sie zuerst vertikal hoch, um Gesamtbild zu erfassen. Okay?«

Mike konnte nicht glauben, was er las, und brauchte einen Moment, bis er die Worte »Alles klar« eintippte.

Die junge Frau erhielt im Headset die Genehmigung für den Start der Drohne. Sie ging einige Schritte zurück, blickte in der Dunkelheit um sich, um sicher zu sein, dass kein Auto in der Nähe unterwegs war, und antwortete in ihr Headset: »Mobiler Hotspot mit WLAN aktiv, Empfang gut, Drohne zum Start bereit. Alles klar hier im Park unter dem Bundeshaus.«

Die elektrischen Motoren der Drohne begannen zu summen, und die vier Propeller drehten sich immer schneller. Sanft hob die Drohne ab und gewann schnell an Höhe. In der Dunkelheit verlor die Frau das Fluggerät, dessen Positionslichter ausgeschaltet waren, bald aus den Augen. Nur noch das leiser werdende Summen der vier Motoren war zu hören.

»Flughöhe 30 Meter über Boden. Schalte IR ein«, informierte spider Nina und Mike im Chatfenster.

»IR?«, fragte Nina.

»Infrarot Kamera«, antwortete Mike knapp.

Auf der linken Hälfte des Bildschirms, die bisher schwarz geblieben war, erschien das noch verschwommene, grünliche Nachtbild der Bundeshausfront. Allmählich wurde das Bild schärfer, vibrierte aber noch. Mike vermutete, dass spider daran war, das Bild zu stabilisieren.

»Das ist unglaublich!«, staunte Nina. »Schau, da sind die Kuppeln des Bundeshauses klar zu erkennen. Und dort links das Bundeshaus West und sogar die Marzilibahn sieht man!«

»Schalte Stabilisator ein. Bild sollte sich dann beruhigen«, lasen sie im Chatfenster.

Einen Moment später wurde das Bild so stabil, als ob es sich um eine Nachtaufnahme von einer fixen Plattform aus handelte.

»Wow!«, staunte jetzt auch Mike.

Spider meldete sich erneut im Chatfenster. »Bereit. Wo soll die Reise hingehen?«

»Das Gebäude ganz rechts ist das Hotel«, tippte Mike seinen Wunsch ein.

»Beginne Anflug auf das Gebäude für Gesamtansicht.«

Kaum hatte spider den Satz fertig getippt, veränderte sich die Höhenanzeige, und das Bild bewegte sich. Das Bundeshaus, das sie in der Gebäudemitte von unten betrachteten, driftete langsam nach links ab, und die Kamera zeigte bald die Dächer der Gebäude. Langsam bewegte sich die Kamera auf das große Hotel zu und zeigte das gesamte Gebäude schräg von oben. Die Drohne flog nach rechts, bis das Hotel im Bild zentriert zu sehen war.

»Drohne steht still. Wo willst du hin?«

Mike antwortete: »Nahaufnahmen oberste Etage, Fensterfront und Terrasse, große Suite.«

Sofort setzte sich die Drohne in Bewegung. Fasziniert verfolgten Mike und Nina den Flug. Als sich das Fluggerät dem Gebäude näherte, erkannten sie zwei Männer auf der Terrasse, die in ihren Fingern etwas hell Leuchtendes hielten.

»Sie rauchen. Das ist die Zigarettenglut im Infrarotbereich«, bemerkte Mike. »Schau mal dort, durch die Fensterfront sieht man in eines der Zimmer der Suite.«

Igor Alexejewitsch unterbrach Menschtschikow mitten im Satz, indem er seinen Zeigefinger vor den Mund hielt.

»Horch!«, flüsterte er und spähte von der Terrasse in die Dunkelheit über der Aare.

Menschtschikow schüttelte den Kopf und wollte antworten, als ihn Igor Alexejewitsch mit einem »Schhhh« stoppte.

»Drohne!«, rief Igor Alexejewitsch, riss ihn am Arm mit und stürmte durch die Terrassentür zurück in die Suite. »Sofort Rollläden schließen!«, befahl er und rannte in das fensterlose Badezimmer, wo er vor Kameras sicher war. Er nahm sein Telefon hervor und wählte die Nummer seines Gehilfen.

»Gribkow! Sofort in die Suite. Notfall!«

Menschtschikow rannte von Zimmer zu Zimmer und betätigte überall die Schalter, um sämtliche elektrischen Rollläden in der Suite zu schließen.

Nina und Mike sahen die beiden Männer von der Terrasse verschwinden und schauten zu, wie sich die Rollläden entlang der ganzen Fensterfront zu schließen begannen.

»Aufgeflogen«, verkündete spider im Chat. »Kehre zur Basis zurück.«

»Das Ganze ging etwas schnell, um Details zu erkennen«, schrieb Mike zurück.

»Alles aufgenommen. Hier ist Link zu Video und Link zu Fotos, die ich während Flug geschossen habe.« Es folgten zwei Links, die Mike kopierte.

»Das ist echt unglaublich, spider!«

»Zu Diensten, wie immer. :-)«

Die beiden Fensterhälften auf dem Bildschirm wurden schwarz, die Verbindung zur Drohne war abgebrochen.

Die Drohne landete sanft neben der Frau fast punktgenau am selben Ort, wo sie sie freigesetzt hatte. Als die Motoren angehalten hatten, nahm sie die Drohne fast liebevoll auf, überprüfte, dass sie keinen Schaden genommen hatte, und legte sie sanft wieder in die Holzkiste, die sie im Anhänger ihres Fahrrads verstaute. Wenige Minuten später radelte sie zufrieden davon und freute sich auf einen heißen Tee.

Mike und Nina klickten auf die beiden Links, die spider ihnen angegeben hatte, und staunten nicht zum ersten Mal an diesem Abend. Einer der Links startete das Video, das die Infrarotkamera der Drohne soeben gefilmt hatte. Sie schauten das ganze Video durch, vom Start bis zur Landung, und verlangsamten es zwischendurch oder hielten es an, um Details zu studieren. Der zweite Link führte zu einer Bildergalerie mit Fotos aus dem Video. Die Qualität war besser als die des Films. Mike fragte sich, wie spider diese Fotos so schnell hatte bereitstellen und deren Qualität optimieren können. Alles, während er aus der Ferne eine Drohne steuerte.

»Der Mann links auf der Terrasse, den erkenne ich. Es ist der Mann, der sich als Versicherungsvertreter ausgegeben hat. Es muss Menschtschikow sein mit dem Handy für seine Liebesanrufe«, sagte Nina aufgeregt. Die Erinnerung an den möglichen Killer beunruhigte sie noch immer. »Wer ist der Mann neben ihm?«

»Das muss sein Vorgesetzter sein. Als er die Drohne entdeckt, übernimmt er die Führung. Schau, er reißt Menschtschikow am Arm in die Suite.«

»Und schau mal da durch das Fenster. Was soll denn die ganze Elektronik?«

»Von der hast du ja mit der Frau im Hotel gesprochen. Das muss die militärische Hightech-Kommunikationsausrüstung sein, deren Signale von der Botschaft entdeckt wurden. Verschlüsselt, über Satellit, mit der Möglichkeit, Videokonferenzen zu führen.«

»Jetzt haben wir endlich konkrete Angaben. Wir haben Bilder, auf denen Gesichter zu erkennen sind. Du musst sie sofort weiterleiten, Mike!«

Mike rief als Erstes David an und gab ihm die beiden Links durch. Er bat David herauszufinden, wer der zweite Mann auf der Terrasse war. Danach rief er Herrenstein auf seinem Handy an.

»Ich habe Ihnen meine Handynummer nur für Notfälle gegeben. Wissen Sie, wie spät es ist, Honegger?«, fragte er verärgert.

»Ja, es ist schon spät in der Nacht. Es tut mir leid, Sie zu Hause zu stören, aber ich habe Fotos der Männer in der Suite im Hotel. Sie wissen, dass wir sie fotografiert haben, halten sich aber jetzt noch im Hotel auf. Sie müssen sofort etwas unternehmen.«

Herrenstein murmelte etwas vor sich hin und willigte dann ein. »Also gut. Schicken Sie mir die Links. Ich werde etwas unternehmen. Für dringende Fälle haben wir besondere Möglichkeiten.«

KAPITEL 23

»Schön zu sehen, dass so früh am Morgen schon jemand am Hoteleingang im Dienst ist«, sagte Herrenstein zum Portier und zeigte ihm beim Vorbeigehen flüchtig seinen Ausweis. Gleichzeitig befahl er Kunz, der noch in der Drehtür des Hoteleingangs steckte: »Folgen Sie mir!«

Bevor der verblüffte Portier reagieren konnte, waren beide Herren bereits im Lift verschwunden.

Im obersten Stock folgte Kunz den langen, strammen Schritten Herrensteins, der vor der Tür der Suite anhielt und flüsterte: »Einen Durchsuchungsbefehl konnte ich in der Nacht leider nicht organisieren, so müssen wir es ohne versuchen. Selbstsicher muss man wirken, es gibt kein Zögern, kein Halt.«

Im ganzen Stock war kein Laut zu hören. Er stellte sich breit vor die Tür und klopfte an. Herrenstein klopfte erneut und rief durch die Tür: »Zimmerservice. Mahlzeiten.«

Erst nach dem dritten Mal gab Herrenstein auf und kehrte wortlos zurück zum Lift, seine Enttäuschung ins Gesicht geschrieben. Zurück in der Eingangshalle wandte er sich an die Rezeption, zeigte seinen Ausweis und fragte, ob sich der Gast der Suite womöglich im Frühstücksraum aufhielt.

»Es tut mir leid, der Gast hat die Suite gestern spät verlassen«, antwortete die Frau am Empfang.

»Verlassen oder ausgecheckt?«, fragte Herrenstein.

»Ausgecheckt.«

»Wie wissen Sie das, ohne nachzufragen?«

»Wenn der Gast unserer größten Suite auszieht, wissen das alle Mitarbeiter und Mitarbeiterinnen. Es gehört zum Standard unseres Hauses, unsere Gäste und die Belegung der Suiten zu kennen. Bewohner von Suiten sind bei uns besondere VIPs.«

»Wann ist er abgereist?«

»Ich bin erst seit 6 Uhr im Dienst. Meine Kollegin sagte mir aber, er wäre ganz plötzlich, mitten in der Nacht abgereist.«

»Weshalb ist er abgereist?«

»In unserem Haus gilt absolute Diskretion, Herr Herrenstein. Gäste können kommen und gehen, wie sie wünschen. Wie bei sich zu Hause. Sie sollen sich bei uns wohlfühlen.«

»Klar, ich verstehe. Hat er mit seiner Kreditkarte bezahlt? Haben Sie seine Heimadresse?«

»Er bezahlt die Rechnungen immer bar. Also natürlich nicht er selbst, sondern sein Assistent. Seine Heimadresse kenne ich nicht. Er hinterlässt immer eine geschäftliche Adresse. Eine Firma in Zug.« Die Frau drehte den Bildschirm vor ihr leicht zur Seite und ließ Herrenstein die Adresse sehen.

Er notierte sie in seinem Notizblock und erkundigte sich: »Ist das nicht sonderbar?«

»Eigentlich nicht. Unsere Kunden sind alle verschieden, und wir passen uns ihnen an. Viele unserer besten Kunden sind geschäftlich unterwegs und geben keine private Adresse an.«

»Wie auch immer«, erwiderte Herrenstein verärgert und verließ das Hotel.

Kunz ging neben ihm her und wusste, dass er besser schwieg, als Herrenstein zu sagen, dass der Besuch im Hotel nichts gebracht hatte. Er wusste, wie schwierig der Besuch im Hotel ohne Durchsuchungsbefehl für Herrenstein gewesen war, gegen Richtlinien, Prozesse und Regeln. Ohne miteinander zu sprechen, gingen sie nebeneinander her, bis Herrenstein befahl: »Rufen Sie Honegger an und informieren Sie ihn über unsere Aktion. Die Suite ist leer. Die Russen sind weg.«

Gegenüber dem Hotel, hinter einem Baucontainer versteckt, wartete Samsonow, bis Kunz und Herrenstein über den Bundesplatz verschwunden waren, bevor er anrief.

»Igor Alexejewitsch? Ein Polizist und ein Mann in Zivil haben soeben das Hotel wieder verlassen. Ihr Aufenthalt dauerte etwa 15 Minuten. Sie wirkten verärgert.

Besonders der Mann im Anzug. Was sie auch im Hotel suchten, sie haben es nicht gefunden. Sie hatten recht, die Schweizer sind hinter Ihnen her.«

»Er muss dahinterstecken. Was fällt diesem arroganten, eingebildeten Würmchen denn ein! Dieses Nichts denkt, dass es sich mit mir anlegen kann!« Igor Alexejewitsch marschierte mit stampfenden Schritten im Wohnzimmer der vor wenigen Stunden bezogenen Suite in Interlaken hin und her und schnaubte vor Wut. Menschtschikow und Gribkow saßen wie getadelte Schüler auf dem Sofa und schauten ihm regungslos zu. Es war lange her, seit sie einen solchen Wutausbruch erlebt hatten.

Igor Alexejewitsch wütete weiter. »Wenn der wüsste, dass ich ihn mit einem einzigen Befehl zum Verschwinden bringen kann. Ein einziges Wort von mir, und er stirbt einen qualvollen Tod durch Sie, Wjatscheslaw Denisowitsch.« Er schüttelte den Kopf und gestikulierte mit den Händen. »Er hätte auf dem Gletscher für mich weitersuchen sollen. Er hätte das Geheimnis des Gletschers lösen sollen. Er hätte, ohne es zu realisieren, für mich eine wichtige Aufgabe erledigen sollen. Und er war ja auf gutem Weg, dies zu tun. Aber nein. Eine Drohne musste er schicken. Eine Drohne! Stellen Sie sich das vor! Ein Amateur mit einer Hobbydrohne wagt es, mich zu jagen, und zwingt mich, auf mein zweites Hauptquartier auszuweichen. Und das mitten in der Nacht!«

Seit Menschtschikow und Gribkow Igor Alexejewitsch kannten, reservierte er auf seinen Reisen immer zwei Suiten in zwei Städten. Während seines Aufstiegs an die Spitze hatte er zu viele Partner betrogen, Geschäftsleute ausgenommen und Ehemänner verärgert, um je wieder sicher schlafen zu können. Seine Gefolgsleute mussten immer bereit sein, innert wenigen Minuten eine von ihm bewohnte Suite zu räumen und mit seinem gesamten Gepäck und seiner technischen Infrastruktur an den zweiten Standort zu flüchten. So war es auch gestern in der Nacht geschehen. Nachdem er den Befehl zum Verlassen von Bern erteilt hatte, war er durch die Personaltreppe hinter das Hotel geflüchtet, wo bereits zwei SUVs mit getönten Scheiben und laufenden Motoren auf ihn warteten. Keiner der beiden Fahrer wusste, welches Fahrzeug Igor Alexejewitsch wählen würde. Er entschied jeweils in letzter Sekunde. Er wählte das Fahrzeug rechts, sprang hinein, und Sekunden später hatte er die Innenstadt bereits verlassen. Nachdem sie die Suite geräumt hatten, folgten Menschtschikow und Gribkow keine 30 Minuten später. In Interlaken bezogen sie die Suite, die sie bereits vor Tagen reserviert hatten. Das Personal des Hotels hatte sich immer gewundert, warum jemand eine Suite mietete und bezahlte, jedoch nie darin wohnte. Nach den Gründen hatten sie aber nicht gefragt. Am Morgen staunten sie, als an der Tür das Schild »Bitte nicht stören« sie davon abhielt zu klopfen.

»Dieser kleine Wurm hat mir nicht nur viel Ärger eingebracht, sondern uns alle um unsere Nachtruhe gebracht. Dabei hat er in ein Wespennest gestochen. Wenn er jetzt den Gletscher in Ruhe lässt und dafür gegen mich recherchiert, so drehen wir den Spieß gleich um. Ab jetzt wird er für mich arbeiten und auf meine Befehle hören.« Igor Alexejewitsch stand mitten im Raum still und durchbohrte die beiden Männer auf dem Sofa mit seinem von

Wut geladenen Blick. »Er wird bald lernen, was es heißt, sich mit mir anzulegen! Los, weg jetzt, und zwar sofort!«

Mike war bereits im Treppenhaus, als er in seinem Rucksack das Tablet der Amerikaner piepsen hörte. Er beeilte sich, es aus herauszunehmen.

»Ich bin unterwegs in die Stadt, Dave. Was hast du Neues?«

»Du hast gestern Nacht super Arbeit geleistet. Ich gratuliere! Wir haben die Bilder und das Video, die du uns zur Verfügung gestellt hast, in Washington analysieren lassen und sind fündig geworden. Die beiden Männer auf der Hotelterrasse sind identifiziert. Beim ersten handelt es sich, wie du bereits herausgefunden hast, um Wjatscheslaw Denisowitsch Menschtschikow, der Mann mit dem Handy, mit dem wir ja inzwischen bestens vertraut sind. Beim zweiten handelt es sich um einen Igor Alexejewitsch Popow.«

»Wer ist denn dieser Popow?«

»Das ist ein sehr reicher, geheimnisumwobener russischer Oligarch, über den es mehr Gerüchte als konkrete Fakten gibt. Fest steht, dass er die Öffentlichkeit meidet, vermutlich aus Sicherheitsgründen, und dass er hinter den Kulissen weltweit großen Einfluss auf Politik und Wirtschaft ausübt, um die Geschäftsinteressen seiner Unternehmen und die seiner Verbündeten zu fördern. Es ist in gewissen Kreisen immer wieder die Rede davon, dass er dazu nicht nur Scheinfirmen in mehreren Ländern nutzt, sondern auch eine Gruppierung namens ›Alpha Security Council‹, der er vermutlich vorsteht.«

Mike hatte noch nie etwas von diesem Council gehört. »Alpha Security Council?«

»Diese Organisation ist schon lange auf unserem Radar, wir kommen jedoch nur schwer an Informationen heran. Von ihrem Innenleben wissen wir leider nichts, lediglich, dass es sich um eine internationale Gruppe von einflussreichen Persönlichkeiten handelt, die Regierungen und Unternehmen beeinflussen. Mit legalen und illegalen Mitteln. Leider kennen wir die genauen Ziele nicht, die sie dabei verfolgen.«

Mike wurde sich langsam bewusst, mit wem sie sich angelegt hatten. »Wenn das stimmt, sind unsere Leben in größter Gefahr, Dave.«

»Ja, das ist leider so, Mike. Jetzt, da wir wissen, wer dahintersteckt, muss die Polizei in Bern sofort eingreifen.«

»Da habe ich eine schlechte Nachricht. Herrenstein und Kunz haben heute Morgen im Hotel vergeblich nach den Russen gesucht. Popow und seine Leute haben das Hotel noch in der Nacht verlassen. Sie sind uns entwischt.«

»Die Polizei hätte noch gestern Abend eingreifen sollen, als du sie mit der Drohne fotografiert hattest.«

»Du hast recht. Es ist aber fraglich, ob das etwas genutzt hätte. Popow scheint sofort abgereist zu sein. Innert Minuten nach dem Flug der Drohne. So schnell hätte die Polizeieinheit nicht auftauchen können.«

»Das stimmt auch wieder. Es wirft uns aber zurück, denn wir müssen erneut damit beginnen, nach ihnen zu suchen. Das wird schwierig, denn jetzt wissen sie, dass wir hinter ihnen her sind. Und sie werden nicht zimperlich mit uns umgehen, wenn sie sich bedroht fühlen.«

»Ja, das wird schwierig, denn wir haben keine Ahnung, wohin sie abgereist sind. Vielleicht haben sie die Schweiz bereits verlassen.«

»Das kann ich mir schwer vorstellen. Ein Wort der Warnung, Mike. Pass auf dich auf, pass auf Nina auf. Popow ist äußerst gefährlich und schreckt vor nichts zurück, um sich und seine Interessen zu verteidigen. Er ist eine eigene Liga, und du kannst dir nicht vorstellen, wie gefährlich es ist, ihn als Gegner zu haben.«

Obwohl Mike den Ernst der Lage in Davids Stimme erkannte, versuchte er, ihn zu beschwichtigen. »Keine Sorge, das werde ich tun. Wir beide werden das tun. Wir passen auf uns auf.«

»Und halte das Tablet immer in Reichweite. Du weißt nie.«

»Schon gut, danke. Ich werde Herrenstein und Kunz kontaktieren, um mit der Suche nach Popow erneut zu beginnen. Jetzt haben wir wenigstens konkrete Angaben zu den beiden. Sobald ich etwas herausfinde, melde ich mich bei dir.«

Mike war beunruhigter, als er David gegenüber zugegeben hatte, und rief sofort Nina an. Als sie nicht antwortete, hinterließ er auf ihrer Combox eine Nachricht: »Pass heute besonders auf dich auf, Nina. Ich habe mit den Amis gesprochen, und sie warnen uns, dass Popow, so heißt der Mann, äußerst gefährlich ist. Nachdem wir ihn gestern Nacht erwischt haben, solltest du heute besonders achtsam sein. Rufe mich doch bitte zurück.«

Mike fragte sich besorgt, warum Nina den Anruf nicht hatte entgegennehmen können.

»Verena, hast du kurz Zeit für mich?«

»Hallo, Mike. Schön, von dir zu hören. Meine Sitzung beginnt erst in einer halben Stunde, ich habe also gut Zeit. Lass mich mal raten. Du sehnst dich nach deinem ehemaligen Chef Werdenberger und kehrst auf den Knien bittend wieder zu uns zurück?«

»Haha. Nicht lustig.«

»Nicht so ernst, Mike. Was ist denn los?«

»Hast du nicht vor Jahren eine Reihe Artikel über wenig bekannte Gruppierungen einflussreicher Persönlichkeiten verfasst?«

»Ja, das ist so. Es ging um diverse inoffizielle Gruppierungen mächtiger Leute, die ihre Ziele und Strategien in Politik, Gesellschaft, Wirtschaft und anderem mehr mit ihrem Einfluss erreichen wollen in Form von Konferenzen, Think Tanks, Organisationen und so weiter. Einige davon bieten lediglich Diskussionsplattformen für die verschiedensten Akteure, andere mischen sich aktiv ins Weltgeschehen ein.«

»Dann kannst du mir vielleicht helfen. Sagt dir ›Alpha Security Council‹ etwas?«

»Nein, den Namen kenne ich nicht. Ist das eine amerikanische Organisation?«

»Ich weiß es nicht. Ich vermute, dass das Council von einem russischen Oligarchen angeführt wird.«

»Aus Russland kenne ich nur Gerüchte über eine Art Geheimrat, der nach dem Zweiten Weltkrieg gegründet wurde und in der Folge mehrmals seinen Namen geändert hat, um seine Existenz zu verschleiern. Als ich meine Artikelreihe schrieb, habe ich aber leider nichts über ihn herausfinden können und konzentrierte mich auf andere, wie das ›Council of Foreign Relations‹ und die ›Bilderberg-Konferenz‹.«

»Was tun denn die beiden?«

»Beim ›Council of Foreign Relations‹ handelt es sich um einen fast 100-jährigen amerikanischen Think Tank, der sich mit außenpolitischen Themen befasst. Die ›Bilderberg-Konferenz‹ ist ein jährliches Treffen einflussreicher Persönlichkeiten aus der ganzen Welt, die über verschiedenste Themen diskutieren.«

»Und was wollen sie? Die Welt dominieren?«

»Es gibt viele Verschwörungstheorien über düstere Ziele und Machenschaften. Die beiden Gruppen, die ich dir genannt habe, verfolgen selbstverständlich ihre eigenen Ziele, diese sind aber per se nichts Negatives. Den außenpolitischen Einfluss der USA zu stärken oder sich in wichtige Themen der Weltwirtschaft zu vertiefen, ist ja nichts Schlechtes.«

»Ich habe Gründe zu glauben, dass das ›Alpha Security Council‹ da anders agiert. Um seine Interessen durchzusetzen, wendet es Gewalt an.«

»Und welche Interessen sind das?«, fragte Verena.

»Ich hoffte, du könntest mir weiterhelfen, denn ich kenne die Antwort noch nicht. Sagt dir vielleicht der Name Igor Alexejewitsch Popow etwas?«

»Nicht im Zusammenhang mit irgendeiner Gruppierung. Den Namen kenne ich jedoch von meinen Hintergrundrecherchen. Er ist ein sehr reicher Geschäftsmann aus Russland. Er meidet die Öffentlichkeit und über ihn ist sehr wenig bekannt. Ob er Teil einer Gruppierung ist, kann ich dir nicht beantworten. Das wissen vermutlich nur seine engsten Mitarbeiter.«

KAPITEL 24

Mike erstarrte und blickte erschrocken auf das Display seines Telefons. Er las Ninas SMS mehrmals durch.

»Hilfe! Werde verfolgt. Verstecke mich hinter Rudolf von Erlach Denkmal im Park beim Stadttheater. Komm sofort!«

Den kleinen Park kannte er, an die Statue konnte er sich nicht erinnern. Als er noch ein Junge war, hatte ihm sein Vater vom Ritter Rudolf von Erlach erzählt und wie er die Berner im Mittelalter in der Schlacht von Laupen erfolgreich anführte. Mike drängte sich zur Tür des Busses durch und drückte mehrmals verzweifelt den Haltknopf, in der Hoffnung, damit schneller an die nächste Haltestelle zu gelangen. Gleichzeitig wählte er Herrensteins Nummer.

»Herrenstein! Nina wird verfolgt und ist in Gefahr! Schicken Sie sofort eine Patrouille, um sie in Sicherheit zu bringen! Sie braucht dringend Hilfe!«

Er gab ihm Ninas Standort durch und sprang an der nächsten Haltestelle aus dem Bus. Die Passagiere, die er wegdrückte, fluchten und schimpften. Schneller, als er je gerannt war, sprintete Mike durch die Berner Altstadt und war bald völlig außer Atem. Trotzdem rannte er auf den Pflastersteinen der Gassen weiter in Richtung Kornhausplatz. Lieber würde er bewusstlos zusammenbrechen, als sein Tempo zu verlangsamen. Es schien ihm eine Ewigkeit, bis er den kleinen Park erblickte. Vor einem Tram, das laut klingelte und ruckartig bremsen musste, rannte er über den Kornhausplatz bis vor das Denkmal des Reiters auf seinem Pferd. Verzweifelt blickte er um sich. Nina war nirgends zu sehen.

»Nina! Wo bist du?«, rief er und rannte um das Denkmal, weiterhin außer Atem.

Mit seinem Blick auf den Ritter von Erlach gerichtet, bemerkte er die beiden Männer nicht, die sich hinter einem der massiven Bäume versteckt hatten. Menschtschikow sprang auf Mike zu und setzte ihm mit seinem linken Arm einen Würgegriff an. Mike spürte, wie dessen Ober- und Unterarm ihm am Hals den Atem abdrückten. Rechts von seinem Rucksack spürte er im Rücken den Lauf der Pistole, die Menschtschikow ihm mit der rechten Hand hinhielt.

»So, du Ratte. Jetzt habe ich dich endlich!«, schnaubte Menschtschikow und drückte Mike mit dem Würgegriff den Hals immer enger zu.

»Wo ist Nina?«, keuchte Mike fast unverständlich und schnappte verzweifelt nach Luft.

»Oh, wie galant. Er kümmert sich um das Mädchen. Dafür bist du leider zu spät. Und wenn wir genau sein wollen, auch zu hilflos. Wie immer. Das Mädchen haben wir nämlich heute Morgen schon gepackt. Dann haben wir dir das Hilfe-SMS von ihrem Handy aus geschickt. Ich wusste, dass du sofort kommen würdest.«

»Die Polizei ist unterwegs«, keuchte Mike weiter.

Menschtschikow lachte kurz. »Die sind schon wieder weg.« Er drückte den Würgegriff um Mikes Hals enger, näherte sich seinem linken Ohr und flüsterte: »Denkst du, du hättest es mit Amateuren zu tun? Ich wusste genau, dass du sofort die Polizei beiziehen würdest. Wir haben uns versteckt, bis sie wieder weg war. Dort drüben in der Unterführung, die zur Treppe Richtung Aare führt. Mit Nina übrigens. Die Polizeipatrouille ist kurz danach wieder abgefahren, ohne uns gesehen zu haben. So nah und doch so fern, nicht? Nina war nur 20 Meter von der Polizei entfernt, hätte aber auf dem Mond sein können. Ärgerlich, was?«

Mike versuchte vergebens, sich aus dem Würgegriff zu lösen und irgendwie zu entkommen. Je mehr er kämpfte, desto enger wurde der Griff und desto mehr Mühe hatte er zu atmen.

»Hör auf, dann lasse ich dich los«, versprach Menschtschikow.

Als Mike schon das Gefühl hatte, ohnmächtig zu werden, gab er endlich auf. Menschtschikow lockerte den Griff ein wenig, und Mike schnappte gierig nach Luft.

»So ist es besser. Und jetzt gehst du ganz brav vor mir her, folgst meinem Kollegen dort hinüber zum schwarzen Auto. Dann steigst du ein. Eine falsche Bewegung, ein falsches Wort, ein falscher Gedanke, und ich erschieße dich. Das ist dir vielleicht egal, und das ist gut so. Danach bringe ich aber Nina um. Und zwar so, dass sie sich die erlösende Kugel aus meiner Pistole wünschen, sie aber nicht bekommen wird. Sagt dir das Wort ›qualvoll‹ etwas?«

Mike musste die Zähne zusammenbeißen, um sich nicht umzudrehen und auf Menschtschikow einzuschlagen. Er wusste, dass er gegen die zwei Männer keine Chance hatte.

»Schalte dein Handy aus und gib es mir. Wir wollen ja nicht, dass dich jemand ortet, nicht wahr? Aber ganz langsam und vorsichtig. Keine Spielereien!«, befahl Menschtschikow.

Mike schaltete es aus und reichte ihm das Gerät.

»So, jetzt aber los zum Auto!«, befahl Menschtschikow.

Niedergeschlagen und enttäuscht musste Mike sich eingestehen, dass er verloren hatte. Schweren Herzens folgte er Samsonow durch den Park zum wartenden Auto. Dieser öffnete die Hintertür des SUV, und Menschtschikow warf Mike mit voller Kraft auf den Boden hinter den Vordersitzen. Er zog seine Arme hinter seinem Rücken zusammen und fesselte ihn mit einem Kabelbinder.

»Keine Bewegung, sonst schlage ich dich bewusstlos«, drohte er Mike und schlug die Tür zu.

Regungslos lag Mike auf dem Boden des Wagens und kämpfte gegen die Angst, die ihn davon abhielt, klar zu denken. Er atmete tief durch und konzentrierte sich als Erstes auf die Fahrt. Obwohl er nichts sehen konnte, musste er versuchen zu spüren, wohin die beiden Männer ihn fuhren. Er schloss die Augen. Der Wagen fuhr über eine gepflasterte Straße los, etwas später um einen Kreisel. Dann beschleunigte er einen Hang hinauf. Mike überlegte verzweifelt. Waren sie über die Nydeggbrücke zum Aargauerstalden gefahren? Über die Kornhausbrücke in Richtung Wankdorf? Zur Autobahn? Waren sie vielleicht in die andere Richtung losgefahren, zum Bahnhof? Zu seiner großen Enttäuschung musste Mike bald zugeben, dass er die Orientierung verloren hatte.

»Wo ist Nina? Was habt ihr mit ihr gemacht?«, rief er.

»Sei ruhig. Du wirst sie bald genug sehen«, antwortete Menschtschikow.

»Wehe, ihr tut ihr etwas an! Ich werde euch bis ans Ende der Welt verfolgen.«

Als Antwort auf seine Drohung hörte er beide Männer vorne im Fahrzeug laut lachen.

Nachdem der SUV anhielt, wurde Mike grob aus dem Fahrzeug gerissen und auf den Betonboden geworfen. Sein Rucksack federte den schmerzvollen Sturz etwas ab, trotzdem stockte ihm der Atem vom Schlag auf den Boden. Er drehte sich auf die Seite und blickte in die Höhe. Das Wellblechdach über ihm schätzte er auf etwa zehn Meter Höhe. Wo früher Glas oder Kunststoff Licht hereingelassen hatte, klafften jetzt Löcher, die die Kälte in der Halle erklärten. Mike versuchte aufzustehen, was mit den hinter seinem Rücken zusammengebundenen Händen schwieriger war, als er dachte. Als er endlich auf seinen Beinen stand, blickte er in der halbdunklen Halle um sich. Der SUV hatte neben einem zweiten, gleichen Fahrzeug angehalten, und beide Fahrzeuge standen mitten in einer ungenutzten alten Industriehalle. Reihen von Maschinen rosteten hier vor sich hin, die eiskalte Luft roch nach altem Maschinenöl. Dann erst drehte sich Mike um und blickte den beiden Männern, die ihn entführt hatten, ins Gesicht. Die schwarzen Augen, die schwarzen Haare und die weiße gespenstisch blasse Haut des einen Mannes erkannte er sofort. Das war Menschtschikow. Den zweiten Mann kannte er nicht.

»Was wollt ihr von mir? Wo ist Nina?«, fragte er.

»Alles mit der Zeit«, antwortete Menschtschikow.

Die beiden Männer packten ihn an den Armen und zogen ihn durch die Halle in einen kleinen Raum, der vor langer Zeit das Büro eines Aufsehers gewesen sein musste. Durch ein Fenster, das mit einem Maschendrahtgitter geschützt war, konnte man die ganz Halle überwachen. Das schmutzige, staubige Büro war, bis auf einen alten Holztisch mit zwei Stühlen unter dem Fenster, leer.

»Lassen Sie mich sofort los und führen Sie mich zu Nina«, insistierte Mike mit wütender Stimme.

Die beiden Männer ignorierten ihn und schlossen den Vorhang vor dem Fenster. Ohne ein Wort zu verlieren, verließen sie das kleine Büro wieder. Mike hörte noch, wie sie von außen die Tür verriegelten.

Kaum war er alleine, versuchte er mit den hinter seinem Rücken gefesselten Händen, die Tür zu öffnen. Vergebens, sie war verriegelt. Auch mit Fußtritten gelang es ihm nicht, die Tür aus der Verankerung zu reißen. Sie ließ keinen Millimeter nach. Als Nächstes ging er zum Vorhang vor dem Fenster und schob ihn mit dem Kopf einen Spalt zur Seite. Durch das milchige Glas des Fensters und durch das Gitter dahinter sah er eines der beiden Fahrzeuge wegfahren. Da die beiden Männer nicht in der Halle standen, folgerte er, dass sie weggefahren waren. Die Idee, das Fenster einzuschlagen, verwarf er nach genauer Betrachtung des Gitters auf der anderen Seite der Glasscheibe. Die dicken Bolzen, mit denen die Metallstäbe im Fensterrahmen verankert waren, würden nie nachgeben. Mike war gefangen.

Nachdem seine Hände so lange hinter dem Rücken gefesselt waren, begannen seine Schultern immer stärker zu schmerzen. Vergeblich versuchte er, die Gelenke mit Gymnastik zu lockern.

Um sich die Zeit zu vertreiben, durchsuchte er minuziös den kleinen Raum. Außer der Tür und dem Fenster gab es keine weiteren Möglichkeiten, den Raum zu verlassen. Bis auf den Tisch und die beiden Stühle war der Raum leer. Leer und schmutzig. Mike zwang sich, klar zu denken, trotz der Verzweiflung und der Schmerzen in den Schultern. Auch wenn Menschtschikow ihm sein Handy nicht abgenommen hätte, mit seinen gefesselten Händen hätte er damit niemanden alarmieren können. Er rief laut um Hilfe, was nichts nützte. Die Halle musste weit abgelegen sein, sonst hätten die beiden Männer ihn nicht unbewacht zurückgelassen. Auch wenn sich jemand zufällig in der Nähe aufgehalten hätte, die Größe der Halle schluckte seine Hilfeschreie. Außerhalb des großen leeren Gebäudes würde ihn niemand hören. Verzweifelt und frierend setzte er sich auf einen der beiden Stühle.

KAPITEL 25

Die zwei Stunden, die Mike alleine eingesperrt verbrachte, vergingen unendlich langsam. Gegen die Schmerzen, die sich anfühlten, als ob die Oberarme aus den Schultergelenken springen würden, konnte er nichts tun. Am meisten beschäftigten ihn jedoch seine Sorgen um Nina. Wo hielten die beiden Männer sie gefangen? Was hatten sie ihr angetan? Er fragte sich, was er anders hätte tun können, und machte sich Vorwürfe, sie nicht besser beschützt zu haben. Dann hörte er ein Fahrzeug in die Halle fahren. Schnell schob er mit dem Kopf den Vorhang zur Seite und blickte gespannt durch den Spalt. Der schwarze SUV parkierte wieder mitten in der Halle neben dem zweiten Fahrzeug. Menschtschikow und sein Kollege stiegen zuerst aus und öffneten dann die Hintertüren des Fahrzeugs, aus denen zwei Männer in eleganten Anzügen ausstiegen. Von den Aufnahmen mit der Drohne erkannte Mike den einen Mann sofort. Es handelte sich um Popow, den Boss der Gruppe. Den zweiten Mann erkannte er nicht. Popow sagte etwas zu Menschtschikow, das Mike im Büro nicht hören konnte, dann öffnete dieser die Heckklappe des Fahrzeugs. Mikes Herz begann, schneller zu schlagen. Die Männer zogen Nina aus dem Kofferraum. Zu seiner Erleichterung schien sie äußerlich unverletzt zu sein. Schnell verwandelte sich seine Erleichterung in Wut, als er sah, dass nicht nur ihre Hände hinter ihrem Rücken zusammengebunden, sondern ihre Augen mit einem schwarzen Schal verbunden waren.

»Nina!«, schrie er, so laut er konnte.

Sie musste etwas gehört haben, denn sie drehte ihren Kopf in seine Richtung, als ob sie ihn suchte. Sie schien ihm zu antworten, ihre Worte konnte Mike aber leider nicht hören. Er begann mit den Schuhen gegen die Tür zu treten und rief: »Lasst mich hier raus. Bringt mich zu ihr.«

Er musste nicht lange warten, bevor sie sie in den Raum brachten und ihr den Schal von den Augen nahmen.

»Mike«, schluchzte sie und ging auf ihn zu.

»Nina. Ist alles okay? Bist du verletzt?«, stammelte Mike.

Mit den Händen hinter dem Rücken konnten sie sich nicht umarmen. Sie drückten ihre Körper aneinander und genossen die tröstliche Nähe.

»Es geht. Ich bin okay«, antwortete Nina sichtlich erleichtert, nicht mehr alleine mit ihren Entführern zu sein.

»So, genug jetzt von diesem Theater«, unterbrach sie Popow barsch. Er nickte Menschtschikow zu, und dieser riss die beiden grob auseinander. Dann stieß er Mike und Nina auf je einen Stuhl.

»Was wollen Sie von uns?«, schnaubte Mike.

Popow antwortete mit einer künstlich freundlichen Stimme. »Ich sollte eigentlich Sie fragen, was Sie von mir wollen. Sie sind es, der mich mit Ihrer Drohne gestern Nacht im Hotel aufgesucht hat. Oder stimmt das etwa nicht?« Popow lächelte zynisch, sprach dann gleich weiter. »Hören wir mit den Spielchen auf, Herr Honegger. Sie wissen genau, was ich suche, und Sie hätten es für mich finden sollen. Sie haben aber die Spielregeln eigenmächtig geändert. Indem Sie mich aufgesucht haben, haben Sie sich mit mir angelegt, etwas, das sie nicht hätten tun sollen.«

»Und Sie stecken hinter dem Mord an Professor Matthews und sind irgendwie in den Tod des sowjetischen Agenten auf dem Gauligletscher involviert!«, konterte Mike energisch.

Popow lachte laut. »Wie gesagt, Sie haben sich auf etwas eingelassen, dessen Tragweite Sie nicht abschätzen können. Lassen wir also diese Nebenschauplätze einfach mal beiseite. Zuerst möchte ich mich vorstellen. Mein Name ist Popow, Igor Alexejewitsch Popow. Ich muss zugeben, dass Sie bis vor wenigen Stunden bei mir noch hoch im Kurs standen. Ohne es zu wissen, suchten Sie für mich auf dem Gletscher nach etwas äußerst Wertvollem. Etwas von größter Tragweite. Dann haben Sie sich aber plötzlich entschlossen, den Spieß umzudrehen und mich zu jagen. Das war ein kapitaler Fehler, Herr Honegger. Den werden Sie und das Mädchen hier noch teuer bezahlen.«

»Da irren Sie sich aber gewaltig. Ich suchte auf dem Gletscher gar nichts für Sie. Ich wollte herausfinden, wer einen meiner Bekannten in einem Hotel in Bern ermordet hat, und in welchem Zusammenhang der Mord mit dem Tod eines Russen auf dem Gletscher vor 70 Jahren steht. Alles andere ist mit egal. Lassen Sie uns jetzt sofort los!«

»Herr Honegger, bitte halten Sie mich nicht für blöd. Sie wollten nicht bloß etwas *herausfinden*. Ihr Ziel war etwas ganz anderes. Sie jagten nämlich nach etwas äußerst Wertvollem. Und was gedachten Sie, damit zu tun, sollten Sie es finden?«

Mike realisierte, dass Popow mehr wusste, als ihm lieb war. Er getraute sich nicht, den Schatz zu verheimlichen. »Sie sprechen vom Schatz der Familie Jergakow. Ja, ich gebe zu, dass mich auch interessiert, wo der Schatz geblieben ist. Auf Ihre Frage habe ich eine klare Antwort: Wenn ich ihn finden sollte, werde ich ihn der rechtmäßigen Erbin übergeben. Und das ist Frau Agnes von Webern. Sie werden ihn nie von mir erhalten!«

Popow schaute Mike verwirrt an und runzelte seine Stirn.

»Das glaube ich ja nicht! Ich habe Sie tatsächlich überschätzt, junger Mann. Sind Sie denn wirklich nur hinter dem Schatz der Jergakows her?«

»Ich will wissen, wer Matthews ermordet hat und was mit dem Mann auf dem Gletscher geschehen ist. Wenn ich dabei noch den Schatz finde, dann ist das gut. Aber ich werde alles tun, um sicherzustellen, dass er Ihnen nicht in die Hände fällt.«

Für einen kurzen Augenblick glaubte Mike, Wut in Popows Gesicht zu sehen. Der fing sich aber schnell wieder und begann künstlich zu lachen. »Hört mal das an. Dieser Wurm denkt tatsächlich, ich würde mich für einen Schatz alter Juwelen, alten Schmucks und Objekten für Historiker interessieren. Warum denn? Wegen dessen monetärem Wert? Wegen einiger Millionen Dollar? Mit meinem Reichtum kann ich mir das alles im Handumdrehen selber kaufen. Ein Wort an meinen treuen Anwalt und Treuhänder Gribkow hier«, er zeigte mit der Hand auf den Mann im Anzug neben ihm, »und ein Schatz, der doppelt so wertvoll ist wie derjenige der Jergakows, gehört innert Stunden mir.«

Mike schüttelte seinen Kopf. »Wenn es den Schatz wirklich gibt, so ist er nicht käuflich. Auch nicht mit Ihrem Vermögen. Nicht alles auf dieser Welt kann mit Geld gekauft werden. Vieles ist unersetzbar und einzigartig.«

Zu Mikes Erstaunen zögerte Popow wieder einen Moment und schaute ihn ernst an. Doch dann fuhr er wieder überheblich fort. »Oh doch, ich kann jeden Schatz dieser Welt kaufen. Deshalb ist der Schatz der Familie Jergakow irrelevant und mir egal. Das überfordert aber vermutlich Ihr simples Gehirn.«

Jetzt war Mike an der Reihe, verwirrt in die Runde zu blicken. »Wenn Sie nicht hinter dem Schatz her sind … was suchen Sie dann?«

Popow schüttelte den Kopf. »Sie wissen es tatsächlich nicht? Oder stellen Sie sich nur dumm?«

Mike blickte Popow verwundert an, ohne die Fragen zu verstehen.

Popow runzelte die Stirn. »Sie wissen tatsächlich nicht, worum es hier geht. Unglaublich! Also dann werde ich Ihnen jetzt verraten, auf was Sie sich eingelassen haben, als Sie mich ins Visier nahmen.«

Er setzte sich breitbeinig auf den Tisch und befahl Menschtschikow, Mike und Nina von den Kabelbindern zu befreien. Beide massierten sich die Schultern und bewegten ihre befreiten Arme vorsichtig hin und her. Der Schmerz tobte in ihren Körpern weiter, ohne nachzulassen.

»Menschtschikow, Samsonow, geht und wartet bei den Fahrzeugen!«

KAPITEL 26

»So, Herr Honegger. Jetzt werden wir mal Ihr Wissen testen«, sagte Popow und rieb sich die Hände. »Was wissen Sie über den ›Acheson-Lilienthal Report‹?«

Mike drehte sich zu Nina um, die mit den Achseln zuckte. Er schüttelte den Kopf und antwortete: »Noch nie davon gehört.«

»Eben. Sehen Sie? Jetzt realisieren Sie hoffentlich, dass Sie sich in etwas eingemischt haben, dessen Tragweite Sie gar nicht fähig sind zu begreifen. Begeben wir uns gedanklich mal zurück ins Jahr 1945. Im August haben die USA zwei Atombomben über Japan abgeworfen, der Zweite Weltkrieg ist endlich zu Ende. Die USA verfügen als einzige Nation der Welt über Nuklearwaffen, was viele Regierungen beunruhigt, insbesondere die sowjetische. Es droht die Aufrüstung mit diesen verheerenden Waffen. Sogar in den USA wird darüber nachgedacht, welche Folgen ein Wettrennen unter atomaren Großmächten bedeuten könnte. In Washington bilden sich dabei zwei Glaubensrichtungen: Eine Gruppe ist der Meinung, die USA müssten ihre Überlegenheit im Bereich der Nuklearwaffen unbedingt verteidigen, denn diese sei ihre Errungenschaft. Eine zweite Gruppe sieht die Entwicklung eher wissenschaftlicher Natur und möchte verhindern, dass es zu einem Aufrüsten kommt. Es ist die Rede davon, dass die USA und die Sowjetunion die Kontrolle über die Atomenergie einer UNO-Kommission übertragen könnten, der ›United Nations Atomic Energy Commission‹. Der amerikanische Präsident Harry S. Truman hört sich die Argumente beider Seiten an und entscheidet sich für keine der beiden Varianten. Weil die USA zu diesem Zeitpunkt noch über keine klare Strategie zum Thema verfügen, beauftragt er Dean Acheson, den späteren Außenminister, eine Kommission zu leiten, um ein mögliches Vorgehen in einem Bericht zu skizzieren. Im März 1946 ist es dann so weit. Der Bericht, den man heute als ›Acheson-Lilienthal Report‹ kennt, wird im State Department vorgestellt. Das Dokument kommt zu dem Schluss, dass Inspektionen sehr wahrscheinlich nicht genügen werden, um die Atomenergie in Schach zu halten. Weil man damals glaubte, das größte Hindernis zur Entwicklung dieser Technologien liege in der Beschaffung von spaltbarem Material wie Uran und Thorium, schlägt die Kommission vor, die weltweite Kontrolle darüber der sogenannten ›Atomic Development Authority‹ zu übertragen. Diese Organisation würde weltweit die Minen spaltbaren Materials übernehmen und die Weitergabe der nuklearen Rohstoffe überwachen. Sie würde sie nur in Mengen abgeben, die für die Forschung nötig sind, aber nicht für die Entwicklung von Waffen ausreichen. Haben Sie meinen Ausführungen bis jetzt folgen können?«

Mike nickte verärgert. »Natürlich kann ich Ihnen folgen.«

Nina schüttelte daneben verständnislos den Kopf.

Popow lächelte und fuhr fort. »Es kommt noch besser. Acheson, Lilienthal und die anderen hochkarätigen Mitglieder der Kommission schlagen vor, dass die USA ihr

Monopol über Nuklearwaffen aufgeben und ihr Wissen mit der Sowjetunion teilen sollen im Tausch gegen die Garantie, dass die Sowjetunion auf die Entwicklung von eigenen Nuklearwaffen verzichtet. Da die Rohstoffe, das Wissen und die friedliche Erforschung der Atomenergie nach ihrem Vorschlag unter internationaler Kontrolle stehen und in diesem Sinne niemandem gehören, sondern allen, gehören auch die existierenden Nuklearwaffen niemandem mehr. Stellen Sie sich das mal vor. Noch vor dem Kalten Krieg und der damit verbundenen nuklearen Aufrüstung entsteht mit dem ›Acheson-Lilienthal Report‹ ein Plan, der, wenn er umgesetzt worden wäre, verhindert hätte, dass Länder Milliarden in die Entwicklung und Beschaffung von Nuklearwaffen investierten, und, wer weiß, vielleicht sogar, dass der Kalte Krieg zwischen Ost und West ausbricht. Wissen Sie, wie dieser Plan den Verlauf der Geschichte verändert hätte?«

»Die Welt wäre eine bessere Welt geworden, viel Leid hätte vermieden werden können«, bemerkte Nina.

»Falsch!«, schrie Popow sie zu ihrer Überraschung an.

»Warum denn falsch? Das verstehe ich nicht.«

»Ja, Sie haben richtig gehört. Es wäre ein riesiger Fehler gewesen! Die Welt wäre heute nicht das, was sie ist. Um Europa zu befreien, starben Millionen unserer Bürger im Zweiten Weltkrieg auf den Schlachtfeldern und in den zerbombten Städten. Wir haben unseren Preis mit Blut bezahlt. Der Westen, insbesondere die USA, hätten die Sowjetunion ohne Nuklearwaffen aber nie erstarken und nie die Rolle spielen lassen, die ihr auf der Weltbühne gebührte. Wir wären nie zu einer Großmacht aufgestiegen. Die Weltwirtschaft hätte sich nicht entwickelt. Konkurrenz belebt den Mark, Herr Honegger, das ist immer so! Das Wettrüsten bis in die 90er-Jahre brachte uns allen neue Entdeckungen, Arbeitsplätze, Wissen, Raumfahrt, Wohlstand. Es war die Lokomotive aller führenden Nationen, die vermied, dass diese stillstanden. Und, nicht zu vergessen, dass die Angst vor einem Erstschlag mit Nuklearwaffen den Frieden zwischen Ost und West erst ermöglichte. Wenn eine Partei diese Waffen nicht besessen hätte, wäre es zu einem konventionellen Dritten Weltkrieg gekommen. Das kann ich Ihnen garantieren.« Popow strahlte sichtlich vor Überzeugung.

Nina schüttelte weiter den Kopf und sagte: »Sie haben den Verstand verloren. An Ihre Theorie glauben Sie ja selbst nicht.«

Popows Miene wurde sofort wieder bedrohlich ernst. »Passen Sie auf, wie Sie mit mir reden, junge Frau. Hören Sie lieber weiter zu. Als der Bericht im Frühling 1946 veröffentlicht wird, gibt es zum Glück in den USA genügend einflussreiche Leute mit gesundem Menschenverstand, die nicht in die Falle tappen, sondern sich gegen den Bericht stellen. Aber trotzdem geschieht das Unmögliche. Die Gruppe, die an den Bericht glaubt, weiß, dass es lediglich Stalins Unterschrift braucht, um die Idee in Realität zu verwandeln. Sie wissen ganz genau, dass die USA vom Vorhaben im Bericht nicht mehr abrücken können, wenn er schriftlich zustimmt. Die Falken hätten in dem Fall jede Glaubwürdigkeit verloren und die Umsetzung des Plans nicht mehr verhindern können. Und so planen sie einen unglaublichen Coup. Sie kontaktieren einen Schweizer Offizier, zu dem sie aus den

Zeiten des Kriegs gute Kontakte haben, und bitten ihn, als neutraler Vermittler für sie nach Moskau zu reisen und den Bericht Stalin vorzulegen. Der Name des Offiziers? Ja, Sie haben es sicherlich bereits erraten: Oberst Hans von Webern.«

Mike starrte Popow erstaunt an und fragte: »Hans von Webern?«

»Ja, er hatte während des Kriegs nicht nur zu den Amerikanern sehr gute Kontakte. Bern war damals nicht zum ersten Mal ein Zentrum für Spionage und Diplomatie. Wussten Sie, dass Allan Dulles, der spätere Leiter der CIA, 1942 nach Bern beordert wurde? An der Herrengasse und in der Bellevue Bar des Hotels Bellevue Palace traf man Vereinbarungen und übermittelte Botschaften zwischen Regierungen, die offiziell nicht miteinander Kontakt hatten. Es wurde spioniert und verhandelt mitten in einem Europa, das in Flammen stand. Und mittendrin, als neutraler Vermittler, ein Schweizer Offizier namens von Webern mit besten Kontakten zu allen Beteiligten.«

Mike staunte Popow an. »Woher wissen Sie denn das alles?«

»Wie ich bereits mehrmals sagte, Sie haben keine Ahnung, auf was Sie sich eingelassen haben. Aber alles mit der Ruhe, ich habe Ihnen noch viel zu erzählen.« Er blickte auf seine goldene Armbanduhr. »Wir dürfen uns nicht in Sicherheit wähnen, wir sind bereits zu lange hier.«

Popow öffnete die Tür einen Spalt und rief nach Gribkow. »Andrei Wiktorowitsch, wir wechseln unseren Standort.«

Mike hörte Gribkow auf Russisch seinen Männern Befehle erteilen. Erneut banden Menschtschikow und Samsonow Mike und Ninas Handgelenke mit Kabelbindern zusammen, diesmal nicht hinter ihren Rücken, was Mikes Schultern, die weiterhin schmerzten, vor weiteren Verzerrungen verschonte. Samsonow stülpte Mike und Nina schwarze Stoffsäcke über die Köpfe. Die Männer packten sie grob unter den Armen und schleppten sie durch die Halle zu den Fahrzeugen. Mike hörte Nina stürzen und rief: »Ist alles in Ordnung, Nina? Nehmt uns doch die Säcke ab!«

»Ruhe jetzt, sonst verprügeln wir euch auf der Stelle«, schrie Menschtschikow zurück.

Bevor Mike reagieren konnte, wurde er grob in das Heck des SUV geworfen. Danach spürte er, wie die Männer Nina auf ihn warfen, und hörte sie die Heckklappe zuschmettern.

»Habe ich dich verletzt, Mike?«, fragte Nina leise. »Es tut mir leid, aber die haben mich aufgenommen und einfach auf dich geworfen.«

»Ich weiß, ich weiß. Es geht. Es muss«, antwortete Mike. Seine Hoffnung, einen Ausweg aus der prekären Situation zu finden, schwand zusehends, und diese Tatsache konnte er vor ihr nicht weiter verheimlichen.

KAPITEL 27

Als Samsonow Mike von den Kabelbindern befreite und ihm den Stoffsack vom Kopf riss, sah er als Erstes Samsonows Grinsen. Suchend blickte er um sich und war erleichtert, dass Nina neben ihm stand, inzwischen auch vom Stoffsack und der Fessel befreit. Sie befanden sich in einer einfachen, aber gut ausgebauten kleinen Holzhütte mit einer Kochnische entlang einer Wand, wie er sie von Waldfesten kannte. Ein langer Holztisch und zwei Holzbänke beherrschten den Raum. Menschtschikow blockierte demonstrativ den Ausgang und grinste Mike zynisch an.

»Setzen Sie sich beide auf die Bank«, befahl Popow.

Mike und Nina drehten sich um und setzten sich. Durch die Fenster blickten sie in den tief verschneiten dichten Wald. Die Äste der Tannen bogen sich unter dem Gewicht des Schnees bis zum Boden.

»Wie Sie sehen können, schneit es intensiv weiter. Leider hat mir das Wetter einen Strich durch die Rechnung gemacht, und wir werden heute meinen Plan nicht ausführen können.« Popow holte sich einen Holzschemel und setzte sich vor die beiden hin. »Wir müssen also die Nacht hier verbringen. Gribkow hat diese Hütte gefunden, in die wir einfach eingebrochen sind. So tief im Wald müssen wir bei diesem Wetter heute Nacht keine Wanderer oder Hundebesitzer beim Gassi gehen befürchten. Trotzdem werden Menschtschikow und Samsonow Wache schieben. Denken Sie also ja nicht an Flucht. Ein Versuch würde Sie teuer zu stehen kommen.«

Nina blickte Mike verängstigt an. Er sah in ihr, was er selber spürte, und sagte wütend: »Ich weiß nicht, was Sie vorhaben, Popow. Es wird Ihnen nicht gelingen, das kann ich Ihnen garantieren!«

Popow grinste Mike an. »Schön, wie Sie da reden. Wirklich heldenhaft.« Dann wurde sein Gesicht wieder ernst, und er drohte: »Vergessen Sie nicht, dass ich Sie beide auf der Stelle erschießen und im Schnee begraben lassen kann. Vielleicht findet Sie ein Hund oder ein Fuchs im nächsten Frühling, wenn der Schnee wegschmilzt. Sie und Ihre Begleitung!«

Mike schauderte. Ihre beide Leben waren in Gefahr, und er musste vermeiden, Popow zu provozieren.

»Geben Sie Nina wenigstens etwas zu trinken. Und gegessen haben wir seit Langem auch nichts mehr. Legen Sie Holz in den Schwedenofen, sonst erfrieren wir diese Nacht noch.«

»Wir sind doch beide zivilisierte Menschen, Herr Honegger. Solange Sie kooperieren und sich so benehmen, wie ich das wünsche, mache ich mit. Aber wehe, Sie versuchen, zu entkommen oder jemanden zu kontaktieren! Sie tragen auch die Verantwortung über das Verhalten Ihrer Begleiterin. Eine falsche Bewegung, und Sie können sich mit gefesselten Händen und Füßen draußen ein Iglu für die Nacht bauen. Drücke ich mich klar genug aus?«

Mike nickte und ärgerte sich über das Schmunzeln in Menschtschikows und Samsonows Gesichtern.

»Schaltet den elektrischen Ofen an. Ich möchte keinen Rauch aus der Hütte aufsteigen lassen. Das könnte auffallen. Bringt das Essen!«, befahl Popow seinen beiden Schergen.

Aus dem Kühlschrank legten die beiden Männer Cola-Flaschen und vakuumverpackte Sandwiches auf den Tisch, die Mike und Nina gierig verschlangen. Auf den Preisetiketten erkannte Mike das Logo der Tankstelle an der Autobahn bei Münsingen. Befanden sie sich irgendwo zwischen Bern und Thun?

»Wann werden Sie uns sagen, was Sie von uns verlangen und warum Sie uns entführt haben?«, meldete sich Nina zum ersten Mal zu Wort.

»Ah, auch Sie haben eine Stimme. Na gut. Sie haben das Recht zu fragen, und ich werde Ihnen eine Antwort geben. Leider haben wir ja Zeit dafür. Heute Morgen habe ich Ihnen vom ›Acheson-Lilienthal Report‹ erzählt und vom Plan einer Gruppe amerikanischer Regierungsmitglieder, diesen den Sowjets zu präsentieren. Das Ganze im Geheimen mit der Unterstützung von Hans von Webern und der neutralen Schweiz. Tatsächlich reist er mit einer Delegation Diplomaten nach Moskau, trifft sich mit denjenigen sowjetischen Parteimitgliedern, die ebenfalls vom Traum einer friedlichen Welt geblendet sind, und schafft das Unglaubliche: Stalin unterschreibt das Abkommen, mit dem er sich an den Bericht halten will. Das Abkommen erhält den Namen von Stalins großem Anwesen außerhalb Moskaus, wo er es unterzeichnet hat: das ›Kuntsewo Abkommen‹. Darin stimmt die Sowjetunion zu, auf die Entwicklung von Nuklearwaffen zu verzichten und die Kontrolle über die dazu nötigen Rohstoffe und die Atomenergie einer internationalen UNO-Organisation zu übertragen. Bedingung dazu ist selbstverständlich der Vorschlag von Acheson, Lilienthal und den anderen, dass die USA ihre Nuklearwaffen entsorgt und ihr Wissen mit der Welt teilt.«

»Die Sowjetunion hat dem Vorschlag zugestimmt? Das ist ja unglaublich! Das hätte die Geschichte des 20. Jahrhunderts völlig verändert!«, staunte Mike.

»Das ist so. Jetzt wird die Geschichte aber erst richtig spannend. Während den Verhandlungen in der Sowjetunion spielt von Webern sein eigenes privates Spiel. Er muss herausgefunden haben, wo der Vater Jergakow den Familienschatz zu Zeiten der Revolution versteckt hatte. Er organisiert einen Abstecher nach Leningrad, findet und stiehlt ihn. Wie ein gemeiner Dieb, ein Gauner, ein Ganove, der das Vertrauen der sowjetischen Führung als Gast einfach so missbraucht.«

»Die Revolution hat der Familie alles genommen, ihren Besitz verstaatlicht und Vater Jergakow ermordet. Der Schatz gehört der Familie Jergakow und niemand anderem«, wendete Mike ein.

Mike bemerkte ein fast unscheinbares Zwinkern in Popows Augen, bevor er antwortete. »Da haben Sie für einmal recht, Herr Honegger. Der Schatz gehörte der Familie Jergakow. Aber nicht den Familienangehörigen, die feige abgehauen sind, sondern denen, die ein neues Russland aufgebaut haben. Die für das Russland von heute gekämpft haben! Es gehört jedenfalls nicht einem Schweizer, der sich damit bereichern will. Aber zurück zu den Ereignissen 1946. Der Tscheka-Agent Kiril Jergakow beschattet von Webern und ist ihm auf den Fersen. Er erfährt, dass von Webern den Schatz aus der Brücke in Leningrad geholt hat, und setzt die Geheimdienste auf ihn an.«

»Aber von Webern gelingt die Flucht vor der Tscheka nach Wien, wo er in die Unglücksmaschine einsteigt.«

»So ist es. Die Tscheka ist aber nicht die Einzige, die hinter von Webern her ist. Zwei hohe Parteifunktionäre, Michail Wasiljevich Schepkin und Juri Petrowitsch Kurotschkin, hatten glücklicherweise schnell erkannt, wie gefährlich das ›Kuntsewo-Abkommen‹ für die Sowjetunion war. Sie wussten, dass sich die USA nie daran halten würden, sondern damit verhindern wollten, dass die Sowjetunion als gleichberechtigter Partner auf der Weltbühne ihren Platz einnehmen konnte. Als sie Stalin nicht davon abhalten können, das Abkommen zu unterzeichnen, realisieren sie, dass es eine supranationale Gruppierung Gleichgesinnter braucht, um über Landesgrenzen hinweg den Fortbestand und das Wohlergehen von Nationen zu sichern. Sie hatten bereits erfahren, dass auch in den USA eine Bewegung gegen das Abkommen entstanden war.«

»Ha, da kann ich ja nur lachen«, regte sich Nina auf. »Fortbestand? Wohlergehen? Das war wohl kaum ihr Interesse. Sie wollten nichts anderes als Macht. Das wollten nach dem Krieg alle Siegernationen, die dazu noch in der Lage waren.«

Popow ignorierte Nina. »Sie kontaktieren diejenigen in Washington, die vom ›Acheson-Lilienthal Report‹ ebenfalls schockiert sind und gründen gemeinsam das, was wir heute das ›Alpha Security Council‹ nennen. Mit dem Ziel, als Denkfabrik Stabilität in die internationale Ordnung zu bringen, unabhängig von nationalen politischen Interessen, über die Grenzen hinweg. Parteien, Regierungen, Ideologien, Trends kommen und gehen.

Wir sind ein konstanter Fels in der Brandung, um die Welt in den richtigen Bahnen zu halten. Das haben wir bis heute erfolgreich geschafft. Visionäre waren das im wahrsten Sinn des Wortes. Sofort setzen sie den militärischen Geheimdienst, den GRU, auf von Webern an, um ihm das unterzeichnete Abkommen wegzunehmen. Leider entkommt von Webern beiden Geheimdiensten in letzter Minute mit dem Abkommen und dem Schatz.«

»Und stürzt im Berner Oberland ab. Das erklärt, warum Sie unbedingt wissen wollten, ob der sowjetische Agent auf dem Gletscher etwas bei sich hatte.«

»Ja, so ist es. Wir wissen seit 1946, dass von Webern das unterzeichnete ›Kuntsewo-Abkommen‹ dabei hatte, als er abstürzte, und haben uns geschworen, dass es nie an die Öffentlichkeit gelangen wird. Obwohl ich es genießen würde, die USA mit der Tatsache bloßzustellen, dass die Sowjetunion freiwillig auf Nuklearwaffen verzichtete und die US-Regierung davon Kenntnis hatte, dann aber trotzdem aufrüstete. Die ganze Welt würde realisieren, dass wir nur friedliche Absichten hatten und die USA die einzig und alleinige Schuld am Kalten Krieg tragen.«

»Ha«, reagierte Nina wieder verärgert. »So einfach kann das ja nicht sein!«

»Oh doch. Aber unser Interesse geht noch viel weiter. Zurück zur Gegenwart. Inzwischen ist der Kalte Krieg zu Ende, und die Sowjetunion existiert nicht mehr. Gerade jetzt werden aber die Karten neu gemischt, geopolitische Einflusssphären neu verteilt. Wenn das Abkommen heute öffentlich würde, dann würde das Aufwind geben, die Diskussion wieder aufzunehmen. Man würde nicht mehr nur darüber diskutieren, ob der Iran ein Nuklearprogramm führen darf oder nicht. Nein, man würde das ›Kuntsewo-Abkommen‹ als Präzedenzfall nutzen, um die Diskussion weltweit zu führen. Wir wären da, wo wir 1946 waren. Das werde ich mit dem Council um jeden Preis verhindern, wie wir es seit dem Krieg immer erfolgreich verhinderten. Ich werde persönlich dafür sorgen. Niemand wird mir im Weg stehen, Sie zwei erst recht nicht. Das schwöre ich Ihnen!«

Zum ersten Mal schnaufte Popow vor Aufregung, und sein Gesicht war errötet.

»Sie sind tatsächlich ein Irrer, Popow. Sie haben den Kontakt zur Realität längst verloren und sind verbittert. Ihnen und Ihren Vorgängern in Ihrem Verein geht es um Macht, Einfluss, Kontrolle über andere und um Reichtum. Aber auf dem Gauligletscher, da geht es Ihnen nicht nur um das Abkommen, stimmt's? Es geht um mehr. Es geht auch um den Schatz der Jergakows! Auch wenn Sie es leugnen. Sie sind ein Egoist und machthungriger Wahnsinniger!«, regte sich Mike auf.

Nina hielt ihn mit der Hand auf seiner Schulter vor dem Aufstehen zurück und schüttelte stumm den Kopf.

»Nein, bin ich nicht!«, schrie Popow. »Der Schatz hat nichts mit dem Abkommen zu tun. Er gehört nur mir!«

»Da irren Sie. Er gehört der Erbin der Jergakows«, sagte Nina.

Popow stand auf und hob die Hand, um sie zu schlagen. Dann setzte er sich jedoch wieder und fuhr in einem ruhigeren Ton fort. »Er gehört mir, denn Kiril Fjodorowtisch Jergakow, der Tscheka-Agent, der von Webern jagte, war mein Großvater! Ja, Sie hören richtig.«

Jetzt begann Mike zu begreifen, weshalb er beim Erwähnen des Schatzes der Jergakows immer eine Reaktion in Popows Gesicht bemerkte und eine so tiefe Verbitterung in ihm spürte. Popow wollte zwar verhindern, dass das »Kuntsewo-Abkommen« an die Öffentlichkeit gelangte, hatte aber ein genauso großes privates Interesse, den Jergakow-Schatz zu bergen. Wie von Webern 1946 hatte Popow heute seine eigenen Interessen mit dem Abkommen verbunden.

Popow blickte lange aus dem Fenster der Hütte in den frischen Schnee und fuhr dann in ruhigem, fast traurigen Ton fort. »Aus einer Affäre mit einer Bediensteten hatte Fjodor einen unehelichen Sohn, Kiril, den er nie anerkannte. Um die Affäre zu vertuschen, entließ er die Bedienstete mit dem neugeborenen Jungen kurz nach seiner Geburt. Entlassen hieß damals, auf die Straße geworfen zu werden. Die alleinstehende Mutter und ihr Baby mussten in Armut aufwachsen. Sie kämpfte ihr Leben lang dafür, dass Fjodor den Jungen als seinen Sohn anerkannte, aber ohne Erfolg. Sie vegetierte in Armut dahin und starb vor den Augen des jungen Kiril, der danach bei seiner Tante aufwuchs und Rache an Jergakow schwor.«

Mike wollte fragen, was aus Kiril geworden war, doch Popow unterbrach ihn. »Warten Sie mit Ihren Fragen. Als sie vom Theater heimkehrte, wurde Fjodor Wladimirowitschs Frau 1911 auf offener Straße erstochen. Der Täter blieb unerkannt und wurde nie gefasst. Fjodor Wladimirowitsch beauftragte einen Privatdetektiv mit der Suche nach dem Täter. Er behauptete, dass Kiril entweder der Mörder war oder als Rache dafür, dass Fjodor ihn nie als Sohn anerkannte, den Mord in Auftrag gegeben hatte. Beweisen konnte man ihm nichts, und er wurde deshalb nie angezeigt. Fjodors Hass auf Kiril und auf die armen Schichten der Gesellschaft verbitterte ihn für den Rest seines noch verbleibenden Lebens. Ihm genügte also nicht nur, meinen Großvater nie als Sohn anzuerkennen und ihn und seine Mutter auf die Straße zu werfen, sondern er musste ihn auch noch des Mordes verdächtigen. Abschaum so etwas!«

Mike fragte: »Was wurde aus Kiril?«

»Nach der Abdankung des Zaren im März 1917 sah Kiril seine Stunde gekommen, um sich an der Aristokratie zu rächen. Er trat den Bolschewiken bei und wurde bald als äußerst effizienter und loyaler Handlanger eines Arbeiterkomitees bekannt. Er leistete den Bolschewiken gute Dienste bei der Eliminierung von Feinden. Trotzki berief ihn in das ›Militärisch-Revolutionäre Komitee Petrograds‹, wo er eine aktive Rolle in der Übernahme der Garnisonen Petrograds und des Sturms auf den Winterpalast während der Oktoberrevolution spielte. Nach der Ergreifung der Macht durch Lenin und der Herrschaft der Bolschewiken konzentrierte sich Kiril auf die Jagd nach Jergakow, um seine Rache endlich fortzuführen. Jergakow wusste zu diesem Zeitpunkt bereits, dass er alles an die Revolution verlieren würde. Eines Nachts holte er den gesamten Familienschatz, bestehend aus Juwelen, Schmuck und Goldmünzen, aus dem Tresor und versteckte ihn. Kiril und seine Kumpanen fanden Jergakow und verhafteten ihn. Kiril persönlich folterte Jergakow, der aber nie verriet, wo er den Familienschatz versteckt hatte. So blieb er während Jahrzehnten verschollen. Jergakow starb noch im Gefängnis. Das gesamte Vermögen der Familie wurde danach von den Bolschewiken konfisziert und größtenteils geplündert. Kiril setzte das Palais der Familie in Petrograd persönlich in Brand. Der alte Jergakow bekam also das, was ihm nach seiner jahrzehntelangen Ausbeutung zustand.«

»Wie kam Kiril denn zur Tscheka?«

»Als Felix Edmundowitsch Dserschinski Vorsteher der Tscheka wurde, dem Vorläufer des späteren KGB, holte er Kiril, den er aus den Zeiten des MRKP kannte, zu sich, und er machte in der Tscheka Karriere. Er war dafür verantwortlich, dass alle Verwandten der Jergakows, die nicht aus Russland hatten fliehen können, verhaftet und exekutiert wurden. Er suchte sein Leben lang nach dem Jergakow-Schatz und zwang seine beiden Söhne zu schwören, die Suche nach seinem Tod weiterzuführen. Ich habe die Aufgabe von meinem Vater geerbt und werde sie nach drei Generationen erfüllen. Mit Ihrer Hilfe. Aber mehr dazu morgen, wenn das Wetter mitmacht.«

Popow erlaubte Mike und Nina, ihre dicken Winterjacken auf dem Boden auszubreiten und sich darauf hinzulegen. Menschtschikow fesselte Mikes linkes Fußgelenk mit Kabelbindern an eine der Sitzbänke, sein rechtes Fußgelenk fesselte er an Nina. Danach setzte er sich vor der Tür auf den Boden. An Flucht war nicht zu denken. Mike und Nina schliefen bis am nächsten Morgen keine Minute.

KAPITEL 28

Mit nur einem Schokodrink verpflegt, mussten sich Mike und Nina am frühen Morgen, erneut gefesselt, in das Heck eines der beiden Fahrzeuge legen. Der viertelstündige Weg von der Hütte zum Parkplatz durch den tiefen Schnee sowie die frostige Luft im Wald hatten sie nach der ungemütlichen und schlaflosen Nacht am Boden erfrischt. In den langen Stunden davor hatte ihre Stimmung zwischen Überlegungen zur Flucht, Verzweiflung und Hoffnungslosigkeit geschwankt. Auf ihren Winterjacken am Boden liegend, hatte ihnen lediglich ihre gegenseitige Nähe etwas Trost gespendet.

Nach einer kurzen Fahrt hielt das Fahrzeug an, und beide Gefangenen wurden grob aus dem Heck gezerrt. Sie standen mitten auf einem kleinen Flugfeld mit zwei geschlossenen Hangars neben einer Piste. Die Wetterfront war in der Nacht abgezogen, und über ihnen strahlte die Sonne am wolkenlosen tiefblauen Himmel. Der reichliche Neuschnee der vergangenen Tage leuchtete hell von den Bergspitzen.

Ein großer Helikopter wartete auf sie am Rand des Flugfelds, wo der Schnee bereits weggeräumt worden war. Mike fielen die Geräte und Sonden auf, die unten am Rumpf herausragten, und er fragte sich, wozu sie dienten. Auf dem Helikopter las er neben dem Firmenlogo den Schriftzug mit dem Firmennamen: »Antares Geological Research Foundation«.

»Ein Juwel in meinem Firmenimperium«, erklärte

Popow stolz. »Eine Forschungsanstalt für Wissenschaftler, finanziert von Universitäten und Regierungen, die mir gleichzeitig für die Suche nach wertvollen Rohstoffen dient. Die akademische Welt erhält Forschungsergebnisse, ich erhalte kostenlos neue Einnahmequellen. Win-win, oder nicht?« Er zeigte mir der Hand zum Helikopter. »Das ist einer von vier Bell 429 meiner Flotte. Eine Sonderanfertigung, Sie werden sehen.«

Ein Mann in einem Coverall und mit Pilotenhelm kam auf sie zu und tauschte mit Popow einige Worte auf Russisch aus. Menschtschikow befreite Mike und Nina von ihren Fesseln und zwang sie mit gezogener Pistole zur offenen Seitentür des Helikopters.

»Steigen Sie ein. Wir gehen endlich auf eine gemeinsame, äußerst spannende Reise«, sagte Popow begeistert.

Mike und Nina setzten sich im hinteren Teil des Helikopters nebeneinander auf zwei der drei lederbezogenen Sitze. Menschtschikow und Samsonow fesselten je eines ihrer Handgelenke mit Handschellen an die Sitzgestelle, gurteten sie an, und der Pilot setzte ihnen Headsets auf. Die beiden Männer nahmen Mike und Nina gegenüber neben Gribkow Platz. Menschtschikow behielt provokant seine Pistole in der rechten Hand, legte sie aber auf seinen Schoß. Popow setzte sich neben den Piloten und zog seinen Pilotenhelm auf. Der Pilot begann unverzüglich mit den Vorbereitungen für den Start der Maschine, und Menschtschikow schloss die Schiebetür des Passagierabteils.

»Um zu sprechen, müssen Sie auf den Schalter im Kabel drücken. Verstehen Sie mich?«, hörte Mike Popows Stimme über den Bordfunk.

Mike fand den Schalter, richtete das Mikrofon näher an seinen Mund und antwortete: »Ja, ich höre Sie. Was soll das, wo fliegen Sie uns hin?«

»Langsam, Herr Honegger. Genießen Sie den heutigen Tag in aller Ruhe, denn heute schreiben wir Geschichte! Gemeinsam! Sehen Sie diese Anzeigen vor mir?«

Mike blickte zwischen Menschtschikows und Samsonows Köpfen nach vorne. Eine ganze Reihe digitaler Displays und Bildschirme vor Popow zeigte eine Menge Daten und Informationen an. Er nickte.

»Diese Maschine ist für die geophysikalische Forschung mit modernster Technik ausgestattet. Sie haben sicherlich die Messsonden bemerkt, die unten am Rumpf befestigt sind. Normalerweise muss ein Helikopter diese Geräte in Form eines tankähnlichen Gehäuses an einem Seil unter sich nachziehen. In dieser Maschine ist jedoch alles integriert. Mit einem Magnetometer können wir das Magnetfeld der Erde genauestens messen und dabei störende Einflüsse wie den Sonnenwind oder andere Faktoren, auch Veränderungen, die unser Helikopter verursacht, rechnerisch kompensieren. Mit weiteren Messgeräten wie Radiosender und -empfänger, Laserhöhenmesser, Radar und so weiter messen wir Oberflächeneigenschaften, Radioaktivität, Feuchtigkeit, Zusammensetzung der oberen Schichten der Erde und vieles mehr. Alle Ergebnisse werden vom Rechner an Bord kombiniert. Daraus entsteht sozusagen ein dreidimensionales Bild, das uns einen einzigartigen Blick unter die Oberfläche der Erde gewährt.«

Mike ahnte langsam, welches Ziel Popow mit seinem heutigen Flug verfolgte, und wollte ihn darauf ansprechen, als der Pilot sich über den Bordfunk meldete.

»K wsletu gatow.«

»Wir sind startklar«, übersetzte Popow.

Die Rotoren des Helikopters drehten sich immer schneller, und der Lärmpegel stieg im Inneren der Maschine, bis ein Gespräch ohne Bordfunk unmöglich wurde. Langsam hob die Maschine vom Boden ab, neigte sich leicht nach vorne und flog dann über die parkierten Fahrzeuge weg. Mike versuchte, in der Landschaft Fixpunkte zu erkennen, die ihm ihren Standort verrieten. Der Helikopter gewann weiter an Höhe, und bald erkannte er den Thunersee und den Brienzersee auf der linken Seite. Sie mussten von einem Flugfeld in der Nähe von Interlaken gestartet sein, dachte Mike. Als der Helikopter nach Süden abdrehte, präsentierte sich an diesem klaren, frischen Morgen vor ihnen das atemberaubende Panorama der Berner Alpen in aller Pracht. Er blickte rechts zu Nina, lächelte tröstend und reichte ihr seine freie Hand. Trotz der schlaflosen Nacht, die sie verbracht hatten, und der Gefahr, in der sie sich befanden, wirkte sie erstaunlich ruhig und gefasst.

Popow hantierte an den Geräten vor ihm und meldete sich über den Bordfunk. »Sie ahnen inzwischen sicher, wohin wir fliegen, oder nicht?«

Nina drückte auf den Knopf im Kabel ihres Headsets. »Ihr Ziel ist der Gauligletscher, wo Sie glauben, etwas zu finden, das seit 70 Jahren verschollen ist. Stimmt's?«

»Ganz richtig! Jahrzehntelang haben wir im Council alles getan, um unser Geheimnis zu hüten. Immer wachsam, immer bereit, es vor Neugierigen zu verstecken, um die Stabilität und das Gleichgewicht unserer Welt zu wahren. Heute endet diese Zeit, denn ich ergreife die

Initiative. Heute werden wir das ›Kuntsewo-Abkommen‹, das von Webern bei sich hatte, als er abstürzte, dem Gletscher entreißen. Ich werde es danach persönlich vernichten, damit diese offene Angelegenheit für immer und ewig erledigt wird.«

»Das werden Sie nie schaffen«, entgegnete Nina ruhig.

»Oh doch, das werde ich. Und zwar mithilfe modernster Technik, die wir an Bord haben, und mit Ihrer Hilfe, Herr Honegger. Sie haben sich in die Materie eingearbeitet. Sie wissen im Detail, was auf dem Gauligletscher im November 1946 geschehen ist. Wir verlassen den Gletscher erst, wenn wir das Abkommen gefunden haben.«

Mike und Nina blickten einander ungläubig an und schüttelten ihre Köpfe.

Mike drückte auf die Sprechtaste und sagte: »Sie sind nicht nur wegen des Abkommens hier. Sie möchten auch den Jergakow-Schatz bergen. Ist das nicht so?«

Popow drehte sich um und blickte ihn durch seine dunkle Brille an. »Ja, der Schatz kommt ebenfalls mit. Er gehört mir und nur mir. Nach dem, was der alte Jergakow meinem Großvater angetan hat, habe ich mehr als das Recht, ihn zu behalten.«

»Wie wollen Sie auf einem Gletscher ein Abkommen finden?«, fragte Mike. »Das ist ja ein Ding der Unmöglichkeit.«

»Sie unterschätzen unsere Technik. Zuerst werden Sie mir zeigen, wo ich suchen muss, denn Sie kennen die Details des Absturzes. Danach werden wir mit unseren Geräten die Stelle so analysieren, dass wir kleinste Veränderungen unter der Oberfläche finden. Den Schatz aus Gold, Silber und Juwelen werden wir garantiert finden.

Und wo der Schatz wartet, dort wartet auch das von Stalin unterzeichnete Abkommen.«

»Sie irren. Bereits 1946 wollte die amerikanische Armee die Überlebenden mit ihrer Technik retten. Sie rollte mit Schneepanzer, Militärzügen und Truppen in Meiringen an. Sie musste aber erkennen, dass im Gebirge andere Regeln gelten. Dass dort die Natur bestimmt, was der Mensch kann oder nicht kann. Dass sich die Alpen nicht mit Technik und Geld erobern lassen. Nur der Mensch ist in der Lage, mit der Natur klarzukommen. 70 Jahre später werden auch Sie lernen müssen, dass viel Geld, Geräte und Rechenkapazität gegen die Natur in den Alpen keine Chance haben.«

»Genug jetzt!«, schrie Popow ins Mikrofon. »Sie und meine Geräte werden heute das finden, was ich suche. Wenn Sie nicht helfen, wenn Sie sich nicht einsetzen, wenn Sie das Abkommen und den Schatz nicht finden, erschieße ich das Mädchen und lasse es auf dem Gletscher zurück. In 70 Jahren wird man sie vielleicht im Eis finden. Dann wird sich einer Ihrer beruflichen Nachfolger fragen, was ein erschossenes Mädchen auf dem Gauligletscher wollte. Déjà vu!«

»Sie werden nichts finden! Verstehen Sie doch endlich! Der Schatz und das Abkommen liegen in irgendeiner Gletscherspalte tief unter der Oberfläche. Sie sind für immer verschwunden. Ihre Verbitterung und ihre Verbissenheit trübt Ihr Denken!«

»Ich habe gesagt, genug jetzt! Ich akzeptiere keine Niederlagen. Heute erst recht nicht.«

»My priblischaemsja tselewuju oblast«, unterbrach der Pilot die Diskussion.

»Wir nähern uns dem Zielgebiet«, erklärte Popow und begann, an den Displays vor sich die Messgeräte einzuschalten und zu justieren. »Zuerst überfliegen wir das Gebiet, um ein Gesamtbild der Struktur des Gletschers zu erfassen. Honegger, überlegen Sie sich schon mal, an welcher Stelle Sie von Weberns Leiche mit dem Abkommen und dem Schatz vermuten.«

Mike schüttelte verärgert den Kopf und antwortete: »Ich habe Ihnen gesagt, es ist unmöglich, von Webern zu finden. Hören Sie mit diesem Spiel auf!«

Popow drehte ruckartig seinen Kopf und zog ebenso schnell seine Pistole hervor. Er zielte an Samsonows Kopf vorbei auf Nina und schnaubte: »Mein Leben hat mich gelehrt, dass nichts unmöglich ist. Entweder Sie helfen mir, oder ich erschieße sie. Die Entscheidung überlasse ich Ihnen!« Mit der linken Hand lud er die Pistole und entsicherte sie. Vor Angst drückte Nina Mikes Hand immer fester.

»Stopp! Ich werde alles tun, was Sie wollen«, rief Mike resigniert ins Mikrofon. »Legen Sie die Waffe weg!«

Popow blickte noch einen Moment nach hinten, dann sicherte er die Pistole und versorgte sie wieder in seiner Jacke. »Ich befehle Ihnen zum letzten Mal: Überlegen Sie, wo wir mit der Suche anfangen sollen.«

»Ja, das tue ich«, sagte Mike erleichtert. »Ich brauche dazu aber meine Notizen auf meinem Tablet. Es ist in meinem Rucksack.«

Popow nickte Samsonow zu, und dieser übergab Mike den Rucksack. Mit seiner freien Hand öffnete er ihn. Als er sein Tablet herausnehmen wollte, streckte ihm Menschtschikow seine Pistole entgegen und warnte ihn:

»Ganz langsam. Eine falsche Bewegung, und ich schieße Ihnen das Knie ab.«

Mike nickte und zog langsam sein Tablet aus dem Rucksack.

»Menschtschikow und Samsonow! Beobachten Sie ganz genau, was Honegger damit tut. Ich muss mich jetzt auf die Messungen konzentrieren.«

Die beiden Männer bückten sich nach vorne und verfolgten konzentriert, was Mike auf dem Tablet anklickte. Er durchsuchte seine Notizen sowie die Bilder und Kartenausschnitte, die er von den Unterlagen aus der Bibliothek gespeichert hatte. Obwohl er weiterhin nicht wusste, wo er mit der Suche beginnen sollte, musste er Popow einen Vorschlag unterbreiten. Er blickte aus dem Fenster und erkannte die Wasserfälle unterhalb der Gaulihütte. Kurz danach erschien die Hütte am rechten Berghang.

In welche Richtung waren von Webern und die beiden Amerikaner marschiert, als sie Hilfe suchten? Wie weit hatten sie es geschafft? Wo war von Webern in eine Gletscherspalte gestürzt und ums Leben gekommen? Fieberhaft suchte Mike Antworten auf seine Fragen. Erfolglos.

Der Helikopter überquerte den Gauligletscher auf geringer Höhe und flog danach ein rechteckiges Muster über das gesamte Gebiet, um mit den Messungen erste Daten zu erfassen. Mike beobachtete, wie sich auf einem der Displays vor Popow ein dreidimensionales Bild aufbaute, das verschiedene Strukturen farblich darstellte. Mit einem Joystick drehte Popow das Bild in verschiedene Richtungen und analysierte die Daten.

Mike hoffte, das unübliche Flugmuster des Helikopters über dem Gletscher würde jemand in der Gaulihütte dazu bewegen, die Polizei zu verständigen. Doch er wusste, dass er vergebens hoffte. Die Gaulihütte war leer, und es wäre ein großer Zufall gewesen, wenn jemand auf dem Gletscher unterwegs wäre.

Popow unterhielt sich mit verärgerter Stimme mit dem Piloten und erklärte: »Die Daten sagen viel über die Struktur des Geländes aus, aber genügen nicht, um das Wrack der Dakota und noch weniger den Schatz zu lokalisieren. Wir fliegen dasselbe Muster ein zweites Mal, aber tiefer über dem Gletscher.«

Mike und Nina blickten sich kurz an und schmunzelten leicht. Sie freuten sich über den Frust in Popows Stimme, der nicht zu überhören war. Beide wussten aber, dass Popows Enttäuschung sich ganz schnell in Aggression gegen sie wandeln konnte und für sie gefährlich war. Er würde heute nicht ohne das »Kuntsewo-Abkommen« und den Jergakow-Schatz abreisen. Ihr Überleben hing von seinem Erfolg ab.

Nachdem der Pilot das Suchmuster ein zweites Mal geflogen war, analysierte Popow den zweiten Satz Daten. »Nichts! Nichts und wieder nichts, das den Standort verrät!«, schimpfte er. »So, Honegger, jetzt sind Sie dran. Wo beginnen wir mit der Suche?«

Mike musste ihm antworten, wenn er Ninas Leben nicht aufs Spiel setzen wollte. Er zeigte mit dem Zeigefinger auf sein Tablet und sagte zögerlich: »Hier. Hier würde ich suchen.«

»Geben Sie mir Koordinaten, Sie Idiot! Und zwar nicht Schweizer Landeskoordinaten, mit denen niemand etwas anfangen kann. Ich will GPS-Koordinaten!«

Mike suchte auf einer anderen Karte, die er gespeichert hatte, und gab die Koordinaten durch. Der Pilot tippte sie auf einem Gerät ein, und der Helikopter wendete nach links. Als er die Stelle erreichte, reduzierte der Pilot die Flughöhe auf wenige Meter über dem Gletscher. Der aufgewirbelte Schnee bildete unterhalb des Helikopters eine weiße Wolke, auf der er zu liegen schien.

KAPITEL 29

»Der Pilot wird diese Position halten, bis ich die Messungen abgeschlossen habe. Vorausgesetzt natürlich, dass es windstill bleibt. Windböen können nämlich schnell gefährlich werden. Hoffen wir für Sie, dass wir bald fündig werden«, sagte Popow und begann mit der Aufnahme des nächsten Messdatensatzes.

Mike überlegte verzweifelt, was er unternehmen konnte. Er war sich bewusst, dass seine und Ninas Situation hoffnungslos war. In einem Helikopter, von einem Schergen mit einer Pistole bedroht, mit Handschellen an die Sitze gefesselt. Schlimmer konnte es nicht werden. Oder doch? Die Stelle, die er Popow angegeben hatte, hatte er rein zufällig gewählt, um Zeit zu gewinnen. Wie sollte er auch wissen, wo sich von Weberns Leiche nach

70 Jahren im Eis befand. Er wusste aber, dass Popow, getrieben von Verbitterung und Frust, seine Wut an ihnen abreagieren würde, wenn er realisierte, dass er sein Ziel hier nicht erreichen konnte. Was würde dann geschehen? Würde er ihn und Nina wirklich erschießen und in eine Gletscherspalte werfen? Mike konnte die Anspannung nicht weiter ertragen. Er musste einen Weg finden, ihre Leben vor diesem Megalomanen zu retten. Nina spürte Mikes Anspannung und nahm seine Hand in ihre. Sie lächelte leicht und nickte, um ihn aufzumuntern. Beide wussten, dass sie sich falsche Hoffnung machten, aus dieser Situation lebend herauszukommen. Auch Menschtschikow und Samsonow spürten die Angst, die in Mike und Nina aufkam, und grinsten einander zufrieden an.

»Sind Sie sicher, dass Sie die richtige Stelle angegeben haben, Honegger? Hier ist nichts zu finden«, schimpfte Popow.

Mike improvisierte verzweifelt. »Es ist die richtige Stelle … äh … vielleicht hat der Gletscher die Leiche etwas weiter talwärts getrieben, als Spezialisten berechneten, vielleicht sollten wir 50 Meter zurück.«

Popow fluchte auf Russisch und wies den Piloten an, die Position der Maschine anzupassen. Dann führte er eine nächste Messrunde durch.

Inzwischen war Mike klar, dass er weder mehr Zeit gewinnen konnte noch einen Plan für das weitere Vorgehen hatte. Er steckte in einer Sackgasse fest und war an deren Ende angelangt.

»Nichts, nichts und wieder nichts!«, schrie Popow laut genug, dass jeder es auch ohne Bordfunkanlage über den Fluglärm hörte. Schnell fasste er sich wieder und sprach über den Bordfunk. »Genug jetzt. Wir landen an dieser Stelle, und Sie und das Mädchen können von mir aus mit bloßen Händen nach dem Abkommen und dem Schatz suchen. Bis auf die Knochen können Sie Ihre Hände wund graben!«

Der Pilot verstand, was sein Chef wollte, und setzte den Helikopter sanft in den Schnee. Noch bevor der Rotor zum Stillstand gekommen war, riss Popow Mike und Nina aus dem Helikopter und warf sie in den Schnee auf den Rücken. Er zog seine Pistole aus der Jacke.

»Sie verstecken etwas vor mir, Honegger!«, schrie er. »Sie wollen verhindern, dass ich an den Schatz gelange, weil Sie ihn für sich oder für diese Schweizer Frau wollen, die glaubt, ein Anrecht darauf zu haben. Wenn Sie den Schatz nicht finden wollen, gelange ich nicht an das ›Kuntsewo-Abkommen‹. Ich habe bereits erklärt, dass ich den Gletscher nicht ohne beides verlasse. Wenn auch Sie den Gletscher wieder verlassen wollen, helfen Sie mir unverzüglich, mein Ziel zu erreichen. Genug Verzögerungen! Was ich suche, ist hier irgendwo versteckt.«

Popow richtete den Lauf auf Ninas Kopf, entsicherte die Pistole und donnerte laut: »Entscheiden Sie jetzt, Honegger. Den Schatz und das Abkommen oder das Mädchen!« Das Echo von Popows Stimme wiederholte die Aussage mehrmals.

Nina wollte Mike etwas sagen, konnte aber vor Angst kein Wort herausbringen. Regungslos und in Panik lag sie im Schnee und blickte in den auf sie gerichteten Pistolenlauf.

»Stopp! Halt!«, rief Mike verzweifelt. »Ich helfe Ihnen, so gut ich kann!«

Popow regte sich nicht. Er überlegte, ob er Mike glauben sollte, oder ob Mike lediglich wieder Zeit gewinnen wollte, was er ihm nicht weiter erlauben würde. Mike dachte verzweifelt nach, wo er als Nächstes suchen sollte. Wenn sie überleben wollten, konnte er kein weiteres Mal einen Standort wählen, an dem sie nichts finden würden. Dessen war er sich bewusst. Wo lag der Schatz? Wie tief unter dem Schnee oder im Eis? Trug von Webern ihn noch auf sich? Mike schloss die Augen und suchte verzweifelt nach einem Ausweg.

»Ich zähle bis drei, Honegger!«, rief Popow.

Mikes Atem beschleunigte sich.

»Eins!«

Wohin sollte er Popow lenken?

»Zwei!«

Die nächsten Sekunden waren für Ninas Leben entscheidend. Popow drückte mit dem Zeigefinder leicht auf den Abzug der Pistole. Mike öffnete schlagartig seine Augen, richtete sich auf und sagte entschlossen: »Legen Sie die Waffe weg! Ich weiß, wo der Schatz und das Abkommen sind.«

»Geben Sie mir die Koordinaten«, verlangte Popow über den Bordfunk.

»Ich muss meine Notizen im Tablet überprüfen«, antwortete Mike.

»Also gut. Menschtshikow, schauen Sie ihm auf die Finger. Keine Tricks!«

Mike nahm vorsichtig sein Tablet in die Hand und schaltete es ein. Er legte es auf seinen Schoß, sodass Menschtschikow und Samsonow es überblicken konnten, und öffnete einen Kartenausschnitt. Mit dem Zeigefinger zeigte er auf ein Gebäude und gab dessen Koordinaten durch. Der Pilot quittierte die Angaben und startete den Motor. Als Mike seinen Rucksack vom Boden auf seinen Schoß neben das Tablet hob, richtete Menschtschikow seine Pistole auf ihn.

»Ich will das Tablet bloß zurück in den Rucksack legen. Ist mit einer freien Hand etwas schwierig. Ganz ruhig bleiben!«, sagte Mike selbstsicherer, als er sich fühlte.

Menschtschikow senkte die Pistole wieder und legte sie auf seinen Schoß. Ganz langsam versorgte Mike das Tablet wieder in seinem Rucksack.

Wenige Minuten später landete der Helikopter oberhalb von Meiringen in einem verschneiten Feld. Samsonow befreite Mike und Nina von ihren Fesseln, und gemeinsam mit Popow, Gribkow und Menschtschikow marschierten sie zum Bauernhaus der Familie Lüthi.

»Herr Honegger! Was soll denn das?« Maria Lüthi stand unter dem Türrahmen. Sie trug dieselbe Kochschürze, wie damals, als er sie kennengelernt hatte, und blickte die Männer entgeistert an, die auf sie zumarschierten.

Hinter Mike flüsterte Popow ihm zu: »Passen Sie gut auf, was Sie jetzt tun. Ein falsches Wort, eine falsche Bewegung, und Sie, das Mädchen und die Frau sterben in einem Kugelhagel.« Mit leiser Stimme instruierte er seine Männer, bereit zu sein, auf seinen Befehl mit ihren Waffen sofort einzugreifen.

»Guten Tag, Frau Lüthi. Sind Sie alleine im Haus?«

Frau Lüthi blickte Mike weiterhin entgeistert an und

antwortete: »Äh ja, die Männer sind heute den ganzen Tag weg, warum fragen Sie denn? Was machen Sie hier?«

Mike war erleichtert, denn das würde den Besuch etwas vereinfachen. Er blickte mehrmals hinunter nach Meiringen.

»Ich weiß, das sieht alles etwas komisch aus, aber ich brauche dringendst Ihre Hilfe. Als ich Sie besuchte, berichteten Sie mir von einer blauen Aktentasche, die Ihr Schwiegervater 1946 vom Gletscher herunterbrachte, mit Gegenständen vom abgestürzten Flugzeug.«

Frau Lüthi schüttelte ihren Kopf. »Das habe ich Ihnen im Vertrauen erzählt, und jetzt das! Entweder die Männer sind von der Polizei und wollen uns wegen der gestohlenen Gegenstände nach 70 Jahren bestrafen, oder sie sind nicht von der Polizei und wollen die Gegenstände klauen. Sie enttäuschen mich aber!«

»Keine Sorge, Frau Lüthi. Das sind doch keine gestohlenen Gegenstände, die Ihr Schwiegervater behielt. Das sind Souvenirs. Niemand wird deswegen bestraft. Bei diesen Männern handelt es sich um … um … um Mitarbeiter des Archäologischen Dienstes des Kantons. Sie möchten die Gegenstände begutachten. Dürften wir die blaue Aktentasche sehen, von der Sie mir erzählt haben?«

Mike spürte Popow ganz nah an seinem Rücken, als dieser ihn leise fragte: »Was ist das für eine Mappe, von der Sie sprechen?«

»Es ist die Aktentasche, die Hans von Webern immer auf sich trug. Agnes von Webern erzählte davon, und ich habe Bilder von ihm mit der Aktentasche gesehen. Frau Lüthis Schwiegervater hat sie gefunden und hier auf dem Bauernhof versteckt. Wenn von Webern den Schatz und das Abkommen bei sich hatte, so sind sie in der Aktentasche«, flüsterte Mike und hörte ein zufriedenes »charascho, gut« hinter sich.

Frau Lüthi konnte sich nicht entschließen, ob sie Mike glauben oder die Männer wegschicken sollte. Wenn sie aber mit einem Helikopter angeflogen waren, mussten sie doch wichtige Leute sein, dachte sie sich. Die Polizei wäre sicherlich mit einer Patrouille angefahren, und ihr Neffe, Stefan Gmünder, hätte sie begleitet.

»Bitte, Frau Lüthi. Zeigen Sie uns die Aktentasche. Es ist wirklich wichtig!«, insistierte Mike.

»Warum der Stress, Herr Honegger? Also gut. Ich ziehe nur meine Stiefel an und bin gleich zurück.« Sie verschwand im Inneren des alten Bauernhauses. Menschtschikow zog seine Pistole und ging auf das Haus zu.

»Nein! Tun Sie ihr nichts an!«, flehte Mike.

»Stoi, njet«, stoppte Popow Menschtschikow. »Aber wenn sie nicht innert einer Minute wieder dasteht, stürmen wir das Haus. Sie darf nicht durch einen Hinterausgang fliehen und darf niemanden kontaktieren.«

»Wird sie nicht«, versuchte Mike, die Situation zu deeskalieren. »Sie kommt gleich wieder.« Er blickte erneut Richtung Meiringen und dann auf seine Uhr.

»Warum so nervös, Herr Honegger?«, fragte Gribkow.

Mike hatte gehofft, niemand würde seine Nervosität bemerken, und antwortete so ruhig er konnte: »In der aktuellen Lage ist mir äußerst ungemütlich. Sie verstehen sicherlich.«

»Ruhig jetzt, ihr beiden. Die Situation ist überhaupt nicht ungemütlich, Herr Honegger«, mischte sich Popow ein. »Wenn die Aktentasche das enthält, was ich suche, bleiben Sie und das Mädchen hier, und wir fliegen weg. Sie werden nie mehr von uns hören. Happy End.«

Mike zweifelte an dieser Version der Geschichte.

»Also folgen Sie mir«, sagte Frau Lüthi und ging über den Platz zum alten Stöckli. »Eigentlich sollte ich schon lange dort einziehen, da die Jungen jetzt im Haus wohnen und den Hof führen. Wir haben aber im oberen Stock genügend Platz, und dort habe ich ein Schlafzimmer und ein eigenes Badezimmer. Ich bin eigentlich froh, noch im Haus leben zu können. Das Stöckli ist seit Jahrzehnten unbewohnt und der Ort, wo wir Sachen aufbewahren. Wir sollten eigentlich mal aufräumen, aber Sie wissen ja, wie man solche Aufgaben vor sich herschiebt.«

Bevor sie in das Stöckli eintraten, wies Popow Samsonow an, vor dem Eingang zu warten und niemanden hereinzulassen.

Im Inneren des kleinen schmucken Holzgebäudes roch es leicht muffig. Seit Jahren musste hier nicht mehr gelüftet worden sein. Frau Lüthi schaltete das Licht an. Im engen Eingangsbereich standen Ski, Skistöcke, Skischuhe und Schlitten aller Größen und Farben herum. Links führte eine enge steile Treppe in den oberen Stock.

»Sehen Sie diese Treppe? Vielleicht verstehen Sie jetzt, warum ich in meinem Alter hier nicht wohnen will. Meine Knie würden das nicht lange mitmachen«, sagte Frau Lüthi und zog sich keuchend Tritt für Tritt am Treppengeländer hoch.

Der Raum im oberen Stock musste einmal ein kleines Wohnzimmer gewesen sein. Ein altes Sofa und zwei Sessel lehnten schräg an der Wand und machten Platz für staubige Kisten, Körbe und Säcke, die überall aufgetürmt herumstanden. Eine Tür an der gegenüberliegenden Wand musste in das Schlafzimmer führen, dachte Mike. Als er aus den beiden Fenstern auf Meiringen blickte, stieß Popow ihn zur Seite.

»Weg vom Fenster!«, befahl er ihm.

»Irgendwo da hinten muss die Aktentasche sein«, sagte Frau Lüthi und zeigte in die rechte Ecke des Zimmers. »Nehmen Sie die drei Kisten von dem Turm da oben weg. Ich muss in der Truhe darunter suchen.«

Popow nickte, und Mike und Nina hievten die schweren Kisten auf den Boden. Mike neigte sich zu Nina und flüsterte: »Mach dich bereit, dich auf den Boden zu werfen.«

Sie schaute ihn fragend an, wurde dann aber von Popow auf die Seite gezogen.

»Ruhig! Kein Geflüster!«, befahl er forsch.

Erst jetzt merkte Frau Lüthi, dass zwischen Mike, Nina und den Männern etwas nicht stimmte, und fragte: »Mir ist bei dieser Sache gar nicht wohl. Was ist los, Herr Honegger?«

Popow nickte Menschtschikow zu, der seine Pistole aus der Jacke zog, und richtete seine eigene Pistole auf Maria Lüthi. »Geben Sie uns die Aktentasche, dann verschwinden wir hier wieder. Machen Sie keinen Ärger.«

Frau Lüthis bleiches Gesicht verriet die Angst, die sie spürte. Sie blickte Mike verwundert an. »Sie sind gekommen, um die Gegenstände zu stehlen, Herr Honegger. Wie habe ich mich in Ihnen so täuschen können? Das glaube ich ja nicht!«

»Genug jetzt«, sagte Popow und richtete seine Pistole auf Mike. »Suchen Sie die Aktentasche, wenn Sie in diesem Schopf keine Toten wollen!«

Mike richtete sich an Maria Lüthi. »Ich hatte nichts damit zu tun. Bitte geben Sie dem Mann die Aktentasche!«

Sie blickte regungslos auf Popows Pistole, bis er schrie: »Los jetzt!«

Dann bückte sie sich über die alte braune Schiffstruhe, öffnete das Schloss und hob den Deckel hoch. Alle richteten sich nach vorne, um in die Truhe hineinzuschauen. Neben Büchern, Bildern und einigen Kleidern lag Hans von Weberns blaue Aktentasche.

KAPITEL 30

Popow blickte auf die gebrauchte, von den Jahren etwas verblasste blaue lederne Aktentasche, als ob es sich um einen leuchtenden Goldklumpen handelte. »Legen Sie sie sorgfältig dorthin auf die Kiste und öffnen Sie sie«, befahl er Nina.

Nina bückte sich über die Truhe, holte mit beiden Händen die Aktentasche heraus und stellte sie aufgerichtet auf die Kiste nebenan. Die beiden Schnallen klickten laut, als sie sie öffnete. Langsam hob sie den Deckel und hielt einen Moment inne. Mike bemerkte, dass sie zögerte, dann legte sie den Deckel bereits nach hinten.

»Weg da, alle weg von der Aktentasche!«, befahl Popow und schwenkte seine Pistole hin und her. Er wirkte plötzlich wie in einer Trance. Frau Lüthi, Mike und Nina traten gleichzeitig einen Schritt zurück. »Menschtschikow! Passe auf die drei auf!«, befahl er und legte seine Pistole auf die Kiste. Er griff in die Aktentasche und holte einen ersten Gegenstand hervor.

»US-Army-Nahrung ist das!«, sagte er verärgert und warf die Büchse auf den Boden.

Mike las auf dem Deckel die Beschriftung: »US Army Ration C, Meat & Beans«.

Popow holte eine weitere Büchse aus der Aktentasche, überprüfte sie und warf sie quer durch den Raum. »Mehr US-Army-Nahrung, diesmal Meat & Vegetable Stew!«

Wütend und ungeduldig leerte er den Inhalt der Aktentasche auf der Kiste aus. Eine Flasche Whiskey, Metallteile, ein Gürtel, eine Infusionsnadel mit Gummischlauch.

»Sie befinden sich nicht in der Aktentasche!«, schrie er Mike an, der fassungslos die Gegenstände auf der Kiste anstarrte. Er war sicher gewesen, dass sie das Abkommen und den Schatz in der Aktentasche finden würden. Er hob seinen Blick zu Popow und sah in seinen Augen blanke und unendliche Wut.

»Ich verstehe nicht, was …«, begann Mike.

Popow nahm seine Pistole in die Hand.

»Es gibt sie nicht, das Abkommen und den Schatz«, versuchte Mike, Popow zu stoppen. »Sie sind verschollen. Sie rennen einem Traum hinterher.«

Anstatt zu antworten, richtete Popow seine Pistole auf Mike. Als er sprach, war seine Stimme tief, kalt und emotionslos. »Entweder Sie wissen, wo das Abkommen und der Schatz sind, und Sie gönnen mir beides nicht, oder Sie wissen es nicht, werden aber, wenn ich Sie freilasse, darüber berichten und danach suchen. Beide Szenarien kommen für mich nicht infrage. Sie werden jetzt sterben.«

»Nein!«, schrie Nina und wollte sich auf Popow stürzen, als Menschtschikow sie am Arm zurückriss und wegschleuderte. Nina stieß gegen einen Turm Kisten, der über ihr zusammenbrach, und blieb regungslos am Boden liegen.

Popow sprach mit derselben eiskalten Stimme weiter und blickte Mike tief in die Augen. »Sie werden jetzt sterben, weil Sie vom Abkommen wissen. Genauso wie Ihre Eltern starben, weil sie davon erfuhren.«

Mike erstarrte. »Wa… Was haben Sie soeben gesagt?«, fragte er mit zitternder Stimme.

»Ja, ich habe Ihre Eltern auf dem Weg zum Flughafen Bern-Belp umbringen lassen. Ihr Vater stieß im Rahmen seiner Forschungsarbeiten auf die Geschichte des ›Kuntsewo-Abkommens‹. Einer unserer Kontakte an der Universität informierte uns. Ich konnte nicht zulassen, dass Ihr Vater in London über das Abkommen berichtete. Das wäre wie ein Lauffeuer um die Welt gegangen. Menschtschikow verursachte in meinem Auftrag den Unfall auf der Autobahn. Dass es den Wagen Ihrer Eltern so überschlug, dass sie sofort tot waren, war für mich ein Glücksfall, denn so musste er sie nicht auch noch erschießen. Er war es, der die Aktentasche Ihres Vaters mit seinen Notizen und Unterlagen von der Unfallstelle entwendete. Ich habe sie einige Kilometer entfernt von einer Brücke in die Aare geworfen. Und weil Matthews die Entdeckung

Ihres Vaters gefunden hat und an der NATO-Konferenz darüber sprechen wollte, musste auch er sterben.«

Trotz der auf ihn gerichteten Pistole holte Mike mit der Faust aus, um Popow ins Gesicht zu schlagen. Popow legte mit dem Zeigefinger am Abzug zum Schießen an. Mike schloss resigniert die Augen.

Im selben Moment explodierten die beiden Fenster des Stöcklis nach innen, Glassplitter flogen durch die Luft und mehrere Schüsse fielen. Mike warf sich auf Nina und schrie gleichzeitig: »Auf den Boden, Frau Lüthi!« Seine Warnung wurde von ihr nicht gehört. Sie war vor Schreck bereits zusammengebrochen.

Im unteren Stock hörten sie einen weiteren Schuss und dann ein lautes Krachen, als die Holztür in das Stöckli aufgeschlagen wurde.

»Polizei!«, rief eine Frauenstimme unterhalb der Treppe. »Das Gebäude ist umzingelt. Alle Waffen sofort weglegen!«

Mike spähte am Boden liegend vorsichtig um eine Kartonschachtel. Popow und Menschtschikow lagen in einer Blutlache am Boden. Gribkow, sein weißes Hemd blutüberströmt, lag vor dem Fenster am Boden und röchelte laut und gequält.

»Nicht schießen, wir sind drei unbewaffnete Geiseln! Drei Geiselnehmer sind tot oder verletzt!«, rief Mike hinunter.

»Wir kommen hinauf. Keine Bewegung! Alle Hände hochhalten, sodass wir sie sehen können«, befahl die Frauenstimme.

Die alte Holztreppe knackte mit jedem Tritt, den die Polizisten nahmen. Mike und Nina streckten ihre Hände sichtbar in die Luft. Frau Lüthi lag weiterhin regungslos am Boden. Mit gestreckten Waffen erschienen zwei Polizisten in Kampfmontur und Schießwesten, ihre Gesichter von Masken verdeckt.

»Kommen Sie, helfen Sie uns!«, bat Nina.

Draußen hörten sie die Sirene einer wegfahrenden Ambulanz.

»Wir sind von der Sondereinheit der Kantonspolizei Bern«, sagte der zweite Polizist. »Die Sanität ist bereits vor Ort hinter dem Hauptgebäude. Sie sind jetzt in Sicherheit.«

Zwei weitere maskierte Angehörige der Polizei erschienen und halfen Mike und Nina aufzustehen.

»Helfen Sie der Frau dort, das ist Maria Lüthi vom Bauernhof«, erklärte Mike.

Dann blickte er in das Gesicht Popows. »Er hat meine Eltern ermordet!«, schluchzte er.

»Herr Honegger! Frau Sommer!« Mike erkannte die Stimme von Jürg Kunz, noch bevor er vor ihnen stand. »Ist alles in Ordnung? Sind Sie verletzt?«

Mike zitterte und musste sich zusammenreißen, klar zu sprechen. »Wir sind mit Prellungen und einem großen Schrecken davongekommen. Wie sieht es bei dir aus, Nina? Bist du okay?«

Sie umarmte Mike und antwortete: »Mir geht es ähnlich. Zum Glück sind wir unverletzt. Was ist geschehen? Woher kamen diese Polizisten?«

»Kommen Sie bitte mit«, sagte Kunz. »Ich erkläre es Ihnen draußen.«

Mike blickte verachtungsvoll auf die Leiche Popows. Dessen Geständnis, der Mörder seiner Eltern zu sein, war ihm wie ein Dolch ins Herz gefahren. Seine Gefühle schwankten zwischen Wut, Hass und Trauer. Am liebsten hätte er auf den Toten eingeschlagen.

»Kommen Sie! Sie müssen diesen Ort verlassen und die Polizei ihre Arbeit verrichten lassen«, bat Kunz erneut.

Mike und Nina folgten Kunz. Vor ihnen wurde Maria Lüthi auf einer Tragbahre aus dem Stöckli getragen und in einer der wartenden Ambulanzen weggefahren.

»Wir hörten eine Ambulanz mit Sirene wegfahren. Was ist geschehen?«, fragte Nina.

»Der Mann, der die Eingangstür bewachte, konnte einen Schuss auf einen unserer Männer abfeuern.«

»Ist er verletzt? Weiß man schon Näheres über seinen Zustand?«

»Nein, leider noch nicht.«

Zu dritt setzten sie sich in einen der geheizten Mannschaftsbusse der Polizei. Durch das Fenster sah Mike, wie die maskierten Polizisten sich für die Abfahrt bereitmachten. Zurück blieben mehrere uniformierte Polizisten, darunter auch Stefan Gmünder.

»Was genau ist geschehen?«, wollte Nina wissen.

»Herrenstein und ich wurden von der amerikanischen Botschaft kontaktiert. Sie alarmierten uns mit der Meldung, dass Sie sich in Lebensgefahr befänden«, erklärte Kunz.

»Woher wussten sie das?«, staunte Nina.

Kunz blickte zu Mike. »Wollen Sie das erklären?«

»Als ich im Helikopter mein Tablet in den Rucksack zurücklegte, habe ich mit dem Tablet der Amerikaner Alarm ausgelöst. Ich musste dazu drei Sekunden lang die beiden Lautstärkeregler drücken. Und das Ganze so, dass die Männer, die uns bewachten, nichts davon merkten. Ich wusste bis zuletzt nicht, ob es geklappt hatte. Deshalb blickte ich immer wieder nach Meiringen, in der Hoffnung, irgendein Zeichen zu sehen, dass ich erfolgreich war.«

»Und deshalb hast du mir gesagt, ich sollte mich bereitmachen, mich auf den Boden zu werfen«, lächelte Nina dankbar.

»So ist es. Dave oder Rick muss den Alarm erhalten und die Botschaft in Bern alarmiert haben.«

Kunz nickte. »Ja, so war es. Wir erhielten die Meldung, Sie befänden sich in der Gewalt von Popow und seinen Männern. Wir begannen sofort mit der Überwachung Menschtschikows Handys und konnten mitverfolgen, wie Sie vom Gauligebiet herkommend hier in Meiringen landeten. Die Amerikaner haben uns kontinuierlich die Koordinaten Ihres Tablets durchgegeben, die wir mit unseren Daten abglichen.«

»Und Sie haben dann die Sondereinheit der Polizei alarmiert?«, fragte Nina.

»Ja, wir haben unsere Sondereinheit ›Enzian‹ aufgeboten. Die sind immer einsatzbereit, deshalb waren wir so schnell vor Ort. Sie wurden von der Verhandlungsgruppe begleitet, die die Geiselnahme friedlich beenden wollte. Dazu kam es jedoch nicht, da wir mitbekamen, wie die Situation im Innern des Stöcklis eskalierte. Unsere Späher sahen, wie Popow sich bereitmachte, Sie zu erschießen. Es gab keine andere Möglichkeit, als unseren Scharfschützen den Befehl zu erteilen, die Geiselnahme sofort zu beenden.«

Zwei Sanitäter trugen eine weitere Bahre aus dem Stöckli. Darauf lag Gribkow, der noch zu leben schien.

Er wurde in eine Ambulanz geschoben, die mit eingeschalteter Sirene davonfuhr.

»Das ist ja unglaublich, dass Ihre Scharfschützen durch die Fenster die drei Männer trafen!«, sagte Mike.

»Das ist es, ja. Die Angehörigen der ›Enziangruppe‹ gehören weltweit zu den besten«, verkündete Kunz stolz.

»Und wir konnten ihnen nicht einmal danken«, sagte Nina.

Die Tür des Mannschaftstransporters öffnete sich, und Herrenstein blickte hinein. »Sind wir froh, dass es Ihnen beiden den Umständen entsprechend gut geht. Ich gratuliere Ihnen für die Alarmierung. Ich hätte so etwas nicht für möglich gehalten!«

Mike antwortete: »Wir haben Ihnen beiden zu danken, dass Sie mit dem Anruf aus der Botschaft etwas angefangen haben. Ihnen und natürlich dem gesamten Team, das unsere Leben gerettet hat.«

»Es tut mir leid, Sie in so einem Moment belästigen zu müssen, aber ich wäre froh, wenn Sie uns in Bern heute noch ein paar Fragen beantworten würden. Ich muss so bald wie möglich einen Bericht abliefern, und Sie zwei sind die Einzigen, die alle Details kennen.«

Herrensteins Handy klingelte. Er nickte mehrmals, bedankte sich für die Meldung und legte das Telefon wieder weg.

»Ich habe gute Nachrichten. Frau Lüthi ist zwar unter Schock, aber unverletzt. Sie wird bald wieder nach Hause können. Unser Mann hatte Glück. Die Kugel hat seine Wade durchschlagen, ihn aber nicht lebensgefährlich getroffen. Er liegt im Spital und wird dort versorgt.«

Alle atmeten erleichtert auf.

»Und Gribkow?«, fragte Nina.

»Er ist schwer verletzt und wird ins ›Inselspital‹ nach Bern verlegt. Die Ärzte wagen noch keine Prognose. Popow, Menschtschikow und Samsonow sind tot«, antwortete Herrenstein.

Mike fühlte seinen ganzen Körper zittern und hielt sich an einem Gestell fest. Das Adrenalin machte allmählich dem Schock Platz. »Popow hat meine Eltern ermordet. Es war damals kein Unfall. Ich vermutete schon immer, etwas stimme daran nicht. Er ist daran schuld. Er alleine. Er hat …« Mike legte sein Gesicht in die Hände und weinte. Nina und Kunz legten ihre Hände auf seinen Rücken und versuchten, ihn ohne Worte zu trösten.

Herrenstein sagte leise: »Wir warten mit der Befragung in Bern bis morgen. Es tut mir leid wegen Ihrer Eltern, Herr Honegger. Unser Care Team ist draußen und kann Ihnen helfen, falls Sie das wünschen.«

»Es geht schon«, schluchzte Mike. »Und wegen der Befragung: Wir kommen heute noch zu Ihnen und beantworten alle Fragen, die Sie haben. Das wird dazu beitragen, das Erlebte zu bewältigen.«

KAPITEL 31

In den zwei freien Tagen, die Ruedi Moser und der Zeitungsverlag Mike zur Erholung geschenkt hatten, hatte er kaum Zeit gefunden, sich auszuruhen. Mit Nina, die auch zwei freie Tage erhalten hatte, wurde er von Herrenstein mehrmals befragt. Zwischendurch hatten sie Maria Lüthi besucht und sich gefreut, sie nach dem Erlebten in erstaunlich guter Verfassung vorzufinden. Nachdem sie ihr erzählt hatten, was vor ihrer Landung in Meiringen alles geschehen war, hatte sie ihnen vergeben, mit Popow und seinen Männern auf ihrem Hof erschienen zu sein. Sie waren enttäuscht, als sie den verletzten Angehörigen der Sondereinheit »Enzian« nicht im Spital besuchen konnten. Er und seine Familie hatten sich keine Besucher gewünscht und darauf beharrt, nicht namentlich bekannt zu werden. Durch Herrenstein ließ er für die Blumen und die Karte mit den Genesungswünschen danken, die Mike und Nina ihm geschickt hatten. »Er lässt ausrichten, er hätte lediglich seine Arbeit getan wie seine Kolleginnen und Kollegen auch«, hatte Herrenstein berichtet.

Am Nachmittag des zweiten Tags hatte Mike endlich Zeit und Ruhe gefunden, in seiner Wohnung mit dem Artikel zu beginnen, in dem er über den »Acheson-Lilienthal Report« nach dem Zweiten Weltkrieg und über das »Kuntsewo-Abkommen« berichtete. Nina lag ausgestreckt auf der Couch und blätterte nachdenklich in den Unterlagen zum Absturz am Gauligletscher.

»Hast du auch Hunger, Mike?«

»Ja. Ich komme mit dem Schreiben gut voran. Jetzt ist ein guter Zeitpunkt für eine Pause. Was schlägst du vor?«

»Spaghetti. Komm mit in die Küche. Wenn du den Salat rüstest und dich um die Spaghetti kümmerst, beginne ich mit der Soße. Heute gibt es al Tonno.«

Gemeinsam machten sie sich ans Kochen.

»Du sagst ja gar nichts, Nina. Was ist?«

»Ich habe vorher in den Unterlagen zum Absturz gewühlt und an die Ereignisse im Bauernhof der Lüthis zurückgedacht. Hast du auf den Deckel der blauen Aktentaschevon Weberns geschaut, als ich sie öffnete?«

»Ja, warum?«

»Hast du die Zeichen auf dem Leder bemerkt?«

»Welche Zeichen?«

»Ich konnte drei Buchstaben lesen, die vermutlich mit Holzkohle innen im Deckel in das weiche Leder eingekratzt wurden. Sie waren nicht mehr gut lesbar, aber ich bin mir inzwischen sicher, dass ich dort die Buchstaben ›KHB‹ las.«

»Ich habe nicht darauf geachtet.«

»Seitdem denke ich an die drei Buchstaben. Von Webern hat sicherlich nicht vor dem Flug mit Holzkohle etwas in seine Aktentasche geschrieben. Nicht in eine elegante lederne Aktentasche, die ihm viel bedeutete.«

»Bist du sicher, dass es sich um Holzkohle handelte?«

»Ja, ich bin mit dem Finger darübergefahren und habe einen der Buchstaben etwas verwischt. Mein Finger war danach vom Ruß schwarz.«

Mike nahm die kochenden Spaghetti vom Herd und schüttete das Wasser ab. Nina stellte die Soße und den Salat auf den Tisch.

»Deine Al-Tonno-Soße ist genial!«, strahlte Mike nach dem ersten Bissen.

Nina reagierte nicht auf das Lob und sagte: »Ich habe in den Unterlagen gelesen, dass die Überlebenden auf dem Gletscher ein Signalfeuer anzündeten. Öl, Flugbenzin und sogar Wäsche der Damen seien angezündet worden. Da hätte von Webern ein Stück verbranntes Holz aus dem Wrack benutzen können, um etwas in den Deckel seiner Aktentasche zu schreiben. Eine letzte verzweifelte Meldung an die Nachwelt für den Fall, dass er nicht gerettet würde.«

»Spielt deine Fantasie nicht verrückt?«

»Ich meine es ernst, Mike. Wirklich!«

Mike dachte darüber nach. »Also nehmen wir an, du hast recht. Was wollte uns von Webern damit mitteilen?«

»Das ist ja genau, was mich beschäftigt. Drei Buchstaben. KHB.«

»K wie Königlich? B wie Bank? Eine Bank in England?«, spekulierte Mike.

»Wieder ein Rätsel. Wie Vater Jergakows Gedicht.«

Nach dem Essen setzten sich beide auf die Couch und blätterten in den Unterlagen zum Absturz oder lasen Mikes Notizen in seinem Tablet.

»Zeig mir doch bitte noch einmal das Gedicht«, bat Nina.

Er öffnete das Bild von Jergakows Brief an seine Tochter, das er in der Bibliothek am Guisanplatz aufgenommen hatte. Mehrmals lasen sie das Gedicht stumm durch. Plötzlich stießen sie fast gleichzeitig ein lautes »Ich hab's« aus. Zum ersten Mal seit der Schießerei in Meiringen mussten beide lachen.

Ein Mitarbeiter des Tiefbauamts der Stadt Bern schaufelte den Schnee vor dem steinernen Pfeiler unterhalb des Stadttheaters in Bern frei. Der Platz würde beim jetzigen Schneefall nicht lange geräumt bleiben.

Mike sah Herrenstein und einen Mann in Schutzkleidern auf dem Altenbergsteg die Aare überqueren. Hoch über ihnen ratterte ein Tram laut über die Brücke.

»Guten Morgen, allerseits. Das ist Herr Suter vom Tiefbauamt, das sind Herr Honegger und Frau Sommer«, stellte Herrenstein die Anwesenden vor. »Am besten übernehmen gleich Sie, Herr Suter.«

»Besten Dank und willkommen an der Kornhausbrücke. Wir stehen hier am Südende der Brücke, also auf Seite der Altstadt unterhalb des Kornhausplatzes. Die Brücke wurde 1898 eröffnet nach drei Jahren Bauzeit. Die Länge der Brücke beträgt 382 Meter, die Höhe über der Aare fast 50 Meter.«

Er ging in die Mitte des breiten, mit Graffiti bemalten Pfeilerfundaments zur mannhohen Eisentür, die etwa 50 Zentimeter über dem Boden den Zutritt in den Pfeiler ermöglichte, und öffnete sie mit einem großen Schlüssel. Alle blickten in den dunklen Hohlraum des Brückenpfeilers.

Suter fuhr fort. »Wie Sie sehen, ist der Hohlraum nicht beleuchtet. Deshalb haben wir Ihnen, Herr Honegger und Frau Sommer, Stirnlampen mitgebracht. Im Inneren werden Sie eine Metallleiter vorfinden, welche von diesem Anschlusspunkt hier am Langmauerweg bis in die Stahlkonstruktion der Brücke über uns führt. Die Leiter ist leider verrostet. Das Besteigen ist gefährlich und nur gesichert möglich. Ich weiß immer noch nicht, was Sie vorhaben. Gemäß Herrn Herrenstein ist es aber etwas Wichtiges, so habe ich zugesagt. Glücklich bin ich darüber nicht. Sind Sie wirklich sicher, dass Sie im Pfeiler hinuntersteigen möchten?«

»Nina Sommer und ich verfügen über Hinweise, dass in diesem Pfeiler seit Jahrzehnten etwas versteckt liegt. In einem Gedicht, das vor fast 100 Jahren in Russland geschrieben wurde, fanden wir den Tipp. Sätze wie › … *in die Sockel und die Schächte dring ich ein …*‹ und ›… *in der Tiefe sollst du finden …*‹«

»In Russland? Was hat denn die Kornhausbrücke mit Russland zu tun?«

»Wir vermuten, dass das, was wir suchen, 1917 von einem Fjodor Jergakow in einem Brückenpfeiler in St. Petersburg versteckt wurde und 30 Jahre später von einem Hans von Webern gefunden und aus der Sowjetunion geschmuggelt wurde.«

»Wie kommen Sie denn gerade auf diese Stelle?«

Mike blickte zu Nina und lächelte sie stolz an. »Nina hat in der Aktentasche von Hans von Webern die drei Buchstaben ›KHB‹ entdeckt. KHB wie Kornhausbrücke.«

»Ich weiß nicht, von welcher Aktentasche Sie sprechen, ist ja auch egal. Wie soll aber dieser Herr von Webern etwas im Brückenpfeiler versteckt haben?«

»Auch das ist Ninas Verdienst. Sie erinnerte sich daran, dass Hans von Weberns Schwager für das Tiefbauamt der Stadt Bern arbeitete. Er hatte sicherlich noch Kontakte zu jemandem, der Zugang zum Inneren des Pfeilers hatte.«

Herrenstein unterbrach das Gespräch. »Es tut mir leid,

aber es schneit in einem fort, und mir wird langsam kalt. Da ich noch einen Termin habe, wäre ich froh, wenn wir loslegen könnten. Sie können sich ja später noch weiter unterhalten.«

»Also wenn Sie sicher sind, dass Sie in den Pfeiler wollen, so folgen Sie mir.«

Suter half Mike und Nina, Klettergurte anzuziehen, und sie ersetzten ihre Winterhandschuhe durch Lederhandschuhe. Nachdem sie Helme aufgesetzt hatten, überprüften sie ihre Stirnlampen. Suter kletterte als Erster durch die Stahltüre in das Innere des Pfeilers, gefolgt von Mike und Nina. Sie befestigten ihre Klettergurte an Seilen, die Suter bereits vorbereitet hatte. Im Inneren war es kalt, nass und überall glitschig.

»Passen Sie gut auf, wo Sie hinsteigen, und halten Sie sich immer mit beiden Händen gut fest«, warnte Suter. Das Echo seiner Stimme wirkte im riesigen dunklen Hohlraum gespenstisch. »Wir beginnen hier und arbeiten uns langsam in die Tiefe. Jeder von uns leuchtet die Wände mit den Stirnlampen aus. Es wird nicht einfach, wenn wir nicht wissen, wonach wir suchen.«

»Wenn wir recht haben, werden wir es schon finden. Ich bin zuversichtlich«, sagte Nina und begann mit dem Absuchen der Wände.

Wo sie auch hinblickten, überall sahen sie nichts als nasse, schwarze glitschige Steine. Keinen Spalt, keinen Zwischenraum, kein Versteck.

Schon nach wenigen Minuten arbeiteten sie wie ein eingespieltes Team. Alle drei drehten ihre Köpfe mit den Stirnlampen in beide Richtungen so weit, dass sie die vier Wände untersuchen konnten. Danach wies Suter sie an, eine Runde tiefer zu steigen. Sie mussten aufpassen, sich in den Seilen nicht zu verfangen, stiegen dann gleichzeitig einen Schritt nach unten und begannen von Neuem mit dem Ausleuchten der Wände. Langsam, aber stetig drangen sie in der Dunkelheit immer tiefer.

»Glauben Sie immer noch daran, etwas zu finden? Wir sind bald am untersten Punkt angelangt«, rief Suter.

»Es muss in diesem Pfeiler sein. Wenn nicht unterhalb des Anschlusspunktes, dann darüber«, antwortete Nina.

»Wissen Sie, wie lange das dauert, von der Stahltür bis zur Brücke hoch den gesamten Pfeiler abzusuchen? Ich hoffe wirklich, wir werden hier unten noch fündig.«

»Schaut, da!«, rief Nina aufgeregt und zeigte mit dem Licht ihrer Stirnlampe auf ein Metallgitter. »Was ist das?«

Suter kletterte auf ihre Höhe herunter und leuchtete ebenfalls auf das Gitter. »Das ist ein Abwassergitter. Ich muss zugeben, dass ich es bisher noch nicht beachtet hatte. Ich bin natürlich nur selten so tief im Schacht wie heute.«

Er lehnte sich so weit zum Gitter, wie er konnte, und studierte es genauer. »Es ist zu weit weg. Um es zu erreichen, muss ich die Leiter verlassen und frei am Seil hängen. Halten Sie mich bitte am Gürtel fest.«

Nina umarmte eine rostige Leitersprosse mit dem linken Arm und zog Suter mit der rechten Hand am Gürtel zu sich. Er überprüfte, ob das Seil sein Gewicht hielt, zog es etwas nach und sagte: »Ich lasse jetzt die Leiter los.« Sein Körper neigte sich zur Schachtmitte, blieb jedoch auf derselben Höhe. »Jetzt trete ich von der Sprosse weg. Lassen Sie dann langsam los, dass ich nicht wie ein Pendel zu weit schwinge. Sind Sie bereit, Frau Sommer?«

»Ja, ich halte Sie fest.«

Er hob die Beine leicht an und Nina ließ ihn in die Mitte des Schachts schwingen. Er reichte mit beiden Händen zum Eisengitter und zog daran.

»Es bewegt sich tatsächlich«, stellte er überrascht fest. »Ich werde es entfernen.«

Ruckartig zog er mehrmals daran und musste sich dabei mit den Schuhen an der Schachtwand abstützen. Endlich löste sich das Gitter mit einem Kratzen aus der Wand. Suter warf es auf den Schachtboden und griff in das Loch vor ihm.

»Sie werden es nicht glauben, aber es befindet sich tatsächlich etwas darin«, meldete er aufgeregt. Wieder stützte er sich mit den Beinen rechts und links vom Loch an der Schachtwand ab und zog mit beiden Händen. Als er sich umdrehte, richteten Mike und Nina das Licht ihrer Stirnlampen auf Suter. Zu ihrem großen Erstaunen hielt er ein großes Paket in den Händen.

»Es ist recht schwer, in Leder eingepackt«, sagte er. »Ich muss es mit beiden Händen halten, sonst verliere ich es. Ziehen Sie mich am Gürtel bitte zur Leiter.«

Nina streckte ihre rechte Hand aus und konnte den Gürtel knapp erreichen. Sie zog mit voller Kraft, bis Suter mit den Füßen wieder auf einer Leitersprosse stand. Er lehnte das Paket auf eine Sprosse und hielt sich mit einer Hand an der Leiter fest.

»Geschafft! Jetzt müssen wir das Paket nur hinaufkriegen.«

Alle drei richteten ihr Licht auf das dunkelbraune nasse Paket.

»Ich kann es nicht glauben!«, rief Mike begeistert.

»Es muss es sein! Was denn sonst?«, antwortete Nina.

»Wir dürfen es nicht fallen lassen, der Inhalt könnte zerbrechlich sein«, meldete sich Mike erneut über ihnen.

»Das ist einfacher gesagt als getan«, antwortete Suter.

»Ich habe eine Idee«, sagte Mike. »Wir bilden eine Kette. Nina, du steigst an mir vorbei. Dann kann Herr Suter mir das Paket überreichen und ich gebe es dir weiter. Wenn du es hast, klettere ich über dich, und Herr Suter an uns beiden vorbei über mich. Dann gibst du es mir, ich gebe es Herrn Suter. Und so weiter, bis wir den Ausgang erreicht haben.«

Das Aneinandervorbeiklettern war wegen der glitschigen Sprossen und der Enge mühsamer und gefährlicher, als sie gedacht hatten, und es dauerte lange, bis sie endlich auf Höhe der Stahltür ins Freie traten. Nur der Mitarbeiter des Tiefbauamts wartete noch auf sie.

»War Zeit, dass ihr kommt. Ich erfriere hier fast«, schimpfte er. Das Schneeräumen auf dem Platz vor dem Pfeiler war ihm zu viel geworden, und es hatten sich inzwischen mehrere Zentimeter Schnee angehäuft.

»Wollen wir das Paket nicht öffnen und hineinschauen?«, fragte Suter ungeduldig.

»Leider dürfen wir das nicht«, enttäuschte ihn Mike. »Der Inhalt liegt seit 70 Jahren im Schacht versteckt und verbrachte davor fast 30 Jahre in einem anderen Brückenschacht. Wir wissen nicht, in welchem Zustand er sich befindet. Wenn wir das Paket hier öffnen, richten wir möglicherweise irreparablen Schaden an.«

»Wie geht es denn jetzt weiter?«

»Wir bringen das Paket sofort zum Archäologischen Dienst des Kantons Bern. Sie haben uns freundlicherweise bereits ihre Unterstützung zugesagt.«

KAPITEL 32

Agnes von Webern zog ihren Schal enger um die Schulter und schaute Mike und Nina mit prüfenden Augen an. »Ich sehe, dass Sie beide Ihre Schuhe gegen Hausfinken getauscht haben. Kommen Sie, setzen Sie sich.« Sie zeigte auf die beiden Sessel, die neben dem Cheminée auf sie warteten. Als Mike und Nina sich gesetzt hatten, schaute sie Nina lange an und drehte sich nachher zu Mike. »Très charmante, la mademoiselle! Un bon choix.«

Nina errötete leicht und lächelte Mike an.

Er antwortete: »Wir haben uns zufällig kennengelernt und sind uns während der Strapazen der letzten Tage nähergekommen. Wir sind ein Team.«

»Aber Monsieur Honegger! Ein Team! Sie sind doch nicht eine Fußballmannschaft. Hören Sie auf Ihr Herz. Ich sehe es in Ihren Augen. Sie haben in den letzten Tagen Fürchterliches erlebt. Man würde meinen, so etwas kann in der Schweiz nicht geschehen, es ist ja eine Geschichte wie aus einem Film. Aber: Sie haben überlebt. Zusammen. Da müssen Sie doch von mehr sprechen als nur von einem Team!«

Jetzt war es Mike, der errötete. Er wusste nicht, was er Frau von Webern antworten sollte.

Nach einer ungemütlichen Pause schüttelte sie ihren Kopf und fuhr fort. »Ah, les jeunes. Aber zum Thema. Seit Sie mir von den Ereignissen im Oberland und vom spektakulären Fund in der Kornhausbrücke berichteten, habe ich fast nicht mehr geschlafen. Erzählen Sie bitte, was im Paket steckt, das Sie fanden. Ist es der Schatz, den Jergakow versteckt hat?«

»Ja, das ist er.«

»Grace à dieu«, schrie Frau von Webern und klatschte ihre Hände zusammen. »Das müssen wir aber feiern. Irina! Wodka für drei. Eiskalt wie immer! Fahren Sie fort, Monsieur, kommen Sie auf den Punkt!«

»Wie Sie wissen, hat der Archäologische Dienst des Kantons mich in dieser Sache unterstützt, obwohl es sich eigentlich nicht um einen Fund handelt, für den er zuständig ist. Er kümmert sich um ältere Funde, die für den Kanton Bern geschichtlich relevant sind. Unser Fund in der Kornhausbrücke zählt nicht dazu.«

»Das ist aber schade, wir bezahlen doch als Steuerzahler für den Dienst, oder?«

Mike lächelte. »So einfach ist das nicht, Frau von Webern. Wichtig ist aber zu wissen, dass sie uns freundlicherweise unterstützten. Sie haben das Paket in ihre Labors gefahren und es professionell behandelt. Darin haben sie …«

Irina brachte auf einem silbernen Tablett drei Gläschen, gefüllt mit vor Kälte dickflüssigem Wodka.

»Attendez, Irina!«, sagte Frau von Webern forsch. »Zuerst muss ich hören, was Monsieur Honegger zu sagen hat.«

Mike fuhr fort. »Darin haben sie Schmuck, Juwelen und russische Goldmünzen gefunden. Sogar einen Feldmarschallsstab aus der Napoleonischen Zeit, vermutlich gestiftet von Zar Alexander. Alles aus der Zeit vor 1917 und zum Teil mit den Initialen der Jergakows eingraviert.«

»Mon dieu! Ich kann es nicht fassen.« Frau von Webern hielt sich die Hände vor den Körper, als ob sie betete, und blickte zuerst auf die Fotos ihres Vaters und dann auf die Ikonen in der Ecke. Langsam rollten Tränen ihre vom Alter mit Runzeln gezeichneten Wangen herunter. »Excusez-moi, Monsieur. Das Ganze ist für mich sehr emotional. Es ist die Geschichte der Jergakows und meiner Familie. Fjodor Wladimirowitsch und mein Vater haben für diesen Schatz ihre Leben geopfert!« Sie zog ein weißes Taschentuch aus ihrem Ärmel und trocknete sich die Tränen. Dann winkte sie Irina näher und nahm eines der drei Wodkagläschen. Mike und Nina nahmen ebenfalls ihre Gläschen vom Tablett.

»Na zdarowje et merci beaucoup, Monsieur et Mademoiselle«, prostete sie ihnen zu. Mike und Nina antworteten mit »zum Wohl«, und Mike trank sein Glas in einem Zug leer. Der Inhalt begann ihn sofort von innen zu wärmen.

»Trinken Sie nicht, Mademoiselle?«, frage Frau von Webern erstaunt.

»Es tut mir leid, aber das ist doch etwas zu stark für mich«, antwortete Nina scheu.

Frau von Webern streckte ihre Hand aus und sagte: »Je comprends. Dann nehme ich es gerne, bevor es warm wird.« Sie nahm das Glas und trank es aus. »Ich verstehe Sie. Es ist wirklich stark.«

Nina lächelte dankbar zurück, dann blickten beide Frauen wieder zu Mike.

»Die Gegenstände sind in erstaunlich gutem Zustand, wenn man bedenkt, dass sie zuerst jahrelang in einem Brückenpfeiler in St. Petersburg versteckt waren, dann über München in die Schweiz geflogen wurden, um danach wieder jahrzehntelang in einem Brückenpfeiler liegen zu bleiben. Der Archäologische Dienst hat die Gegenstände gereinigt und hat mit der Restauration derjenigen begonnen, die in schlechterem Zustand sind. Die Juwelen und Münzen sehen bereits wie neu aus.«

»Wie geht es denn jetzt weiter?«

»Es gibt noch einige juristische Fragen zu klären, bis der Dienst den Fund freigeben kann. Ihre Mutter Hanna war alleinige Erbin von Jewgenja Fjodorowna, und Sie sind die alleinige Erbin Ihrer Mutter. Trotzdem sollten Sie Ihren Anwalt einschalten.«

»Ich habe ihn bereits kontaktiert. Er geht auch davon aus, dass es sich lediglich um Formalitäten handelt.«

Nina unterbrach das Gespräch und fragte: »Was gedenken Sie mit dem Schatz zu tun, Frau von Webern?«

»Ich habe in den letzten Nächten nicht viel geschlafen. Dafür habe ich viel überlegt. Das wird im Alter schlimmer, wissen Sie? Anstatt zu schlafen, liegt man hellwach im Bett und denkt über Dinge nach, die sich am Morgen bereits erledigt haben. Dafür sind Sie aber noch zu jung.« Sie schaute Mike und Nina fast liebevoll an und fuhr dann fort. »Ich bin eine alte Frau und habe keine Nachkommen. Der Schatz ist ein Stück Geschichte, genauso wie mein Leben. Ein Stück Russisch-Schweizerischer Beziehungen, wie unsere Familien und mein Schicksal. Ich habe entschieden, dass ich sie einem Museum stiften werde. Er soll einem breiten Publikum die Geschichte näherbringen. Mein großer Gewinn, den Sie beide mir geschenkt haben, ist die Klärung des Schicksals meines geliebten Vaters. Nach so vielen Jahren kann ich mit der

Tragik abschließen. Ich weiß jetzt, was geschehen ist und wo er ruht. Dafür danke ich Ihnen beiden von Herzen. Vraiment.«

Nina und Mike nickten zufrieden, während Agnes von Webern sich wieder Tränen von den Wangen wischte.

»Aber erzählen Sie weiter, Monsieur. Sie haben am Telefon noch etwas von einem geheimen Abkommen erwähnt.«

Mike fasste die Geschichte des »Kuntsewo-Abkommens« kurz zusammen.

»Als Ihr Vater die Sowjetunion verließ, hatte er das unterzeichnete Abkommen tatsächlich bei sich. Im Paket fanden die Spezialisten des Archäologischen Diensts nämlich Überreste von Dokumenten. Leider waren diese nicht viel mehr als Matsch, durch die Feuchtigkeit in den Brückenpfeilern unleserlich gemacht. Das Abkommen ist für immer zerstört.«

»C'est dommage, ca. N'est-ce pas?«, bemerkte sie und blickte durch das große Fenster an den Pappeln im Garten vorbei über den Bielersee.

»Dites-moi, Monsieur. Wie sind denn der Schatz und das Abkommen nach Bern gelangt? Wenn mein Vater sie bei sich hatte, sollten sie doch auf dem Gletscher liegen.«

»Auch den Teil des Puzzles haben wir gelöst, Frau von Webern«, sagte Nina. »Ihr Vater wusste, dass die sowjetischen Geheimdienste hinter ihm her waren. Er musste befürchten, dass sie ihn schon bei der Zwischenlandung in München aufspüren würden. Spätestens aber in Frankreich oder Italien. Er muss seinen Bruder Karl kontaktiert und ihm das Paket am Flughafen in München übergeben haben.«

Agnes von Webern nickte begeistert. »Ja, das macht Sinn. Er war zu der Zeit ja noch in München wegen seiner Krebsbehandlung. Er muss das Paket in die Schweiz gebracht und über seine Kontakte im Tiefbauamt Bern in der Kornhausbrücke versteckt haben.«

»Ein brillanter Plan der beiden Brüder«, unterbrach Mike. »Ihr Vater wählte mit der Kornhausbrücke einen Standort, der perfekt zum Rätsel in Jergakows Gedicht passte. Als er auf dem Gletscher an seinem Überleben zweifelte, hat er uns mit den drei Buchstaben ›KHB‹ in seiner blauen Aktentaschenoch einen Tipp hinterlassen.«

Alle drei blickten auf die schneebedeckte Landschaft auf der gegenüberliegenden Seeseite und dachten über die Ereignisse nach.

Nach mehreren Minuten Stille bemerkte Agnes von Webern leise: »Ja, so ist es. Vor 70 Jahren hat mein Vater mit der Vermittlung des Abkommens fast den Lauf der Geschichte verändert. Ein Flugzeugabsturz setzte seinem Leben ein jähes Ende. Ohne das zu ahnen, gab er dem Abkommen eine zweite Chance, indem er es vorher seinem Bruder in München übergab. Und dieser musste sterben, bevor er vom Paket aus der Sowjetunion jemandem berichtete. Es scheint, dass es nicht hatte sein sollen.«

Mike und Nina klopften sich den Schnee von den Schuhen und gingen über die steilen steinernen Treppen hinab in den gewölbten Keller, der seit Jahrzehnten in der Berner Altstadt als Restaurant diente. Die Wirtin nahm ihnen ihre dicken Jacken, Kappen und Handschuhe ab, und sie setzten sich an den Holztisch, an dem Kunz mit einer Stange Bier vor sich bereits auf sie wartete. Mike bestellte einen Eistee, worauf die Wirtin fragte, ob er bei der Kälte wirklich Eistee wollte. Nina bestellte einen Hagebuttentee.

»Danke, dass Sie uns angerufen haben, Herr Kunz. Wir sind gespannt zu hören, wie die Sache ausgegangen ist.«

»Nach dem, was Sie erlebt haben, bin ich Ihnen das doch schuldig! Von Tee können Sie aber doch nicht leben. Essen Sie auch etwas?«

Kunz genoss es, die Menükarte zu studieren, und entschied sich schlussendlich für ein Morchelrisotto. Mike wählte Hamme mit Kartoffelsalat, Nina Bündner Gerstensuppe.

»Wie geht es dem verletzten Polizisten?«, fragte Nina Kunz als Erstes.

»Gute Nachricht. Wir sind alle sehr erleichtert, dass er wieder zu Hause und auf gutem Weg zur vollständigen Genesung ist. Mit Frau Lüthi hatten ihr Neffe, Stefan Gmünder, und ich noch Kontakt wegen Fragen zu meinem Protokoll. Ihr geht es trotz des Erlebten auch wieder gut. Nach der Schießerei hat sie sich entschieden, das Stöckli endlich aufzuräumen und bewohnbar zu machen. Sie ist wirklich eine nette Dame. Ihr Suure Mocke ist übrigens herrlich.«

»Den habe ich bei ihr auch genießen dürfen, er ist tatsächlich sehr lecker«, sagte Mike.

»Gribkow, der Anwalt Popows, liegt weiterhin im Spital. Die Folgen seiner Verletzungen sind noch nicht absehbar. Vieles wird von der Therapie abhängen, die er vor sich hat. Er ist aber kooperativ und hat uns viel über die Geschäfte Popows verraten.« Kunz näherte sich Mike und Nina über den Tisch und sprach leise weiter. »Infos, die wir natürlich mit den Amerikanern teilen. Das soll aber unter uns bleiben!«

Das Gespräch wurde von der Wirtin unterbrochen, die die Mahlzeit servierte. Sie begannen gleich zu essen.

Kunz fuhr fort. »Gribkow hat auch zugegeben, dass Popow Professor Matthews ermorden ließ. Vermutlich hat Menschtschikow den Auftrag ausgeführt. Er und Samsonow sind tot, so können wir sie leider nicht befragen. Jedenfalls hat Hans Herrenstein seinen Bericht bereits abgeliefert und an London weitergeleitet.«

»Was wird aus Gribkow?«, wollte Nina wissen.

»Er wird sich vor Gericht verantworten müssen. Leider als Einziger.«

KAPITEL 33

»Seht ihr mich alle?«, fragte Raymond McNagle mit seiner tiefen, lauten Stimme in die Kamera und blickte auf die eingeblendeten Bilder seiner Videokonferenzpartner auf den beiden Bildschirmen an der Wand in seinem Büro in New York.

»In Beijing alles klar«, meldete sich Hu Zhang.

»Seid gegrüßt aus Rihad«, winkte Yassir Abdullah.

»Dito meinerseits«, sagte Aaron Frank aus Tel Aviv trocken.

»Bestens. Willkommen zu unserer Ratssitzung, Freunde. Als Erstes möchte ich unser neues Mitglied aus Japan, Sakamoto Katashi, im Rat ganz herzlich begrüßen.«

Katashi verbeugte sich stumm.

McNagle fuhr fort. »Wie ihr wisst, ist Igor Alexejewitsch Popow bei einer Schießerei mit einer Schweizer Sondereinheit der Polizei ums Leben gekommen. Und zwar, als er in unserem Interesse versuchte zu verhindern, dass das ›Kuntsewo-Abkommen‹ publik wird. Leider hat er dabei einen fatalen Fehler begangen. Er hat vergessen, das Private vom Geschäftlichen zu trennen. Seine Besessenheit, den Familienschatz zu bergen, hat seine Entscheidungen getrübt, und dafür hat er mit dem Leben bezahlt. Sein Fanatismus hat auch die Leben zweier seiner Gehilfen gekostet. Sein Anwalt Gribkow sitzt noch in der Schweiz im Spital fest. Mit meinen Kontakten und meinem Einfluss werde ich persönlich dafür sorgen, dass er die Schweiz straffrei wieder verlässt. Das garantiere ich euch! Wir lassen keinen unserer Kämpfer auf dem Schlachtfeld zurück!«

McNagle machte eine Pause, um den Satz wirken zu lassen, blickte in die Gesichter seiner Ratskollegen auf den Bildschirmen und fuhr dann fort. »Endlich sind wir das Damoklesschwert des Abkommens los. Endlich können wir die Vergangenheit zurücklassen und einen Neuanfang des Councils in die Zukunft gemeinsam begehen. Dabei werden wir uns wieder auf unsere Grundprinzipien konzentrieren und diese zielstrebig verfolgen. Wir werden Wohlstand, Wachstum und Sicherheit fördern, unabhängig von Landesgrenzen. Unabhängig von Regierungen, die kommen und gehen, unabhängig von Wählertrends, Meinungsumfragen und Modeerscheinungen. Das Ganze länderübergreifend. Dazu braucht das Council eine neue starke Führung. Gerne stelle ich mich zur Verfügung, die Leitung des ›Alpha Security Councils‹ zu übernehmen. Ich versichere euch, unter meiner Leitung werden wir mächtiger und einflussreicher, als wir es je waren. Wenn ihr einverstanden seid, beginnen wir gleich mit der Abstimmung, um den Nachfolger unseres guten Kollegen Igor Alexejewitsch Popow zu bestimmen.«

»Mike, dein Tablet piepst«, rief Nina.

Mike eilte in die Küche und nahm Davids Anruf entgegen. »Hi, Dave, schön, von dir zu hören!«

»Hi, Mike. Ist Nina auch da? Schalte doch den Lautsprecher ein.«

Mike klickte auf die entsprechende Kachel. »Wir sind beide da und hören dich.«

»Morgen fliege ich für zwei Wochen nach Hause in den Urlaub. Ich wollte mich vorher noch bei euch für eure Hilfe bedanken.«

»Wir haben zu danken, Dave«, sagte Nina. »Dank euch und eurem Tablet haben wir in Meiringen überlebt.«

»War nichts als selbstverständlich nach allem, was ihr getan habt.«

»Eine Frage habe ich noch, Dave«, sagte Mike. »Wie steht es mit der Sicherheit der NATO-Konferenz in Interlaken?«

»Ohne Popow besteht keine erhöhte Gefahr mehr. Wir haben die Sicherheitsvorkehrungen aber trotzdem intensiviert und stehen in engem Kontakt mit den Schweizer Behörden.«

»Und wie geht es mit dir und Rick weiter?«

»Bei uns bleibt alles beim Alten. Unsere Zeit hier in Moskau ist noch nicht abgelaufen.«

»Bleiben wir über das Tablet in Kontakt?«

David antwortete nicht.

»Dave?«

»Es tut mir leid, Mike. Sobald wir diesen Anruf beenden, löscht sich das Betriebssystem auf dem Tablet von selbst. Du kannst es danach entsorgen.«

»Wie kann ich euch in Zukunft erreichen?«

Wieder antwortete David nicht.

»Alles klar, Dave«, sagte Mike enttäuscht. »Grüße Rick von mir. Und noch einmal besten Dank für alles.«

»Auch von mir«, sagte Nina.

Mike und Nina schauten zu, wie auf dem Tablet ein Zahnrad erschien, das sich während mehrerer Minuten drehte. Danach erlosch es. Im schwarzen Bildschirm sahen sie nur noch das Spiegelbild ihrer beiden Gesichter.

NACHWORT

Die faszinierende Geschichte des Absturzes der amerikanischen Dakota auf dem Gauligletscher im November 1946 ist wahr. Die Passagiere überlebten den Absturz dank unglaublichem Glück. Dass sie gerettet wurden, verdanken sie denjenigen, die ihr Leben riskierten und unter gefährlichsten Umständen zum Wrack hochstiegen, sowie den beiden Piloten, welche die gefährlichen Landungen auf dem Gauligletscher riskierten, um die Überlebenden nach Meiringen auszufliegen. Der vorliegende Roman soll dazu beitragen, dass diese heldenhaften Taten nicht in Vergessenheit geraten.

Man möge mir verzeihen, dass ich beim Schreiben dieser Geschichte mir die Freiheit nahm, die wahren Ereignisse mit Fiktion zu erweitern. Wo überall möglich, habe ich versucht, mich an die wahren Ereignisse auf dem Gauligletscher zu halten.

Die Familien von Webern, Jergakow und Lüthi sind frei erfunden. An Bord der Dakota reiste also kein Schweizer mit, und kein Agent suchte auf dem Gletscher nach einem Schatz oder einem Abkommen.

Den »Acheson-Lilienthal Report« gab es tatsächlich, wurde Stalin aber nie als Abkommen vorgelegt, das heißt, das »Kuntsewo-Abkommen« ist frei erfunden. Der »Acheson-Lilienthal Report« und der darauf basierende, aber etwas abgeänderte »Baruch Plan« wurde Ende 1946 der United Nations Atomic Energy Commission (UNAEC) zur Abstimmung vorgelegt. Zehn von zwölf Ländern stimmten dafür, die Sowjetunion und Polen dagegen. Da für die Annahme Einstimmigkeit nötig war, wurde der Plan verworfen.

2014 fand in Interlaken eine NATO-Konferenz über Sicherheit vor Massenvernichtungswaffen statt. Die Bedrohung der Sicherheit der Teilnehmer sowie das »Alpha Security Council« sind erfunden.

Für ihre Unterstützung bei meinen Recherchen danke ich der Bibliothek am Guisanplatz, der Staatsanwaltschaft des Kantons Bern, Region Oberland, dem Tiefbauamt der Stadt Bern, der Kantonspolizei Bern und dem Archäologischen Dienst des Kantons Bern. Danke an Käthi Flühmann für das Beantworten meiner Fragen und für die dreitägige geführte Bergtour zur Absturzstelle der Dakota entlang des Weges, den die Retter 1946 einschlugen. Die Tour war ein fantastisches Erlebnis!

Mein herzlichster Dank für ihre Unterstützung geht an meine Familie, Freunde und Bekannten sowie an Claudia Senghaas und das gesamte Gmeiner Team. Dank Ihnen gibt es einen zweiten »Mike Honegger«-Roman.

TONY DREHER
Aareschwimmen

978-3-8392-1763-4 (Paperback)
978-3-8392-4789-1 (pdf)
978-3-8392-4788-4 (epub)

LEBENSGEFÄHRLICH Kaum hat sich Journalist Mike Honegger in der Aare abgekühlt, wird sein Aufenthalt im erfrischenden Nass durch einen jähen Schrei unterbrochen: Eine Leiche wurde treibend im Flusswasser gefunden. Trotz vermehrter Warnungen versucht Mike Honegger die Identität des Toten aufzudecken und begibt sich dabei in Lebensgefahr.

Sein Weg kreuzt sich mit dem zweier amerikanischer Agenten, die einen Waffenschmuggel in der Schweiz aufdecken sollen. Die Spuren führen schließlich bis in die höchste Ebene von Politik, Finanz und Industrie.

GMEINER SPANNUNG

WWW.GMEINER-VERLAG.DE
Wir machen's spannend

Das Neueste aus der Gmeiner-Bibliothek

Unser Lesermagazin

Bestellen Sie das kostenlose Krimi-Journal in Ihrer Buchhandlung oder unter www.gmeiner-verlag.de

Informieren Sie sich …

www … auf unserer Homepage:
www.gmeiner-verlag.de

@ … über unseren Newsletter:
Melden Sie sich für unseren Newsletter an unter www.gmeiner-verlag.de/newsletter

f … werden Sie Fan auf Facebook:
www.facebook.com/gmeiner.verlag

Mitmachen und gewinnen!

Schicken Sie uns Ihre Meinung zu unseren Büchern per Mail an gewinnspiel@gmeiner-verlag.de und nehmen Sie automatisch an unserem Jahresgewinnspiel mit »mörderisch guten« Preisen teil!

GMEINER SPANNUNG

WWW.GMEINER-VERLAG.
Wir machen's spanne